2023年度丽水市文艺精品创作扶持项目

辛 术◎著

鲸落城市上空

百花洲文艺出版社
BAIHUAZHOU LITERATURE AND ART PRESS

图书在版编目（CIP）数据

鲸落城市上空 / 辛术著. -- 南昌：百花洲文艺出
版社，2024.11. -- ISBN 978-7-5500-3582-9

Ⅰ. I247.7

中国国家版本馆 CIP 数据核字第 2024GG8353 号

鲸落城市上空
JINGLUO CHENGSHI SHANGKONG
辛术　著

出 版 人	陈　波
责任编辑	蔡央扬　郝玮刚
装帧设计	书香力扬
制　　作	书香力扬
出版发行	百花洲文艺出版社
社　　址	南昌市红谷滩区世贸路 898 号博能中心一期 A 座 20 楼
邮　　编	330038
经　　销	全国新华书店
印　　刷	四川科德彩色数码科技有限公司
开　　本	880 mm×1230 mm　1/32　　印张　8.5
版　　次	2024 年 11 月第 1 版
印　　次	2025 年 1 月第 1 次印刷
字　　数	183 千字
书　　号	ISBN 978-7-5500-3582-9
定　　价	48.00 元

赣版权登字　05-2024-301

网址　http://www.bhzwy.com

图书若有印装错误，影响阅读，可与承印厂联系调换。

序

何丽萍

　　辛术，是叶挺慧的笔名。我查了字典，出自辛术散，是一帖中药方，有去湿去身体疼痛之功效。或许，这也比较符合叶挺慧的职业特点。他在治疗疼痛这块，很有水平。

　　叶挺慧很喜欢遂昌这个地方，达到了依依不舍的程度。每次要走，都会找个小理由留下，至今还未真正离开。从这里可以看出，叶挺慧是个恋旧的人，家乡情怀比一般人要重，有点一步三回头的意思。医生和作家两种身份的加持，让他在遂昌几乎家喻户晓，粉丝团尤其庞大，上至耄耋老人下至懵懂少年，老少皆宜，于是，和什么人都说得上话，都说得深话，便成了他的看家本领，也让他拥有了更大的资源与活水，以及平视世间万物的能力，换一句话说，就是"接地气"。初见叶挺慧时，看不出年龄。多年过去，还是看不出年龄，只是脸上的笑容越发地灿烂与甜蜜，一副顺风顺水的模样。有一次，本地作家微信群聊天，人人自述苦难史，唯他深潜不语，到最后，才浮上一句："我也有人生至暗时刻。"令众人吃惊，皆呼

"隐身有术"。的确，叶挺慧比一般人更早认识到，走出自我，创作的视野和格局才会真正打开。大部分写作者，都是自身人生问题解决不好，却要指导芸芸众生如何活的那种人，但叶挺慧却不屑故作深沉，出世与入世驾驭得游刃有余，并以"社恐"自嘲，打造多面立体的人设，其中以"烟火气"和"温度"最具标识。更重要的是，医生的职业理性让他多了几分人间清醒和自洽。总之，在我的眼里，叶挺慧是个活得很通透且很懂人生的人，眼神坚定，心思缜密，配得上仰视，尤其是他用那双女人般温柔的手，为我们解除肉体疼痛的时候。我唯一的担忧，是怕他又迷上什么新鲜事物而忘记了写小说，在丽水，目前找不到比他更适合写小说的人了。

《鲸落城市上空》是叶挺慧第一部小说集，可以说，这是他创作的一次呈现，也是他生命的一次绽放。看病与习文似有神通之处，叶挺慧上手很快，没几下就颇得要领，让人刮目相看。他是个有创作野心的人，早期作品天马行空，想象奇特，颇具先锋意识。之后，叶挺慧碰过许多墙，几经欲罢不能，终于弯道超车，变成一个会讲故事的人，创作慢慢抵达开阔之处，在医院这块土壤上精耕细作，其手法与技巧的娴熟出乎意料，完全颠覆了我以前对叙述的认知，故事也很特别，感觉什么也没说，又感觉什么都说了。不知不觉中，他完成了一个合格写作者的所有准备。之后，便有了《鲸落城市上空》，这是叶挺慧完成度最高的一个作品。小说结构精致奇妙，人物饱满立体，意境丰富开阔，同时，叶挺慧以强烈的情感认同，忠于个人对生活的印象，精准地再现了世相人心，让作品有了自由和飞翔的力量，荣获深圳的全国打工文学征文大赛金奖是实至名归。我本人比较喜欢《隐马入巷》，虚实相间中呈现出作品的多维度多空间，作者的天赋、经验、想象和观察得以完美落地，是一个经得起推敲的文本，也显现了叶挺慧成为好作家的可能。

无论是医生叶挺慧，还是作家辛术，都正走在通往未来的理想之路上。理想不老，岁月常新，让我们一起祝福他，走得远点，更远一点。

何丽萍，女，1964年生，中国作家协会会员。在《收获》《人民文学》等刊物发表小说80万字，著有长篇小说《在云城》，出版短篇小说集《柔软》。

目 录
CONTENTS

鲸落城市上空

一

这个午后，天空比往日都要阴郁。云层无与伦比庞大，下方青灰，上方絮白，像一头翻转了肚皮的蓝鲸，悬在城市上空。

阴郁是有重量的，好像这个城市所有人的情绪，都跑进云层里，云朵们就不堪重负地往下沉。下方道路上的车辆，如同磷虾群，被惊吓得四处奔走。

天阴沉着，仲夏时节的午后，倒有几分快入夜的天色。云层将硕大的太阳死死包裹住，少了几分暑热。风如乱刀，硬生生将还显绿色的法桐树叶砍落，铺满了半条马路。

孟鲸在医院门口下了网约车，路面刚被洒水车洒过，落叶和水黏合，踩上去没有秋后落叶的碎裂声，反而有一种行走在新鲜血肉上的黏滞感。

孟鲸被风沙迷了眼睛，用纸巾擦拭，却越擦眼睛越痛。她想起自己小时候，每次被风迷了眼睛，都会被父亲捧住小脸，轻轻吹去沙子，在泪水迷蒙中，看见父亲笑脸渐渐浮现。

　　她调了调口罩，给大门保安亮了亮健康码，闷头往住院大楼走。医院本是最容易让人迷路的地方，但她已经不需要看那些指示牌了。才短短七天，她已经把这家医院走熟了。

　　住院楼、手术室、收费处、小超市，各个科室让孟鲸在前两天就走了个遍。

　　她当时感觉自己都不是用走的，双脚根本没接触医院的地面，一切都像一场梦。她被人突如其来地抛进了一个蓝白色梦境。

　　这家医院到处蓝色，科室牌是海蓝色，环氧树脂地板是蓝色，连病人服都是蓝白条纹。孟鲸行走在其中，就像进入一片悲壮诗意的蓝色海洋。似乎医院需要更多更大的蓝元素，才能冲淡隐藏其间的血红，他们甚至连红十字，都改成了蓝底白十字。

　　医院熙熙攘攘，有车子飞快开到急诊室门口，驾驶座下来个男人，急匆匆从后排抱起一个大肚子女人往里冲，女人哎哟哎哟叫着，裤裆湿了一片，不知是羊水还是血水。有人捂着头，头上牢牢"焊"着一根钢筋，满脸满身是血，被四五个衣服全是泥的"安全帽"抬着。急诊室里面三两个"白大褂"急匆匆出来，瞬间就和那个血人一起消失了，就像受伤的鱼被抛入海里，被海浪泛起的白色泡沫吞没，一起消失。

　　孟鲸在住院楼大门又亮了一次健康码，给保安验了陪客证。经过重重关卡，才来到二楼的重症监护室。她在门口的椅子上坐下，这里已经等了七八个人。下午三点到四点，是重症监护室规定的探视时间，其他时间家属一律不能入内。监护室门口灯光很亮，但毛玻璃门却死死关着，丝毫看不到里面，连声音都透不出来，越往里看越冰冷，像深不见底的马里亚纳海沟。

"小孟，你医药费欠多少了？"

有人对孟鲸说话，是萍姨，她儿子住在孟鲸父亲的隔壁床。孟鲸眼睛直勾勾盯着地上："不少了。"

萍姨问："你去预支工资，老板答应了吗？"

孟鲸不自主屏住呼吸。她今天去上班的装修公司谈预支工资，谈着谈着，老板就假装安慰，手搭到腰上，酷似鲇鱼的嘴唇也凑近到自己唇边，散发着痰臭和烟味。

她憋着气，依旧带着笑。但人家已经顺手用胳膊揽住了她的肩膀，她还没来得及喘口气，另一只手已经图穷匕见游到她的胸口，顺着西装领口往里摸，停在她乳房上揉捏，简直像在把玩工艺品。

她惊慌失措，神智忽然跳出肉身，悬在写字楼外十几层，审视着玻璃幕墙内。她看到一位女子被油腻男人控制着，像突然被猛兽袭击的小羊，浑身僵直不知反应。等到几分钟后，她脑子才从空白期反应过来，重新从上空飞回到肉身。她抑制住甩耳光的冲动，咬着牙，忍忍吧，就当是挤地铁时候被蹭了。

老板把玩够了，已经完全不掩饰地搂过她，一张肥厚的大嘴凑了上来，她连忙闭上眼，惊恐地感觉到一条鲇鱼在自己脸上疯狂乱拱，还试图钻进嘴里。她一阵恶心，死死咬住了牙关，那鲇鱼钻了许久，钻不进去，黏糊糊退去，留下一摊腥臭黏液。但手却加强了攻势，开始解扣子了。孟鲸见局面开始失控，赶紧说自己电话响了，应该是客户的，忙起身向门外逃去。门虽然反锁，但她颤抖着手几次尝试拧开锁扣，还是逃了出来。

她在卫生间干呕许久，还是能感觉到那条鮎鱼伴着黏液在自己脸上游走的感觉。她不停洗脸，把妆和口红洗得一干二净，露出欠缺睡眠的素颜，似乎这疲累脸色能够成为自己的保护色。

孟鲸回到自己桌子前，下意识地开始收拾桌上的东西。这种事情她不是第一次遇见。刚来这个城市打工的第一家公司，老板毛手毛脚时，她还想着能又不撕破脸又不被占便宜，更天真想着用工作能力打动他。但她后来才逐渐明白，遇到这种事情，女生无论做什么都输定了，最后都是要辞职走人的，除非心甘情愿做情妇。在这个城市，无亲无故的小姑娘，老板随意找个工作上的由头来找碴太简单了，只能打落牙齿肚里咽。

孟鲸刚理一会就停下来。凭什么要走？自己又没错。凭什么别人非礼了自己，自己还要主动辞职砸饭碗？自己又不是蜥蜴，被人摸一把就得自断尾巴来逃脱。有本事就出来说开除，要么找工作的碴。反过来一想，孟鲸也笃定老板不敢在短期内过于为难自己。兵来将挡水来土掩，有时候敌不动我不动，反而就主动了。

她又一件一件把东西放回，还把电脑打开，给业主打电话介绍自己的海洋主题装修方案，营造出一副忙碌的样子。

磨到四点，她看老板没什么动作，才打车来到医院。

萍姨看孟鲸不回话，叹了口气："借钱哪有容易的，穷人只有穷亲戚。"

有人接话，是李叔："所以我说，关键时候还是要靠保险。我妈这两年进了三次重症监护室，气一喘不上来就要气管插管，插上去没个几万拔不了。要不是有保险，哪受得了。"

张哥也发起牢骚，他老婆被车撞，住了几个月花了四十万："保险也不一定顶用。撞我们的车主和保险公司扯皮，要我自己垫。我老婆的意外险，一天就两百块补贴，顶个屁用。我们夫妻两个公务员，每天睁开眼就算账，算了工资算房贷，算了房贷算养娃的钱。日子已经那么难了，还遇上这事。"

光头强说："钱能解决的，就不是问题。你看我儿子，花了多少了。省城专家请了好几个，一个就五六千，还是什么毛病都不知道。我有时候想，就算死，也死个明明白白吧。"

孟鲸心想，原来每个在重症监护室门口等待的人，都觉得世上最悲惨的人是自己。等候在门口，却觉得将随时被挤下悬崖。

窗户忽然一阵噼里啪啦，孟鲸往窗外看去，天色已经更暗了，雷声炸响，远处从天上到地面白茫茫一片，就像有人张着遮天蔽日的白色巨网，一路横扫碾压过来。雨滴看上去，都是横着砸过来的，在窗户玻璃上作响，令人心烦。街上人纷纷躲避，穿雨衣打雨伞。孟鲸缩了缩肩膀，想找一件无形的雨衣，来抵御风雨。

保安看时间到了，打开了门，吆喝着大家有序进入。他过去把窗户缝关死，想彻底将坏天气隔绝在外，又似乎是不想让重症监护室里的气息泄露到外界。

孟鲸走进门，听着吩咐，套上鞋套帽子，在那个代表父亲的"7"号挂衣钩上，取了无纺布隔离衣。

她开始洗手消毒，上个月刚做的镶钻美甲，让她花了更多时间去清洗。戴手套时，碎钻还划破一双。等穿戴整齐，才站到第二重门前等待开启。

门开了，一种另类的嘈杂如同外界风雨，扑面而来。嘀嘀嗒嗒监护仪报警声，呼哧呼哧的呼吸机充放气声，雾化瓶的咕噜咕噜声，患者无意识敲打床栏哐当哐当，还有他们偶尔耐不住痛苦的呻吟号叫与咳嗽声。

重症监护室，从不是静养之地。虽然嘈杂，但对这些等候的人来说，那些声音是亲人活在世上的凭证。

<h2 style="text-align:center">二</h2>

两扇玻璃门内亮着昼夜不息的白色灯光，淡蓝色衣服的护士奔走，像色彩斑斓的浅海鱼在礁石间游动。

温度恒定在 24 度，就算裹了隔离衣，也不觉热。但空气里消毒水和病人体味混杂，隔着口罩，也闻到一些腐败气息。

整个监护室病房，十几张病床鳞次栉比。各种机器围着床，指示灯闪耀，像汽车生产车间，各种机械臂乱舞。

孟鲸过于熟门熟路又茫然前行，走到 7 床前面。床边立着输液架，最上面挂着两袋盐水，中间还码着五六个输液泵，一根根输液管汇聚，连接到床上那个宽厚的身体内。

那个身体头发剃得精光，眼睛被白纱布蒙着，鼻子上插了根鼻饲管，喉咙正中还插了个金属管子，连着呼哧呼哧的呼吸机，像搁浅在沙滩上的蓝鲸，不能动弹，只能喘气。

而两百块一天雇来的护工，不知跑到哪里去了。

孟鲸先是出了回神，之后，眯着眼睛看起了输液架。输液架上每个输液泵上都贴着标签。在心里面，孟鲸把这些闻所未闻的拗口药名念出来，甚至连标签上没写的价格也背了出来。

"甘露醇注射液，七块一，瑞代肠内营养乳剂，六十块……"

孟鲸也想不通，这些药，不过相当于平时一杯奶茶、一顿外卖，怎么聚沙成塔就会在几天之内变成一个天文数字。

研究完输液架上的药品，她又研究起旁边的呼吸机。上面的英文字母每一个都认识，但拼凑在一起却不知道它的含义。

孟鲸又注意到隔壁8床的帘子拉着，里面隐隐透着紫色流光，应该是在消毒。之前住着的那个重症肺炎老人，八成是走了吧。

她想到昨天下午来的时候，正好听到医生和8床儿子说话，话语听不完整，星星点点漏进耳朵，大约是"你老爸这个情况呼吸机怕也是扛不住了，只能试试 ECMO，也叫体外膜肺，去年疫情时抢救重症肺炎患者经常用"。后来医生和8床儿子说了什么，她就没仔细听了，只听到"开机八万""两万""自费"等字样。

到今天，8床的帘子就拉起来，紫色光芒，应该是紫外线消毒灯，在终末消毒。

就在孟鲸又一次出神的时候，手机忽然响了，把她吓得一颤。这几天，每一次铃声的响起都令她心惊，生怕是医院电话，不是父亲病情有变化，就是催她尽快缴费。不过孟鲸意识到自己就在医院。

她掏出手机，是关系很好的女同事小苏。

"你跟的那家业主来签约了。老总开会表扬你，说你家里有事，还坚持跑业务。除了提成，公司还给你五千困难补助。"

孟鲸愣了一会，说："谢谢你。"

小苏说："谢我干吗？又不是我给钱。没想到老总还不错，我们还背地里骂他。你注意身体，声音都哑了，我还以为打错了。"

孟鲸挂了电话，她已不是那个声音好听、心思单纯的女孩了。老板这一套，她看得透透的。五千块，是堵自己嘴的，是给别人看的。同时，也意味着预支工资的希望彻底断了。别人眼里，一个试用期员工，给个几千块慰问金，仁至义尽。

五千块换了昨天的摸一摸亲一亲，在老板心里，估计亏得肉疼。幸好自己昨天跑得快。

孟鲸发呆时候，感觉一抹蓝色飞来眼前，耳边传来声音："7 床家属是吗？跟我来一下办公室。"

她看着这个穿 V 领蓝短褂的人，顺从站起身，跟他进了医生办公室。办公室墙上挂着显示屏，上面一条条亮点跳跃，像股市的 K 线图，只是上面绿的多，红的少。

蓝短褂坐下来，这是她父亲的主治医师，姓赵，三十岁左右，体态偏瘦，语速极快，头发有些少年白，戴着无框眼镜。他说："你父亲今天情况又有变化，我先详细讲给你听，有问题等我全讲完之后再问。"

"明白。"孟鲸声音低沉，牙齿微微抖着，像有花椒被噙在牙槽里，口罩后的半张脸开始发麻，以至于两唇都合不拢，就那么空茫、紧张半开半闭着。

赵医生说："你父亲是重型脑干出血，病死率是脑出血里最高的，我和你反复讲过。"

孟鲸点头应着。

赵医生讲了一大通，大致意思是孟鲸父亲经过开颅手术、气管切开、呼吸机等一系列治疗，肺部感染情况有了好转。但脑出血导致的昏迷，今天却有加重。这种情况他们担心，一是血肿扩大，二是脑水肿导致颅内压力增高。明确原因，需要复查头颅 CT。

孟鲸机械地点着头："查，查，您安排。"

这个场景几乎每天都会上演。刚开始两天，她还过于惊恐，甚至会当场痛哭。后来她无师自通找出了办法，就是暂时把自己从身体里抽离出来，以垂直视角站在上方，俯听一个与己无关的故事。这样她就能好好思考问题，帮下面这位女孩应对一切。

赵医生说："你现在医药费已经欠了快二十万了。老这么欠下去，我们也很为难。这次 CT 费用我可以签字担保。但万一查出来真是血肿扩大，就得做手术，所以钱还是要尽快想办法。"

"我理解，钱一定……一定准备。"

赵医生无奈地说："保证的话，你也说了很多次了，但一直没交。我每年都要因为病人欠费被扣掉奖金。"

"钱真不用担心。如果手术要先交费，我可以先刷网贷，拼拼凑凑十几万没问题的。"

"网贷太坑了。你一个姑娘家，要是跳进去，一辈子就完了。你父亲还有没有兄弟？看看能不能联系上，哪怕钱方面帮不了忙，过来搭把手也好。这几天你这女孩子也累惨了。"

孟鲸强笑一下："没事，我爸就我一个孩子，我能够做主。"

她把"孩子"两个字咬得重重的，仿佛这样就能淡化掉前面那个"女"字。

赵医生扶了扶眼镜："有些话我是不应该说的。但当医生这么几年，我见得多了。从感性角度，你全力救父亲肯定对的，但理性角度，你父亲就算命保住了，也没什么生活质量。一个病人拖垮一个家，太多了。你还年轻，路还很长，我想，如果你父亲有意识，也不愿意看到你太苦。"

"谢谢你，我没问题。"

赵医生眼看劝不动，只能叹口气："那你先回去，准备做检查吧。"

"赵医生，谢谢你，我知道你是好意。"

"其实真的应该有个男的，可以一起推病人。我们医生护士可以帮着推车，但是如果把病人搬到 CT 机上，需要一个搬头一个托腰一个搬脚，我们不好上手。你可以出点钱，请男护工帮忙抬一下，你父亲还是挺胖的。"

"我加上护工大妈，两个人可以。"

"这话是我必须说的，别勉强，以前有过事故，就是护士和家属一起搬病人，把病人摔了，后来家属就讹上我们，硬说是我们护士不小心，松手把人摔死了。话听着有点难听，但是我必须得给你讲清楚，不是我们不帮忙，实在是出过事情，害怕了。"

"你放心，我不是那种人。"

赵医生看了看办公室窗外，皱起眉头："雨怎么这么大，下起来没个完。"

孟鲸跟着他的视线过去，才意识到雨没有一点停歇迹象，玻璃上满是雨水形成的水幕，像是瀑布，倾泻冲刷着这幢住院大楼。

三

孟鲸回到病床旁，又发了会呆，才看向病床上的父亲。

这是她今天第一眼仔细看父亲。外面天色虽暗，在病房明亮灯光照耀下，深蓝色被褥显得更加深邃，一切都是隐秘的未知。

随着呼吸机工作，父亲胸膛缓慢滞重起伏，化成一条柔和曲线，在心电监护仪屏幕上，一上一下形成波谷，像海面上微风拂过的波浪，还有着那么一点欣喜的能量。而心电监护仪上的线延伸进被褥，在协调共振。

孟鲸轻轻揭开被褥的一角，看到那条线连接着脉氧夹，夹在父亲食指上，这是监测血氧饱和度的。

父亲的手老是喜欢这么藏着，孟鲸想。

孟伟民早年是下放知青，后来知青返乡，不知道什么原因，他也没回去。因为识字，就留在当地做了乡卫生室的医生。一个外地来的半大小伙子，成了国家号召的"一把草一根针去治病"的赤脚医生。

当时，卫生室一个月只能分到几十片土霉素、四环素，和阿司匹林。中草药也很少，经常要去山上采草药。

每次他下乡给农村人看病，或者是采药回来，都是骑辆二八大杠，裤腿挽到膝盖，一双解放鞋满是泥水。

小时候的孟鲸，一听到熟悉的自行车铃声，就会跑出家门，看到父亲乐呵呵站在院子里，一双手背在身后。她会第一时间去扯父亲藏在背后的手。孟伟民总是笑笑，握着拳，一下子举高，一下子藏低，最后才佯装奈何不得被孟鲸扒开手掌。

宽厚的手掌里，有时是小玩具，有时是糖果，有时是乡下不知名的漂亮野花和药草，有时是小昆虫或蜗牛。

父亲的手掌就像聚宝盆，从来没有让孟鲸失望过。

孟鲸攥着父亲的手，低低说了句："爸，你从没让我失望过。"

孟鲸趴在病床边，整个人缩成一团，似乎想缩成一颗珍珠，躲进父亲的手掌里。

周围的嘈杂静音了，一种巨大的寂静无可阻挡地涌了上来。她像是慢慢要沉入清凉海底的贝壳，但水里毫无重量，没有浮力和支持，都是空的。孟鲸又一次难以抑制地想哭了，这几天她坚持下来了，但现在又快绷不住了。

从记事起，她就爱哭，一天都要哭个五六遍。父亲上班去要哭，玩具坏了要哭，写字写不好要哭，就连指甲剪得稍微短了点，她都要不停歇哭个半天。

那天她自己剪指甲，剪得短了点，也没伤到皮肉，结果就哭起来，喊着"我要指甲，我要指甲"。

孟鲸母亲哄她，说指甲过几天就长出来了，又说指甲短了干净好看，指甲长了都是泥。无论怎么哄，孟鲸还是哭个不停，就是执拗地要指甲立即回复原样，仿佛那样才是女孩该有的样子。到最后，母亲失去耐心，都快吼起来了。

母亲摇头，对孟伟民说："你看你家闺女，这么爱哭，简直就是个爱哭包，以后可怎么办呢？"

孟伟民双手搀入孟鲸腋下，荡秋千一般一上一下抛弄："那能怎么办，女儿嘛，宠着呗。爱哭怎么了，说明咱家闺女是水做的，你看，我一晃她，就洒水喽。"

小孟鲸被父亲摇晃着，终于止住哭，咯咯咯笑起来。

母亲责怪道："还水做的。我看就是你名字起不好，什么鲸鱼的鲸。安静的静不好吗？要是她以后长大，在外面受了委屈怎么办，难道你一直跟着？"

孟伟民笑呵呵："跟着就跟着呗。我和我的女儿，就是不要分开……"

孟鲸一次次吸气、吐气，吸气、吐气，像个跳远的运动员，就快要冲出去飞跃起来。她终于直起身来，当初你最担心的女儿，就在你住院的第三天，已经不会再哭了。

最后一次让父亲看到哭，在上个星期。

孟鲸二十三岁在这个城市的美术学院毕业。毕业后她一点也不想回老家那个山区小镇，她这个专业回去最多做个美术老师。可这个城市虽不算发达，本科生却多得浩瀚，一有招聘会就挤得水泄不通。

孟鲸背着双肩包，里面满是打印好的简历，手里还恭恭敬敬端着一份，准备随时递出去。她在熙熙攘攘的招聘会场内一圈一圈徘徊，和周围那些焦虑、疲惫、饥渴的年轻面孔汇聚在一起，像条狰狞的河流。年轻人们渐渐散去，她蹲在散场的招聘会场门口，喝着两块钱的纯净水。

河水汩汩退去之后，一条小鱼在岩石上的小水洼苟延残喘。

几个用人单位的面试官走出会场，路过垃圾桶，有人嫌重，随手从高高一沓求职简历中随机抽出几份，直接扔进去。

她就像一滴水掉进了海里，顿时化为乌有，连一点水滴时候的特点都显示不出来。

为了省钱，她和四五个女同学在地铁线路的末端合租了一间房子，里面还是和大学宿舍那样摆放着上下铺，只是不再像读书时候那么整齐。墙上青苔霉斑蔓延，地面潮湿晕染。一到晚上，她们从城市各个角落，随着地铁车厢上的绿点红点，一亮一亮汇聚到这里。

她们一个个趴在床上看着手机，吃着零食，刷着抖音和国产都市剧。她们都觉得自己属于这个城市，是都市剧里那种风姿飒爽的女白领。一身职业装，化着精致妆容，和商界大佬谈笑风生，和英俊男主角瓜葛爱情。

这种一成不变的梦境就像安抚奶嘴一样饲养着她们，让她们一天天挨下去，一天天挣扎，忍受职场的霸凌，生活的龃龉，低俗的人身攻击玩笑，忘记这个世界对女生的所有不友好。

"未来"这两个字，常常会给她们露出一点转瞬即逝的亮光，就又匆匆收回，如同警匪片里的密码箱，打开亮了一下里面一沓沓钞票，就迅速合上，生怕被她们看一眼就会少一张。但就是这样，这些女孩还一直幻想坚持下去，不用几年，就能攒够钱在这城市买套房子。而孟鲸也会想着把父亲接到城里来住。毕竟孟伟民自从妻子去世，加上退休，一直在家无所事事。

几年过去，当年一起住的女孩，有的回了老家，有的和男朋友啃老买了房。而她的逆袭，只是从地铁线路末端的合租房，进击到了公司附近的单身公寓，和男朋友一起住。

来这家公司之前，孟鲸在任何一家公司都超不过半年。她厌倦了这种频繁的跳槽，从一个公司群被踢出，然后拉进另一个公司群，水杯还没找到固定位置就得走人。在这座城市里，就像弹珠游戏里的弹珠，毫无防备被一竿子打到游戏盘里，噼里啪啦一通四处乱撞，就又掉进待业的弹槽。

疫情之后，工作更不好找，为了能在这家装修公司留下来，她决定把该忍的都忍下来。上司的苛责，同事的排挤，客户的刁难，都不能阻止她吃这碗饭的决心。

男朋友是在社交软件上认识的，是个宅男。他们一起玩游戏，一起探网红小吃店，和所有小情侣一样争吵。

这段感情长到了三岁的时候，她开始感觉到不对劲。男朋友有很长时间没有把她带出去见他的兄弟们了，他把她连根从他的朋友圈里拔了出来，还抹平洞坑。三天可见的设置，让她在男朋友的生活里，一点痕迹都留不下来。他开始冷暴力，一点不合意，就开始甩脸色。后来开始夜不归宿，再后来，男朋友的生活物品就在越来越稀疏的回家次数中，越来越明显地消失。

直到两个星期前，孟鲸提出了分手。他这种男人，是绝对不会主动提出分手的，让女生自己提分手，不但不会背上渣男的骂名，还能在新女友面前装深情，说自己如何如何为这段感情付出，但对方完全不知道珍惜，只知道任性。终于，他累了，在孟鲸又一次任性提分手时，答应了她，放开了她，也放过了自己。

分手那两天刚好周末，她把自己摊在公寓里，在双人床上打开四肢，用手机支架把甜宠剧架到脸上，傻呵呵对着"爱豆"笑。

孟伟民视频电话发来，她刚开始还有说有笑。但被问起什么时候和男朋友结婚时，眼睛突如其来地不受控潮湿起来。她连忙低下头，关掉视频。

等孟伟民电话再打来时，她已经哭得又像小时候指甲剪短时那样了。

四

第二天下班，刚出电梯间，她看见一个宽厚的身体蹲在公寓门口，像长满了青苔的石狮子，巨大而柔软，镇守在门口。

孟伟民听到脚步声，抬起头，笑呵呵站起来，就像当年双脚泥泞地站在院子里一样。

孟伟民进了屋都不敢往周围细看，异常紧张地站在那里，手脚和目光都是多余的，不知道该往哪里放。孟鲸住的这间公寓，三年来，孟伟民只知道地址，却从没上门，只是逢年过节寄点土特产。不上门，可能是生怕自己的出现，会妨碍这间公寓原先盘踞着的那个年轻雄性生物。

如今，那个年轻雄性生物走了，孟伟民才过来主持局面。他庞大的身躯，在单身公寓里轻手轻脚，生怕磕绊到什么宝贵东西。当他目光无意转到梳妆台上那些瓶瓶罐罐时，更是看都不敢多看一眼，生怕把那些不知价格的化妆品看碎了。

孟鲸忙把吃剩的外卖餐盒和一大堆垃圾理了一下，到楼下垃圾分类点扔了。等再回到公寓，孟伟民已经变魔术一般在餐桌上摆了四个菜，一道白切鸡，一道酱油豆腐，一道西红柿蛋汤，一道醋熘肉片。

这种家常菜，是孟鲸在异乡城市，难得吃到的。

吃完饭，孟伟民已经摸清了地形，熟练洗了碗，擦了油烟机，拖了地，又把房间里四处乱扔的衣物收拾整齐。最后，孟伟民从背包里撮了几撮中药，用瓦罐开始给孟鲸熬中药，说孟鲸看样子太累，气血不好，熬点四物汤补补。

等到屋里光线开始慢慢转暗了，灯还没有开，药香开始在房间内弥漫。

孟伟民开始有一搭没一搭和孟鲸絮叨，两个人坐着坐着，药香中，孟鲸慢慢觉得父亲开始面目模糊，皱纹和白发消失了，只有和当年一样的声音，语调稳稳地说着自己小时候的趣事。

"你周岁时候抓周，放着首饰、花、算盘、书不要，摸着摸着，把玩具枪摸到手里。当时我还想，完了，是不是生了个假小子。"

"是吗？"

"后来上幼儿园，你可凶了。经常抓男同学的脸，一道一道的。几乎每个月我都得给人家赔礼道歉。"

"我有那么厉害吗？"

"怎么不厉害，我想，这不行啊。女孩子还是得有女孩子的样子。我就给你扎辫子，天天漂亮衣服穿着，给你带花花草草，给你买布娃娃，还给你指甲上贴卡通贴纸，让你舍不得用指甲挠男同学。过了一年，嘿，你就文文气气了。可这样我又头痛了，你天天哭，天天撒娇，我是真扛不住……"

"这么说，你还是喜欢假小子?"

"哪有。你看你多漂亮。我一直以为自己又丑又胖，结果一看，哎哟，这小姑娘鼻子眼睛和我长得多像，但怎么就一点也不丑，还这么好看。我是看一眼就喜欢，看一眼就高兴，天天乐呵呵的。"

"说真的，爸，你喜欢儿子女儿?"

"我的孩子，我都喜欢。当初你妈怀你，算命的说最好起单字。我说男孩子就叫孟劲，有劲的劲;女孩子就叫孟鲸，鲸鱼的鲸。两个字读音要差不多。"

…………

孟鲸不想开灯，她忽然开始喜欢这间公寓，黄昏时的暮色，给她一种时空流动的感觉，温暖、悠然。她可以随着这暖暖的洋流飘着，听到海鸟的歌唱。

逼仄的房间墙上挂着一幅油画，色调温煦，是读美院时，参加比赛拿过奖的。画的是海洋，远处是橙色夕阳，海鸟点点，一条鲸鱼的尾巴在海面上露出。

她最满意这幅作品，不只是因为它暗合父亲给自己起的名字，也代表她的生活梦想。这幅画把狭小房间的空间扩展开了，扩展出一种幽静的纵深感，好像把一层又一层的空间组合在一起，未来、过去、将来，纵横穿插，像在梦里也像在梦外。她生存在城市的齿轮最深处，却随时可以躲避回宽广的海洋。

在那位业主要装修方案时，她力推海洋风格主题。她是拿业主的房子，来构建想象中完美的家。

晚上，孟伟民死活不肯睡床上，说地上寒气重，女孩子躺了会生病，硬是用被褥打了地铺。

孟鲸拗不过父亲，当晚就在孟伟民宏大的鼾声中入眠，梦中，她感觉自己就像一条小鲸鱼，跟随一条无比巨大的蓝鲸，在无尽的海面觅食前行，其他海洋生物都不敢轻撄其锋，畏惧避开。蓝鲸引吭发出长鸣，是不间断持续重复的声音。

这是鲸歌。

五

那天傍晚，三十八九摄氏度，快六点半了天还亮着。这个天气，任何东西都变得又干又脆，双手在虚空中揉搓，都能听到时间被揉皱搓碎的声音。

孟鲸这几天分外开心。本来那天她已经虚弱得不成样子，三年的感情硬生生在生命里被剜除，让她觉得没有一点点力量。

但老孟来了，不知道是不是他的四物汤起了作用。她气色好了很多，失恋带给她的影响消弭于无形。上班中午不再吃重口味的外卖，吃的是营养便当。下午茶也不用跟同事拼单喝甜腻腻的奶茶，保温杯里有枸杞茶。下班回家，家里就有热乎乎的家常菜候着。

今天孟鲸下班一打开门，就看见餐桌上摆着四道菜，还缭绕着热气。而孟伟民趴在桌上打盹，还打着鼾。他是等女儿等困了吧。

孟鲸轻手轻脚把鞋子换了，把手提包轻轻放好，想让父亲多眯一会。

手机忽然振动。她一看,是业主,就跑到门外,倚在电梯间的窗沿,和业主细聊起来。聊着聊着就过了半个多小时。

外面城市的夜渐渐模糊,远处黑暗已至,霓虹光芒散射到夜空中,城市的夜就变得浑浊不堪了。

等到回到房间,老孟还趴在那里,菜已经冷了。她把菜拿到微波炉热了,重新摆回餐桌。

老孟还趴在那里打呼噜。

孟鲸调皮地扯了张纸巾,用纸巾角去搔他的鼻孔。一下,两下,三下,老孟完全没有反应。

直到孟鲸奇怪地看到老孟嘴角下面的桌上,一大摊口水,他眼睛半闭着,一圈眼白不协调地露在眼角。

等到救护车赶到,穿白大褂的医生抬着担架,费力地将孟伟民带下去,也把孟鲸带入了一个完全陌生的境地。

如今,孟鲸坐在重症监护室7床边上,握着父亲双手,感觉这一切依然不真实。她今天一直没敢仔细看父亲,潜意识里觉得床上的人,和那个无所不能的父亲并不是同一个人。他怎么可能被击倒呢?

6床那里,萍姨在给她儿子擦身子,边擦边流泪。她儿子在大学一场篮球赛中,打着打着跑得慢了,捂着胸口,缓缓萎倒在地上。就像有个黑洞,从球场上空,抽离了他年轻的灵魂。然后就变成所谓的持续植物状态,他能吃饭,会咀嚼,呆滞的眼睛能跟随着亮光移动,像一株向往着阳光的向日葵。

4床光头强也被赵医生叫去办公室谈话,此时走了回来,骂骂咧咧。他一生气,脸色开始泛红,应该是和赵医生争执起来,整个脑袋慢慢红得像个番茄,红彤彤、油亮亮竖在那里,快要爆开一样。他 18 岁的儿子，就是有天感觉起床困难，手脚没力气，慢慢地，走路也要人扶，医院查查都说好的。一周前开始精神恍惚，慢慢就不认识父母了。现在他儿子昏睡着，血压很低，指甲掐去才有点微弱反应。光头强每请一个专家，病历上就多一个诊断，每个诊断后面都打了问号。韦尼克脑病？自身免疫性脑炎？仿佛这些专家过来就是为了争先恐后提出一些诡异罕见的疾病名称，治疗方案却没个章法。

2 床那里，张哥正打电话，说下雨了，在医院赶不过去，让老人去学校接孩子。张哥妻子，在一个很平常的早晨，被撞碎了头骨。医生修修挫挫，头骨锯了一块，开了个天窗。天窗外的头皮被仔仔细细缝住，以待日后有用人工头骨补上的机会。几个月过去，天窗头皮已经瘪下去，偶尔可见下面脑子在搏动。但人，依旧毫无反应，手脚硬得跟木棍一样，每天需要费力扳开活动关节。这一切，源于那天孩子起床慢了，她送了孩子再去单位，为了不被扣全勤奖，小跑着冲过马路。她鼻孔里插着半透明胃管，张哥把食物打成泥，用灌注器推进胃管。所有食物不但丧失了香味和形状，连最后一点从口进入的尊严，也丧失了。张哥妻子就像一具空空荡荡的皮囊，定期灌入这些糊状物体才勉强撑起人形。

这具皮囊的丈夫，拎个保温瓶走过来，递给孟鲸。张哥知道孟鲸孤身在这不方便，每次都会多打一份糊给孟鲸。

护工大妈还没回来，孟鲸只能拿过灌注器，先用清水注射进胃管冲一下，再同样将这些肉泥、蔬菜、米饭、牛奶等组成的物体慢慢推进去。它们在半透明胃管游动，像一条条灰绿色的鱼，游进了孟伟民的鼻子。

进食交给了鼻子，而呼吸，交给了喉咙。

孟伟民的喉咙切开个口子，固定着金属套管，用纱布包着。套管上面的通气管在替他呼吸，维持着他的生命。这可以让孟鲸仍有一个希冀，父亲会像电视剧里一样，在某个时刻，命运的特写镜头转到了他手指上，那个手指微微动弹。

奇迹发生太少，孟伟民开始动弹，却是一阵咳嗽。是推食物过快了，有些从胃管反流到喉咙。那个金属管就像鲸鱼的喷水孔一样，高高地喷出了液体。

孟鲸赶忙擦拭，费力地翻过他的身子，手掌不停拍击背部。她必须协助父亲，将这点所谓食物完全咳出来，只要留有一点残渣到肺里，就会造成肺部感染。赵医生说，监护室的细菌很凶，扛过很多顶级抗生素的攻击，很多病人其实不是死于原发病，而是死于卧床后的肺部感染。

她看到父亲赤裸的背部到后颈，满是汗疹，红红一大片，后脑上有两个钻孔手术后缝合起来的狰狞切口，线头附近也被汗水浸得发红，床单散发着潮湿气味，是出汗后疏于护理的缘故。

她联想到鲸鱼经常用尾巴拍击海面，它们不是在嬉戏，而是用拍击来甩掉死死粘在身上的藤壶。鲸鱼没有天敌，但却很容易被藤壶困扰，甚至因此死亡。

等到孟伟民的咳嗽好不容易止住，她用爽身粉扑满父亲的背部，防止皮肤溃烂。

她必须埋头往前走，事情刚发生第一天的哭泣，被她完全丢在身后。

哭泣是没有用的情绪，她在二十八岁的年纪第一次明白了。哭只有在一个情况有用，那就是有父亲有母亲帮她遮风挡雨的时候。

她需要尽快奔跑，将那个柔弱爱哭的孟鲸抛到身后，把当年那个可以抓破男同学脸的孟劲，从身体最深处释放出来，让他迅速成长，有力量拉动搁浅在沙滩的蓝鲸，回归大海。

六

孟鲸擦完父亲身子的时候，护工大妈总算出现了，有些气喘，看上去是跑过来的。

护工大妈五十岁的样子，短发，手脚粗壮，长相彪悍，形如女屠夫，嗓门极大，一上来就喊着："哎哟，你老爸也太重了。我刚才帮你老爸翻身，弄得一身汗，就回去洗澡。结果下大雨，现在雨小点了才过来。"

说完伏下身子，将床边导尿袋高高举起，邀功似喊："看，你老爸小便多起来了。上回医生不是说小便少，怕尿路感染吗？"

孟鲸怎么会看不出护工大妈的伎俩，外面雨那么大，一直没怎么停，如果她真的是从家里回来，怎么会身上一点雨水气息都没有。这是护工这行的潜规则，跟你说是单独陪护，又偷偷再接一份病人活，多的甚至四五个。如果家里人发现护工不在，打电话催了，就说是回家洗澡什么的。父亲这七天住院，她人不在说回家洗澡已经不是第一次。

哪有护工会真的拿病人当家人照顾，能少干活就少干活。找个敬业护工，跟找劳模似的。

孟鲸脑子已经开始高速运转，若是以前，她一定拆穿护工大妈的把戏，不冷不热把护理费结到今天，让她走人。但这又有什么用，人家既然已经有了另一份，随时还能找下一份，照样两百块行情，何必在你一棵树上吊死。

监护室的护工，做得好很难，都是重病人，擦洗喂饭大小便都要护理，要混过去也容易，家属一天只能来探视一小时，探视时候对付过去就行了。医生护士看到护工照顾不好，只要不影响病人身体和治疗效果，一般也会睁一只眼闭一只眼。说到底病人永远比护工多，这个不好伺候，永远有下一个不知底细的新病人。

孟鲸不卑不亢地说："大妈，我知道我爸胖，病情也重，你照顾得会辛苦一点。你也知道我是外地人，在这里没亲没故的，既然我选了你，那咱们就是有缘分。我看你也是心善的人，不会蛮不讲理。你给我面子，我也给你面子。这样吧，我写个单子，你按照时间和次数帮我爸项目护理完，其他时间要是有别的病人也想你照顾的，只要不影响我爸，你捎带帮他护理，我也不会介意。"

她这番话说得不软不硬，声音不响，但每个字说得清清楚楚，尤其把面子两个字咬得重重的，能够让旁边的萍姨、李叔，几个护工都能听见。

她自知吵架肯定吵不过大妈，但吃准了护工大妈不敢声张脚踏两条船的事。话是示弱，但藏着刀锋。

护工大妈原本的大嗓门顿时低下来："哎哟，你这个小闺女真是让人心疼。你放心，你把单子列好，我要是做不好，你拿着这个尿袋砸我。"

孟鲸问护士借了支笔，开始一项一项写项目。

"一天喂六遍。擦身扑爽身粉两次。白天两个小时翻身一次，翻好喂水两百毫升，导尿袋四小时换一次……"

她边写边说："大妈，我这个人呢，记性不好。在公司上班时候，有事情就喜欢写下来，做完一样就勾一样，习惯了，这样不容易忘，你别见怪。"

护工大妈忙说："这个好，这个好。我年纪大了，记性也不好。有时候明明刚擦过身子，忘记了，还会再擦一遍。"

孟鲸把条子写完，贴在床头柜上："那就这么定了。我明天打印张表格，那样你勾着更方便。想当初我请你来帮忙的时候，这里的袁主任也说过你干得还不错，尤其是心地特别善良。"

她把重症监护室袁主任的旗号，也无中生有借过来。

护工大妈声音彻底缓了下来："袁主任真这么说啊。唉，可不是嘛。刚才 8 床死了，家里人也没几个帮忙的，给老人入殓的衣服都穿不来。我看他们可怜，帮了一把，一起送到楼下。罪过哦，苦了一辈子，临走了瘦得不成样子。"

原来这才是护工大妈失踪的原因。孟鲸心里冷笑，有病人垂危，对护工来说叫"捡便宜"。东家需要排面，如今疫情防控，家属只能进一个，东家根本忙不过来，需要几个做过核酸检测的护工，来帮忙料理后事，一个护工要给两百块的"白事包"。一小会工夫，顶得了一天。

护工大妈就这样被孟鲸收服，她相信接下来，护工大妈必然不会再明目张胆丢下父亲，她有点喜欢这种用言语就能操控别人的感觉。

管床的孙护士过来定时查床，她记录了屏幕上的数字，又揭开盖在孟伟民眼上的纱布，用笔灯照了两下，刚想直起腰记录，又低下身子细看。

她跑到医生办公室，不一会，赵医生就小跑过来，掰开孟伟民眼皮，用笔灯照了照瞳孔，又看了看呼吸机屏幕数据，对孟鲸说："你爸瞳孔不一样大了。不能等雨停，要尽快去做CT，搞不好要急诊手术。"

他马上给放射科打电话，说有危重病人要紧急检查，让他们准备。又脚不沾地跑到医生办公室，扯了张转运危重病人告知书，拍在孟鲸面前，让她赶紧签字。

孟鲸赶忙签了字，招呼护工大妈一起帮忙。她看着父亲，他身上开始散发一种黏滞幽暗的气息，这令人无比紧张。

赵医生和孙护士把输液架上的管子能关的都关了，就剩两袋盐水挂在床头的输液杆上，继续滴滴答答。他们拆除了那些连接线，又拆掉喉咙上插着的呼吸机管道，换上手工的呼吸皮囊，连接上小型氧气瓶，接着孙护士就有规律地用手捏着皮囊，给孟伟民送气，一下一下和呼吸频率不差分毫。心电监护仪拔了电源线，直接放到床上，用电池继续工作。

赵医生用脚踢开了病床刹车，开始拖动。

李叔走过来，问要不要帮忙。赵医生点头说："多个男的，多双胳膊也好。小孟，你先去按电梯。"

孟鲸急忙跑出监护室，走廊外风雨嘈杂，电梯间反而显得寂寂。

后面赵医生、护工大妈和李叔，推着病床过来，孙护士仍在捏着皮囊，频率如一。

重症监护室就在二楼，下去很快。他们推着病床出了住院楼，外面风雨声嘈杂，一下子袭击耳朵，就像海浪瞬间拍击过来，孟鲸竟有那么一瞬间失聪。地面上已经积水，病床推过去，能在地面上留下两道锋利的水痕。

李叔咂舌："这么大的雨，不会发洪水吧。"

住院楼和放射楼有露天雨廊相连，可以避雨。他们小心翼翼推，没有让孟伟民淋到雨，但鞋子很快湿了，一脚下去，发出叽咕叽咕的声音，以及令人难受的湿重触感。

推到了 CT 室门口，赵医生先从另一边医生通道进去。过了几分钟，CT 室上面等候检查的名字就出现"孟某民"，随后切到了最上方。又过一会，门打开了，赵医生和一位放射科医生，跟着前个检查完的病人出来，一边交谈一边帮忙拉病床。

有人挡到了他们前面，大声说："刚才上面名字明明是我，怎么变成他了。走后门吗？"

赵医生解释："我开的是急诊单子，按规定是可以先做的。"

这是个四十来岁的女子，烫了卷发，口罩上面睫毛很长，右手在空中挥舞，指指点点："哪有这样规定的。不是先来后到吗？我等了一个小时，好不容易就轮到我了，怎么能插队呢？"

赵医生不耐烦："都和你说了，这是危重病人。虽然有先来后到，但医院更要分轻重缓急。你也看到护士在给他按气囊了，要不是危重病人，会有医生和护士陪着？"

"谁知道你们是不是开后门。我今天前前后后被插队三四次，要不是插队，早看好回家了。"

赵医生有种秀才遇到兵的无奈，放射科医生担心纠缠下去，耗费时间可能会更多，万一被投诉，就又要花时间自证清白。他看向赵医生的眼神有些松动，竟好像要劝赵医生干脆让这女人先做了算了。

孟鲸在一旁，直接拉着病床往里冲了。

她从没插过队。挤地铁，买东西，她被插队的时候多了，她几乎都会忍，也不赶这点时间，但此时不一样，自己不能把时间浪费在和这女人胡搅蛮缠上。用对付护工大妈的那一套，时间根本来不及。

她嘶吼着，用前所未有杀气腾腾的嗓音吼道："我爸要是被你耽误了，有个三长两短，我绝对不会放过你。"

一股凌厉酷烈的气势升腾起来，那女人没想到这小姑娘居然如此凶悍，被镇住了，气势顿时一馁，旁边的护工大妈和赵医生也都呆了一下。

孟鲸看向显示屏，看到排在父亲名字后面的名字，咬牙切齿念出来："刘什么敏是吗？43 岁。我记住了，要是我爸没过这一关，我一定找你，我一定能找到你。医院电脑里面肯定有你的家庭住址和身份信息，你就给我等着。"

说罢，完全不给女人反应的时间，直接冲进了 CT 室。果然，那女人一时没反应过来，目瞪口呆站在那里。

赵医生指挥着三人一起将孟伟民搬上 CT 机上。

他做了个双臂屈肘前伸，掌心向上的动作："你们和我一样，在这边用这个动作。一个托头，李叔和我一起托腰，大妈你和小孟一起抬腿。病人比较重，大家听我口令，一、二、三，起。"

赵医生托着孟伟民的腰，屏着气用力，将当初言之凿凿绝不上手的话，遗忘了。

七

赵医生拉着孟鲸到了 CT 室内间，按惯例，家属是必须在外面等候的。方才的冲突剧烈，赵医生为免得孟鲸和那女人争执，把她拉了进来。他也没让孟鲸在 CT 室陪孟伟民，说一次 CT 的辐射量，相当于几十次 X 光片，对女性身体不好。

赵医生和放射科医生一起，一帧一帧看孟伟民的头颅 CT，不停嘀嘀咕咕。他越看眉头越皱，孟鲸的心也提到了嗓子眼。

他用手机对着显示屏拍了好几张照片，用微信发给了袁主任，在电话里又说着孟鲸听不懂的医学名词。

打完电话后，他语速很快地对孟鲸说："情况基本确定了，比原先估计的好一些，没有新鲜出血。但脑积水情况比较严重。最好办法就是做个分流术，用管子把脑里多余的积水分流到腹腔，可以降低颅内压力。不过手术并发症也多，堵管、感染、出血什么的。你有没有问题？"

"我没问题，赵医生你做主就行，我信你。"

"那我先帮你联系脑外科，等下我们袁主任也会过来。"

正在这时，几个人的手机提示音几乎同时响了。

孟鲸低头一看，是市气象局的信息："市气象局 16：30 发布暴雨红色预警信号：目前，市区局部降水量已达 50 毫米以上，预计未来 3 小时以上，降水持续，累计降水量将达 100 毫米以上，请注意防范。"

　　孟鲸对信息里提到的"50毫米、100毫米"完全没有概念。这城市每年都有大雨，虽然偶尔也有人因为大雨掉进河里被淹死，但毕竟不过是与己无关的新闻。几乎不会有人因为预警信息，放弃出行。

　　忽然传来叫嚷，内部通道有医生跑出来，让赶紧收拾地上东西，水漫进办公室了。

　　他们急急忙忙进去，把孟伟民搬回病床，开始撤回住院楼。

　　一出 CT 室的门，那个女人已经消失。地上满是水，没过脚背。他们顾不得鞋子，反正已经湿透了。

　　路边有个汩汩冒着的大水泡，依稀有点圆形轮廓。应该是城市内河无法承担排洪的工作，开始倒灌污水窨井了。

　　几个穿保安制服的人匆匆拉着一台抽水机过来，想要给放射科的机器构筑一条防线。

　　他们拉着病床，瞬间被雨幕吞没了。水也漫过了他们的脚踝，有的地方淹没了半截小腿，越走水越深，甚至能感受到水流不怀好意的冲击，像在湍急的河流里跋涉。

　　夕阳整个泡进水里，被风雨彻底封印。水混着黄沙泥土，变成黄色海洋，在整个医院地面肆无忌惮穿梭。

　　雨，简直像消防车的水炮一样，狠狠喷过来，露天雨廊只能挡得了上方，对横着过来的风雨毫无抵抗能力。雨点打在孟鲸他们身上，就像有无数支羽箭在击打他们的身体，万箭穿心。

　　有人骑着电瓶车，歇斯底里在他们身边掠过，溅起水花。孟鲸和赵医生忙用身体挡住病床，生生挡住了这一个浪头。

赵医生大声呵斥那人，但那人没有回头，连道歉都没有，只顾向前冲锋。

那人在这危险的风雨中奔驰，只有一个可能，就是回家，家里有他不能放心的人。他可以走，但孟鲸无法走。在这个城市她没有家，而她唯一的家人正躺在病床上，身上还有无数看不见的线路，连接在楼上监护室之内。

赵医生在病床的前头，蒙着头往前拉，眼镜早就湿透，还在指示着他们往哪个方向走。

冲进住院部，孟鲸浑身湿透，衣服被雨水牢牢焊到肌肤上，严丝合缝，一丝破绽都没有，简直像穿了一套黑色的盔甲，她把当年那个遗落掉的假小子，重新从童年带了回来，带着铸铁气息，像花木兰一样伫立在战场上。

住院楼大厅里也进水了，两个保安在门口叠沙包。看到他们，忙挥挥手，说电梯井也进水了，电梯没法开了。

赵医生看了看心电监护仪上的数据："氧气瓶快用完了，我们尽快回病房。"

他们推着病房来到楼梯间，病床加上监护机器，已经有不小分量，加上孟伟民庞大的身躯，真是浩大的搬迁工程。

楼梯间平时少有人进出，这个点还没有人开灯，乍一进去，只觉得眼前一片黑暗，什么也看不清。带进来的门外光亮，像萤火虫如影随形，却都是星星点点的微光，像从楼梯间的一楼到顶楼的黑暗，被轻轻烫出一点点窟窿。直到赵医生打开灯，驱散滞重的昏暗。

"你们把病人放到我背上，小孙你保护头部和送氧气，小孟你端氧气瓶，大妈你拿心电监护仪，叔叔你帮忙托屁股，注意力度，不要把我们推倒。"一连串的话从赵医生嘴里滚落下来，在楼梯间形成回声，就像三三两两的碎石子砸到水面上，激起浪花。

就算孟鲸再强迫自己强大，力量上的劣势在此刻毫不客气显示出来，她只能默默地站着，先一起合力将孟伟民放到那个有些偏瘦的身躯上。

他们开始一步接一步地攀爬，互相搀扶，像一场行走在山脊上的长征。

她这一瞬间，忽然有点柔弱，蓝鲸那宽厚的仿影，有点叠映到赵医生瘦削的身形上。

但孟鲸觉得不对，她已经用钢筋混凝土铸就了一个孟劲，他潜伏在她身体里的某个地方，会在自己需要的一瞬间挺身而出，用充满力量的四肢抗击风雨，用雄厚的嗓音震慑野兽。

她抱着小氧气瓶，紧紧跟在他们身后，生怕多一点距离，就会扯掉连在呼吸皮囊上的氧气管。她看到自己手指上的美甲，想起了小时候指甲每次剪短都会哭泣。她最喜欢自己的手，尤其指甲，釉色光润，是她作为女孩子的骄傲，可如今，多余累赘。

他们跌跌撞撞地往上走，幸好监护室只在二楼，一出楼梯间，门口保安看到，忙过来帮忙。等到进了监护室，却看到人异常多。

所有重症监护室医生和护士都出现在里面，他们原来是轮休的，一天只会出现几个人。但今天，他们就像是在里面从未离开。

医生护士忙过来帮忙，将各种线路一个个连接回孟伟民的身上。

赵医生喘了口气，说："楼下还有病床，去抬一下。"

这些医生和护士，又分出三四个人，往外走去。

孟鲸看着这些人，联想到那个绝望回家的男人，难以想象这些医生护士是怎样一个个从家中，逆行赶来。

这人间路遥马急，城市里的每个人都有家，但她没有。那间单身公寓只能算是废弃的海螺壳，她寄居在海螺壳里，遮风避雨，躲避天敌。她想着多赖几年，直到有个人会和自己一起打造一个窝。但她等错了一个人，当心里有一丝侥幸时，在这城市待着就是一种毫无止境的酷刑。可能某一天，海螺壳的主人会把她硬生生扯出来，把海螺壳收走，她就只能继续寻找新的海螺壳。

八

重症监护室的袁主任也到了，虽然换了蓝短褂，但衣服上还是有水渍浸透出来，眼镜满是水汽。

他对着医生护士们说话，语气平和："同志们，我们大家都接到通知，现在是一级响应。这场雨灾，非常少见，但难不倒我们。我们重症监护室是优秀的团队，是最后一道防线。灾情就是命令，我们要克服困难，保证病人安全。"

话音未落，外面阴沉的天空忽然闪烁了几下强烈光芒，所有的灯光一下子灭了。

紧接着，就是巨大震耳欲聋的雷声，震得窗户都抖动不停。

停电了。

一切坠入黑暗，所有人眼睛并没有适应黑暗，什么都看不见，看不清脚下，看不清未来，连自己的手，都看不清。

过了几秒，灯光才陆陆续续亮了起来。

袁主任拍了拍手："大家关注好病人生命体征变化。刚才打雷停电，注意一下仪器有没有故障，发现故障立即报修。"

赵医生把孟鲸喊到办公室，袁主任坐在那里，招呼孟鲸坐下："你父亲的情况，应该尽早做手术，等到脑疝情况加重，就彻底没希望了。"

"袁主任，麻烦你尽快安排。手术费用，我可以马上做网贷。"

"不是钱的问题。刚才雷击把变电站打坏了，全医院都停电了。"

孟鲸往窗外看去，果然灯光寥寥。

"我们监护室和手术室，现在还有 UPS（不间断电源）供电，但等下就不好说了。外面这个形势，电力抢修队也不知道什么时候能来。"

孟鲸着急："那怎么办，我爸情况不能拖吧。"

"你先别急，我是这么想的。去手术室，虽然设备齐全，但电梯没用，搬上搬下需要时间。你父亲情况也不太稳定，有一定风险。我个人建议就让脑外科医生过来，在监护室做，只是这样，无菌条件不太好，也不合规矩。"

"行行行，就这么办，我没有意见。"

"好的。不过，你还是要做好人财两空的准备。你父亲大概率会一直瘫痪在床。要么你不上班天天在家照顾，要么花大部分工资雇个保姆。这是一种看不到头的生活。你已经做到子女能做到的一切了。现在就算放弃,也不会有人说你什么了。"

孟鲸的思想又飞到上空,她看到下面的自己语气坚决:"袁主任,你不用再说了。如果最后结果真的不理想,我也不后悔。"

袁主任眼看劝不动,叹口气:"行吧。那我联系脑外科。"

赵医生让孟鲸签好手术同意书,看向窗外,摇摇头:"放射科那些机器算是完了。这可是我们医院压箱底的宝贝啊。"

外面马路上,有些汽车正赌博似的开在水里,往前行进。车速越快,水的阻力就越大。一辆SUV仗着底盘高,强行冲入水中,没几秒钟,就变成强弩之末,趴了窝,车主无奈地从天窗爬出来,对着远处挥舞双手。

脑外科的两个医生很快过来,孟伟民病床周围的帘子拉了起来,变成一个简易手术室。孟鲸的思绪就悬在上空,看着下面的医生穿着无菌手术服,围着孟伟民的头部摆弄,几个护士打着手电,补充手术光源的不足。而赵医生把手机屏幕举起来,给脑外科医生看CT片子。帘子外,有个女孩正等候着,焦虑地在剥双手手指上的美甲。左手剥完了,就开始剥右手。地上慢慢多了美甲五颜六色的点点碎屑。

还好,一个小时,手术就做完了。赵医生扒开孟伟民的眼皮,照了之后,回头对着孟鲸点了点头。

孟鲸的思绪此时才回到肉身,心头石头落了地。

孟伟民躺在病床上,胸膛缓缓地起伏。他的脑袋侧面,又多了一块白色敷贴。

她坐在病床边,此时早就过了探视时间,几乎整个病房的家属都被困在了这里。他们没有想着离开，都想在这个不知道何时停止的雨夜，守在家人身边。

雨一直没有变小，苍青色的天空，看不出乌云的轮廓，抑或者，整片天空都是乌云组成的。太平洋底的深海被乾坤挪移，到了城市上空。没有光，一千个大气压的压强，将这个城市死死摄住。

雨夜惨烈。连绵不绝的雨水正在夜晚淹没这个城市。孟鲸开始胃痛，她捂着肚子，靠在窗沿上。她没有问医生们讨胃药，她不想给人添麻烦。

她看着窗外，窗外灯光星点稀疏，几束零散的车灯或探照灯光束微弱晃动，被雨水切割得粉身碎骨。庞大的城市被揭开皮肤，露出虚弱的神经血管，被迫用嶙峋的白骨来面对这场劫难。

等到胃痛终于缓解了，她伏在病床边，又累又困，今天的经历，就和父亲第一天入院一样，将她全身的精气神都消耗殆尽。

仔细算起来，自己整整七天，也才睡了二十个小时吧。有时是陪床等手术，有时是一个人在公寓里根本睡不着，害怕父亲在医院有意外。还有公司业务落下一大堆，必须赶。鲇鱼老板让自己下午两点就下班，已经是天大恩典。

孟鲸想着，不自觉把头靠在了病床上，轻轻靠在了父亲的肚皮上。

孟鲸很小很小的时候，就喜欢趴在父亲肚皮上睡觉。夏天，他们在院子里点上蚊香，架起竹床睡觉。父亲虽胖，汗却不多，光着肚皮在床上，比竹席还要凉快。孟鲸小小的人儿没有重量，趴在上面，随着父亲的呼吸一起一伏，就像在海边码头的小船随波荡漾，而鼾声就像潮水声，规律而持续，反而更有催眠的效果。

她时常在这种氛围中入睡。这一刻，她的眼皮逐渐沉重，欠了七天的睡眠，身体开始准备向她索取回去。

就在这时，灯再一次熄灭了，病房内的机器，停止了运转。时空在这一刻，被完全冻结了。

九

隐隐闷击的雷声由远方移近，好似集中在这家医院里，不留喘息余闲地击鼓猛锤，闪电有时似乎穿窗而入，又从另一面窗出去，到外面半空中爆炸，而粗大的电弧，却没有给病房留下一点点电能。

距离完全停电到现在，已经接近四个小时。这个夜晚漫长荒芜，进入了午夜时分。

刚开始，所有人并没有紧张，毕竟呼吸机和各种仪器都是有备用电池的。制氧站被淹，无法工作，管道氧气都没了。但医院也派人送来了一罐罐氧气瓶。

随着时间推移，不但电依旧没来，连水也停了。

他们在刷手机，都是暴雨的信息。过了一会，手机信号都开始变得微弱。网站开始打不开，有人发现电话也打不出去了。

医院备用的柴油发电机，也消耗完了柴油。

这下子，家属们的情绪越来越慌张了。谁也不知道接下来会怎样。

这是最黑暗的午夜，整个监护室逐渐沉入深海。只有两盏应急灯的光明，和手机屏幕的微弱亮光。

医院所在的区域地势太低，地面上，水已经到了胸口的高度。一些车子被淹得只露出车顶，后备厢盖高高翻起，像是溺水的人被淹没头顶，举着一只手在沉没前最后呼救。

窗外的雨一阵紧似一阵，簌簌地敲打玻璃。雨幕交织，在瀑布倾泻的雨声中，这里成了一座孤岛。

监护室里的人们，像一艘轮船在大海中遇难，一群人流落到了孤岛上。孤岛上有什么恐怖的丛林生物，他们不知道。同时还要面对食物和生存物品的争夺。

重症监护室里所有的蓝短褂和浅蓝色护士服不知道怎么回事，突然一瞬间全消失了。是的，他们都属于浅海的鱼，在浅海，阳光照射得到，有着一项项规则，生命多种多样，空前繁荣。

但这里是深海，没有阳光，甚至连光线都没有。就算有光点，也在深海黑巨口鱼的头顶钓竿上挂着，它们用这个来诱惑猎物，等着喜欢光亮的小鱼自投罗网。

黑暗中，孟鲸与他们的目光赤裸裸相对，像一种原始社会中深入骨髓的搏斗，她不能输掉。

她已经完全剥离干净自己手指甲上的美甲，指缝间甚至透着红色，有着野性酷烈的血腥味，但她没有哭。

父亲就像一条年老的蓝鲸，不断落下，周围丑陋的深海生物在盘旋，觊觎着他的身体。

一鲸落，万物生。

但老蓝鲸的身边，还有一条竭力不让它沉下去的小鲸鱼。

萍姨满脸泪水地走过来："小孟，求你了。你把呼吸机借我儿子用一下吧。就你这台还有电了。"

"萍姨，我爸刚做完手术，没有这台呼吸机的话，他活不了。"

"我儿子没呼吸机的话，他也活不了。医生也对你说了，你爸就算救过来，可能一辈子也是个植物人了。对你来说，更是个累赘。你看我儿子，还这么年轻。也许有一天，他会醒，会重新读大学，他的人生还很长。"

人类比动物更软弱的地方，就是容易心软。孟鲸想起自己跟的那个大业主，本来是小苏做的。但因为小苏害怕跟老板汇报时被占便宜，好说歹说求自己，结果自己做了替死鬼。

"萍姨，我爸也会醒的。他受了这么多苦，他一定会醒的。你儿子的命是命，我爸的命也是命。就算他年纪大，但一点也不比你儿子廉价。如果我让给你，我怎么和已经死去的妈交代。"

孟鲸的声音越发沙哑，有了一种中性不辨雌雄的感觉。

张哥走过来，拎着保温瓶："小孟，你看我老婆，她没争没抢，为了两百块全勤奖，就这样了。你看我孩子，还天天叫着要妈妈呢。他多想他妈妈能够重新接他放学。你看在我每天给你带吃的情分上，就借我十分钟，不，五分钟。"

李叔也凑过来："小孟，我也只要五分钟。你看我今天送你爸去检查，全身都湿透了。我那么帮你，你也帮一帮我吧。"

陌生人对你的付出都是高利贷，他们迟早要连本带利讨要回去的。孟鲸想起了前男友，他只是在社交软件上看到自己想喝奶茶，就跨越半个城市送过来。当初以为今后这个男人会对自己越来越好，但最后发现，这不过是一场高利贷。那个男人只是用了一杯奶茶，不但得到了自己的身体，还轻而易举换取了三年的青春。

"欠债还钱，杀人偿命。张哥，你带吃的情分我记下来，我今后肯定还你。李叔，你帮忙推车的情分我也记下了。今后我帮你母亲端屎端尿。但你们要借呼吸机，就是借命。钱和命是两回事。我借不起。"

"啰里吧唆的。"光头强直接站在了孟伟民床边呼吸机前面，就开始拔管子。他的脑袋愈发红了，面色凶狠，两个膀子粗大，T恤的短袖都被胀得鼓鼓的，是常年健身的痕迹。如果在非洲大草原，他就是狮群中唯一的雄狮，霸道，有力量，锋利的前爪可以撕裂一切，就算年轻的雄狮来竞争，也必然会失败。

孟鲸吼着："你敢!"

"你看我敢不敢!"光头强一下就把孟鲸推倒了。

孟鲸脑子里一下子出现了鲇鱼老板的样子，他们一样丑陋。

孟鲸迅猛地爬起身，随手操起一把不知哪里出现的手术剪。

她一把抓起自己的长发，一下，剪下来一大把，又是一下，又剪下来一把。

她往光头强走一步，就剪一下，走一步，就剪一下，在她身后，是一地柔软的长发。她简直是以自刎的姿势在向这头雄狮推进。

她身体最深处藏了二十多年的古化石，完完全全苏醒，挟带着深藏二十多年的暴烈杀气，来到这个深海。深海只有弱肉强食，那么他就要最快最强，女孩孟鲸已经像蛇蜕一样彻底被扔在后面。

他就是孟劲，生猛酷烈。

光头强脑袋的红色褪去了，不由自主后退。孟劲进一步，他就退一步。

"你要干什么？"光头强声音有些尖细，竟像是被阉割了的太监。

孟劲说："今天谁动这个呼吸机，我就和谁玩命。难道谁年轻一点，谁的命就更值得救？谁有钱一点，谁的命就更值钱？谁被需要得多，谁就更应该万寿无疆？"

两个人都不再说话了，久久地保持着这个姿势。一个身体前倾，手搁在头上；一个身体后仰，手轻轻虚空推着。中间隔着一个阴阳界线。

灯忽然亮了，窗户的玻璃反光，像镜子一样。孟鲸在玻璃里看见自己的那一瞬间，微微有些吃惊。她看到一个男人，短发杂乱无章。他的笑容到现在还没有退干净，残留在嘴角，像一把钢锯的锯齿，立在脸上，寒冷、锐利、残留，带有一种不加掩饰的邪恶。这邪恶可以将任何肉体，撕裂开，变成没有纹理的血肉。

这一刻，雄兔脚扑朔，雌兔眼迷离。

凝结的时光忽然重新启动，恢复了原样。

咳嗽声，患者无意识敲打床栏哐当哐当，还有他们偶尔耐不住痛苦的呻吟号叫，依旧是永远的旋律。好像刚才一切都没有发生过，医生和护士从来没有消失过。

此时应该是凌晨时分了，外面的雨声似乎小了一些。有几个着整齐短袖衬衫和西裤的男子，背着手站在大厅，旁边的袁主任正在和他们低声耳语。说完之后，这些男子轮流和袁主任握了手。

孟鲸抬起头，迷离看着四周，每张病床前都多了一两个医生和护士，在不停歇地用手捏着皮囊，永远不知疲倦。他们用肉身，化成了一台台精密的仪器，代替着病人呼吸。

萍姨、张哥、李叔，还有光头强，都在家人的床边，或站或躺。

孟鲸再一次合起了眼皮，任由自己很松弛很脆弱地漂浮在病床边，在荒凉无垠的战场中，她枕戈待旦。

耳旁，好像有人在背古诗："不闻爷娘唤女声，但闻燕山胡骑鸣啾啾。"

声音很像是老孟，但她连抬眼皮的力气都没有了。

十

孟鲸太累了，凌晨是否有一场战斗，是怪诞的梦境，或者是扭曲的现实，她记不清了。

只记得最后一段梦里，孟鲸和孟劲两个人相互靠着，坐在沙滩上，亲近又疏离，旁边躺着一头蓝鲸。

孟劲对她说："孟鲸，这个世界对你是有点不友好。我多么希望，你永远是你。"

他的头发依旧如锯齿一般锋利，五官却柔和。

海浪中，孟伟民和母亲慢慢走上了沙滩，他们的笑容充满了光芒。孟鲸不由自主和他们两人拥抱在一起，两个大人一左一右牵着她，往海里走去。

孟鲸回了一下头，看见孟劲站在沙滩那头鲸鱼身边，对着自己摆手，让自己不要停留，同时做了个右拳击胸的动作，像那些战士上场前的宣誓。

孟鲸被一阵欢呼吵醒，她抬起头，发现天已经亮了。

声音是医生和护士们发出的，几个"迷彩服"赤着脚，正把几箱饮料方便面往地上放。

过一会，柴油发电机发出了中气十足的响声，各种机器的交响乐，又开始协奏。

阳光由云峰中闪射下来，阔叶上金光闪耀，黄色积水海洋映出渐渐扩大的蓝天，和逐渐退去的乌云。

冲锋舟从住院楼的二楼开始驶离，这是重症监护室所在的楼层。

几个"迷彩服"穿着橙红色救生衣，开始发动马达。孟鲸和赵医生也穿了橙红色救生衣，一左一右坐在孟伟民身边。冲锋舟平稳划开水面，"迷彩服"们小心翼翼驾驶着，生怕吵醒孟伟民似的。

那条搁浅的蓝鲸重新进入了海面，安详静谧地遨游。

后面窗户上，医生护士们正在帮光头强把儿子小心翼翼放在另一艘冲锋舟上。他们这些病人，都要转移分流到另外几家医院去。可能，今后再也不会相见。

孟鲸想到什么，摸了摸自己的头顶，头发还是长发，只是混着雨水和泥水，坚硬如盔甲。

她看向赵医生，他双眼满是血丝，应该是累得不行，但手上还是有规律地在捏着呼吸皮囊。船很小，他们尽量往中间坐，防止倾覆，因为离得近了。孟鲸甚至闻到了他身上散发出的男人才会有的气息。这气息像动物的皮毛一样蹭着她，潮湿却带着温度，意外地不令她反感。这几乎把她眼泪都逼出来了。但这次，她没有故意忍，想流泪的感觉就自然停止了。

他们就像那些冒险电影，经历了最后大决战的男女，在驶离孤岛。

这场大雨，终于和城市的无数场大雨一样，过去了。

她想问问赵医生，昨天夜里是否有什么事情发生，却不知道如何开口。

孟鲸突然回了一下头，那座医院住院大楼的玻璃窗已经缩成小小的一排，里面不知道还有多少人。这样看上去就像一管口琴，却没有发出一点声音。

这样看上去，是个童年的玩具，不失暖意，却已丧失用途。

老孟双眼仍然盖着纱布，这是防止阳光照射伤到眼球。

她轻轻把头凑到老孟耳朵边，张了张嘴，却觉得无比疲累虚弱，发不出声音。她只好深吸了一口气，继续试了几下，最后一次，终于发出了声音："爸爸。"

这声音无比响亮，比孟伟民当初的鼾声还要响，就像鲸歌一样。

呼吸皮囊在赵医生手里一下一下呼哧呼哧，冲锋舟马达一声一声吼叫，孟鲸听不出孟伟民有没有答应，好像是应了一声，又好像没有应。

她的父亲躺在那里，像在母亲子宫里的胎儿。

女　檀

一

她这半年，有无数次想抓住在眼前跳跃的小鹿。

那头小鹿如水如玉，欢悦灵动，在她眼前跳，在糖尿病人统计报表上跳，在手机屏幕上跳，在病床前母亲身上跳。

但当她伸出左手时，手臂变成一段枝丫，斜伸而出的千年青檀木，无法触碰到鹿的一丝一毫。

树和鹿之间，隔了太久时代，这要追溯到亿万年前植物和动物的迥异。

她一个人静坐时，那头小鹿会偎依在她手边，像在树旁歇憩，静默如一幅油画。

她二十七年的时光，一直是鹿的形态。半年前，她奇异地出现了变化，身上细胞从身体不可测的深处开始晕染，长出了植物才有的细胞壁。

她的身子一半是鹿，一半是树。一半欢愉，一半禁锢。她存活在这个世界上，完成了植物和动物的融合，成为冬虫夏草，延续她今后的岁月。

变化许是从乡村医生这份工作开始的。

从医，是陆瑶一直以来的理想。她成绩不错，若是高考发挥正常，考个二本的医科院校问题不大。但高考时出了意外，为了从医，只能报分数要求较低的全科定向委培医生。完成学业后，按定向生协议，须得回本县工作。

时至今日，她还记得那个煎熬的六月七日。

当试卷一发下来，她就觉得头昏眼花，一种恶心感在上腹涌动，一只诡秘的手从胃里凭空出现，顺着食道攀爬，狠狠地攥住了她的喉咙。

天旋地转，一阵难以抑制的呕吐。等难受劲过去，她才发现，刚发下的语文试卷已被污染。

她茫然失措，根本记不得监考老师如何将那份试卷处理好，根本记不得浑浑噩噩的自己是如何将答题卡涂完。

最后一门考试结束，铃声响起，其他同学迫不及待地冲出考场，她一个人在监考老师催促下仓皇退场。

校门外，翘首以盼的家长形成堤岸，被同学们迅疾汹涌的浪潮撞击。她落在后面，孤寂走着，感觉到一股液体不可控地从身体内部流出。不用看，她也知道——"那个"来了。

高考前，母亲听了过来人的意见，从医院开了避孕药，想延迟迫在眉睫的例假。

例假是延迟了，但换来了呕吐。

这是她第一次用医学改变命运，虽成功，却仍一败涂地。

那个夏天的记忆，变成了一张被呕吐物污染的语文试卷，和一条染着红花瓣的百褶裙。

二

医学院毕业的全科医生，一般都会在县人民医院进行三年的规范化培训，再根据综合成绩，分配到各个乡镇卫生院。一般来说，成绩好的先选乡镇，大多数人在规培期间用功，无非也就是想让五年服务期的乡镇，能离县城近一点，再近一点。

这本是浙江西南山区的小城，山多平原少，交通不便。陆瑶从小在县城长大，除了走亲戚，不怎么去乡下。

这一届成绩最优秀的她，却去了全县最偏远的僻壤乡卫生院干妇保医生。那里医生辞职流失严重，但每个乡必须有女医生分管妇保。僻壤乡卫生院长硬是从县卫健局局长那，把她要了过去。

在卫健局，僻壤乡卫生院院长见到她的第一句话就是："你是来我们这第一个本科医生。"接着，种种戴高帽，种种画大饼。初历社会的她哪经得住领导的轮番忽悠。

头脑发热的她，抱着服务偏远山区群众的志向出发，直到在乡镇中巴上又一次呕吐时，才萌生悔意。

僻壤乡是三县交界处，缺地少田，人口不过四千多人，大多砍柴养猪为生。离县城足足有一百多公里，加之乡路蜿蜒颠簸，来一趟县城，也要三四小时，竟比从县城到省城还耗时。

什么是依山傍水，这村子真就是依山傍水。鼻屎大的溪边和山边平地，硬生生挤出个乡政府所在地。

卫生院就一幢楼，凹字型，共四层，集合了急诊、门诊、化验、放射、行政，以及顶层的职工宿舍。

外面是山和田地。她睡在宿舍的单人床上，能闻到山顶拂来的青草香，以及深山中地上覆盖的腐败落叶气息。

乡里最多的是留守儿童和老人，青壮们大多出去打工。

孩子们拖着鼻涕，在路上和土狗一起奔跑打架。老人叼着旱烟驼着背，眯着眼睛在路口发呆。

时光在这里，像被封印住了，丝毫感觉不到它流淌。外面，高楼大厦突飞猛进；里面，依旧青砖黑瓦，活在20世纪。

深夜里，她被山中猛然响起的鸣叫惊醒，蝉不像蝉，蟋蟀不像蟋蟀。她在房间里心惊胆战，不知是何种虫豸，声音是如此之响。她还听到"吱吱"声，应该是老鼠。老鼠已经是让她毛骨悚然的东西了，但"吱吱"声越来越低，仿佛黑夜中有一条蛇，正在绞杀这只可怜的老鼠，吓得她一夜未眠。

幸好隔壁男同事发出隐隐约约的呼噜声，让她稍稍觉得心安。待到温润迟钝的晨光一节一节爬到了窗前，她才敢从深深的被窝中爬了出来，强笑着开始一天的工作。她问其他同事，那夜里的鸣叫是什么昆虫，但同事们却茫然地说没有听见。

鸣叫，成了她在深夜里的独享，无人分担，无法安睡。时间一久，睡眠不足，随着鸣叫，会渐渐出现头晕头痛。

如果说在车上呕吐时，她仅仅是有悔意，那么头晕头痛的时候，陆瑶对这个地方就是厌恶了。虽说她自己也不过是小县城土生土长的女孩子，甚至祖辈也是从某个山沟沟走出来的。

祖辈拼尽半生走出深山，为了后代教育问题，而她花了十几年苦读，却走进更深的深山。乡里的年轻人去大城市打工，而她反向来乡村打工。但她觉得自己毕竟是个现代人，意外来到这鸡不拉屎鸟不生蛋的地方，某些墙上还刷着20世纪70年代的口号。

她看什么都不顺眼。那条连接外界的公路，竟仿佛一条时光隧道，自己不过是从隧道缝隙跃迁而来的未来生物。她真恨不得回到过去，回到大学里的通宵教室。医院里带教老师扔给他们的病历，即使堆积如山，都不再面目可憎。

做个基层医生，一是要坐，在卫生院天天填各种慢病报表，如糖尿病、高血压、心脏病等等。卫健局和疾控中心催命般要数据，给病人开药看病反而很少。二是跑，跑各个乡村去随访。有时候乡路泥泞，偏上加偏，要到晚上才回得来。但必须跑，七八十个高血压、糖尿病，还有几个孕妇。县里疾控来检查，要求每一个人都追踪到。这些事，卫生院老资格的医生懒得干，院长也叫不动，都是扔给他们这种新来的。

她下乡的时候，那些病人经常不在家，要么采茶叶、种地，要么去县城帮子女带孩子。但疾控来检查的时候，他们又会信誓旦旦说医生们从来不去他们家随访，疾控中心就批评医生们造假。

有次雨天，她骑电瓶车下乡，车胎被扎破，困在一户早已荒废的破房子屋檐下。窗户残破，蛛网横陈，家具积满灰尘，尚有功能却被主人遗弃。外面是无边无际的山林，山林如海，僻壤乡如沉在海底的蚌壳，听不见风声，看不见远处海岸线。

卫生院门口就是公路，是乡里和世界的唯一脐带，各种商品会运进来，让她感觉到此处还不算彻底与世隔绝。

人烟稀少的乡政府所在，最兴旺的时候，就是赶圩的日子。那天，公路上会瞬间充满各种人和物品，汽车也开不动，也不知道这些是哪里冒出来的，像雨后在山里瞬间冒出来的青色蕈伞，挤得满满当当。

这时，赶圩的农人们会顺便来卫生院开些药。降压药和降糖药自不必说，慢病补助可以让乡民们用极低的价格得到控制病情的药物。参麦针是最受乡民欢迎的药品，这介乎于补品和药品之间的"圣物"，是乡民们的信仰。有了参麦针，可以让他们干活有劲，身强体健。但由于输液管制，参麦针已经不能在门诊挂了，这惹得乡民们抱怨连连。

尽管卫生院大厅的医生介绍栏里贴着她的简介——某医学院毕业，曾经在县人民医院规培，但大多数人看到她是个二十来岁的姑娘，在诊室探个头，就转头找认识的老医生看病了。而老医生们学历低，知识体系更新也缓慢。会迎合病人说"胃炎也是发炎，要开点消炎药""只要痛，就是有风湿"，之后给病人开些想当然的药，效果则很随缘。

工作后刚满一个月的圩日，一个老人走进她的诊室，用方言说胃痛，要开点胃药。她查体后感觉确实除了胃炎没有其他疾病，卫生院设备有限，血化验很多项目都做不了，更遑论胃镜了。要像人民医院那些主任专家们对着一个腹痛病人头头是道排除胃肠破裂、心梗、肝胆疾病等其他鉴别诊断，在这里绝无可能。

她给他开了几颗泮托拉唑钠肠溶胶囊，告诉他一次一颗，早餐前服用。

次日，卫生院大门，急促叫喊声破门而入，昨日那位老人被人用双轮木车推进来，脸呈青色，声息微弱。院长和几个医生忙迎上去，又是按胸口，又是打电话。她也上去帮忙按压，却被家人一把推开。

据说，那位老人回去之后，便依着她的话，在次日清晨，将一颗还藏在铝箔中的胶囊，放入口中，将这带着尖利边缘的胃药用水送下。

最终老人没能救回来。

当晚，月光从木窗檐下流了进来，淌满了一屋子，伴着那些诡异虫豸鼠蚁的声音，映得在床上的她脸色青灰。

在月光中，她许了个愿望，那就是尽快离开这里。

卫生院的抢救设备太差，药品太少，掌握技术再多也无用武之地。一旦出现急危重症，神仙难救。县里救护车赶到这里也得三个小时。

她有天去乡下走访产妇。按规定，责任医生管的责任村，一有产妇生完小孩，就必须随访。那是个路都到不了的村子，还得坐船摆渡进去。三两户人家，连屋子里的地，都还是泥地。

看完产妇和小孩，她看见一个十岁左右的男孩挂着鼻血，她用棉球浸了肾上腺素，塞进他鼻孔，还止不住。棉球越来越红，换了一个又浸红了，男孩的脸越来越青，但很乖巧，不吵不闹。她问了男孩母亲，说已经这样好几天了。等到她带着母子回到卫生院，已经入夜。

化验了个血常规，血小板结果出来后，几个医生都怀疑是机器坏了，毕竟这台仪器抽风不是一次两次。又抽了一遍化验，之后当班医生火急火燎打电话，让县里赶紧派救护车来，也不知道那孩子送过去后怎么样了。

不过如今，这里一切已经与她无关了，她的愿望实现了。

三

那一日，卫生院所有的目光追逐而出，围剿陆瑶和她父亲。她工作半年，从未享受这种殊荣。

她要永远离开这深山了。

父亲把七八个行李袋放到车上，里面有她在卫生院的所有家当。尽管才半年，她惊讶地发现行李出乎想象地多。

人总是这样，在一个地方，所带走的和留下的，总比自己想象的要多。

凹字形的大楼像一面透镜，同事们三三两两的复杂目光被聚拢，照射在她身上。今天阳光泛黄，照在她头顶，使她可以忽视目光之后的含义。至于什么青草味和腐败霉味，更是被驱散。她踏着一重一轻的脚步，再也听不到虫豸的鸣叫，只有脚步回声拖沓，像是挽留。

院长向来巧舌如簧，以前一边劝她扎根农村，一边吹毛求疵挑剔工作。但今天，院长出乎意料没有言语，只是默不作声拍了拍她的肩膀。

回到县城家里，她一直躲在房间里不出门，将自己幽禁了起来。

在卫生院上班时，每个晚上她都会想回家，无比煎熬盼着周五。她不想再见到那些乡民，在县城，哪怕是和外卖员、奶茶店店员聊个几句，也非常舒适。

但这段时间，只要她出门遇见熟人，那一眼两眼的目光直直看透进她的衣服，她就觉得是赤身裸体站在人群中，全身上下一览无余。她像一具解剖教研室的人体标本，被人围观点评，搞不好还要被一刀一刀凌迟一场。每次从人堆里走出来只剩一个人时，她都会有一种精疲力尽的感觉，死过了一般。

父母知道她心情不好，也没管她。父亲上班"摸鱼"，下班忙着开滴滴赚钱，有时候也会接一些跨城顺风车单子，回家时间不太固定。母亲晚上回家，在沙发上一坐就到很晚，不知道是看电视还是看手机，最近居然嘴里念念有词开始念起经来。读大二的弟弟放假回家，对她也从没好脸色，一天到晚不在家。也不知道是去和同学玩，还是去网咖打游戏。

陆瑶其实也会打游戏，以前常和朋友打《王者荣耀》。她喜欢用瑶打辅助，一是游戏角色和她同名，二是容易上手，跟着高手走就行。

她会想着，要是真的有游戏里瑶的被动技能该多好，遇到致命打击，会瞬间变成一只鹿。敌人几秒钟之内无法攻击她，还可以附在队友身上保护队友。

她已经半年没打游戏了。今天上午，她在房间里实在无聊，抖音也越刷越无趣，终于打开了游戏。

刚一上游戏，就有人邀请她打排位赛。这人是小野，以前常和她一起玩。小野问她怎么这么久没上线。她只说工作忙，小野也没多问，开始游戏。

她毕竟太久没玩，完全不在状态，没一会，其他队友就破口大骂。《王者荣耀》应该是最容易骂队友的游戏了，很少有人感叹对手强，多是骂猪队友的。

陆瑶一边挨着骂，一边笨拙地操纵着游戏里的瑶。受到敌人致命一击后，瑶变成一只透明小鹿，一跳一跳，居然从手机屏幕里跳了出来。她伸出手，发现再也无法操控这只小鹿。

游戏不出所料输了，小野也不在意，笑嘻嘻让她继续，又连续输了好几把。

她和小野在游戏里认识已久，知道他在省内另一个市当支教老师，住乡镇小学宿舍，是个宅男，脾气不错，就算她打再烂，也从不埋怨。不过，小野老是有意无意开些玩笑，说想当她男朋友之类的话。

第五把游戏输了之后，被挫败的焦虑和愤怒，加上已经不知从哪里来的情绪搅和，她忽然脱口问小野："你还想当我男朋友吗？"

小野大大咧咧回答："当然啦，我心里可是一直喜欢着你，你都不知道这半年，没你的消息，我是怎么过的。"

她鼓着勇气说："我不喜欢婆婆妈妈的男生。如果你愿意，我们现在就是男女朋友了。"自然而然地，她被小野的开朗阳光所吸引。

屏幕那头的小野明显是愣住了，没想到她如此果决地摊牌。"对方正在输入……"的字样亮了很久，才跳出来一个"好的"。

退出游戏，她听到窗外传来猫的嘶叫，一声紧过一声。她静静趴在飘窗上听着，忽然泪如雨下。

四

下午三点，她从房间里出来，家里照样没人。她一个人下楼，走出小区。路两边都是高大的法桐，树叶影子斑驳，落在路上，柏油路也有了湿润泥泞的模样。阳光透过树影，照在她脸上，贴成一块明一块暗，明暗不定的。

县城的路真平啊。相比之下，僻壤乡那条水泥公路就像一张老农的脸，沟壑横生，走两步都会被绊一下。她左脚无意识地踢扫着落叶，这些落叶心急了点，还没到季节，就提早掉落。

她心里一惊，想到秋天已到，僻壤乡漫山遍野应该都是金橙色了吧。那里毫无污染，天晴时云少，天空应蓝得触目惊心。毕竟才半年，她没有经历过那里的秋天和冬天，只是把春天和夏天丢在了一百多公里的大山深处。

网约车开到面前，司机和她父亲差不多大，满脸疲态还找她唠嗑。她有些紧张，只是嗯嗯啊啊。车开到影院门口，司机很热心，还到另一侧扶她下车。

她的脚一踏到影院门前，之前攒下的勇气又云消雾散。她开始忐忑，开始恐惧，越恐惧越挣扎，但她不能回家。回到熟悉的家里，那空荡荡房子形成的巨大绞力，会将她碾压成齑粉。哪怕鹿再快，也逃不掉。

她想，作为一个女孩子，这么主动是为什么？

之前在县人民医院规培时，她和神经外科的小贾医生谈过一段时间恋爱，但分配去僻壤乡后，理智分了手。她不想异地恋，也不敢赌小贾的定力和人品。之后她再没有谈过恋爱，好可惜，活这么大了，就谈过这么一段短短的恋爱。

她怔怔站着，看着台阶，积蓄着走上去的力量。影院门口人来来回回，她架不住别人目光，终于挪动了。迈出这一步的时候，忽然有了一种古怪的轻松感，像指甲旁皮肤起了毛刺，一瞬间撕掉，冒出了微小的血珠。痛，也有一丝畅快。

她终究还是走了进去。

买完票，背后顶着售票员诧异目光，她蹒跚着走向电动扶梯。

她特地选了影院最没人看的电影，选了最后一排情侣座。

影院里灯光昏暗，看不清身形面目。电影冷门，现在除了她，没有别人，简直像包场，让她多少感觉到心安，缓解了一些紧张。

微信里，小野消息发过来，他也到了。

很快，电影广告结束，屏幕暗下来，那点光，只能让人勉强看到家具，看不清人的模样。她戴上 3D 眼镜，像躲进树洞的小鹿，有了点安全感。

和小野约定好，以害羞为由，她先进，不允许小野看清自己的样子。让黑暗保护住自己，才不会尴尬。

影院后门缓缓打开，走廊的光亮携带着一个男性的影子投了进来。

男人走到她身边，压着嗓子说："是我。"

她声音发抖，应了一声。

小野按照事先说的，没有开灯，只是用手机屏幕那点光亮照着地面，坐在她身边。

电影看到一半，他微微靠近了些。她能感觉到他笑了，这一刻她忽然后悔，希望自己原地消失。

他说："不要紧张，你放松点。"

她还是没有应。

此时的陆瑶，耳边正在响着熟悉的剧烈鸣叫，和当初僻壤乡深夜听到的那样，并伴随着难以遏制的头晕。

小野有些奇怪，听到一阵"咯咯咯"的声音，他还以为是电影的声音，仔细一听，才发觉是陆瑶的牙齿在颤抖，不但如此，全身剧烈抖动起来，四肢抽搐，这肯定不止是紧张。

他打开手机的手电，灯光下，陆瑶双眼上翻，失神地看着天花板，白沫从紧咬的牙关溢出来，喉间发出低沉呻吟。

五

陆瑶醒过来时，眼前是熟悉的绿色。窗帘是深绿的，地胶是淡绿的，床垫是绿白相间条纹的，甚至身上衣服也是蓝白相间条纹的。耳边传来的不是令人恐惧的某个昆虫鸣叫，而是心电监护仪的嘀嘀声。她侧过身子，监护仪的线路连着自己的身体，上面的数字都是她熟悉的，生命体征平稳。

病房也是她熟悉的，这半年，她数次进来，不同于前三年规培的医生身份，而是以病人的角色进来。

在这里，她原形毕露，在这个病房，她经历过一次开颅手术，经历过三次化疗。同样在这里住院时，某一天，因为脑内胶质瘤术后出血，她的左侧身子肌力变成了三级，开始麻木，左侧身子变成了半株古檀树。

她也告别了十几年的长发，形成化疗后乱糟糟的短发，像缺乏修剪的盆栽。给小野发的照片，还是她刚工作时候拍的照片，五官俊朗，笑容灿烂。

母亲躺在陪客椅上，正直直盯着她，一句话不说。她也很默契，一句话不说。母女两人就这么相互对望着，气氛凝固。

等到隔壁床出去做检查了，母亲终于开口："为什么？那个男的是谁？"

她仰着下巴："哪有那么多为什么，我也想知道我年纪轻轻为什么会得这种病。"

这时，医生走了进来，母亲满腔愤怒忽然泄气，抹着眼泪走了出去。

医生问她感觉怎么样，她看着对方，为什么是他？为什么是小贾？

她此时才感觉到了难堪，那被凌迟的感觉又回到身上。小贾会不会心里嗤笑，更坚定当初毅然分手的决定。她不但败于疾病，也败于人品。

小贾淡淡说了下昨晚情况。救护车把癫痫发作的她和小野一起接到急诊室，叫值班的他去会诊。陆瑶的情况小贾一清二楚，排除了新的脑出血后，确诊癫痫持续发作，用了支咪达唑仑安定针后，稳定下来，只是人过于虚弱，现在才醒。

小野虽然慌乱，但还是一脸煞白地跑前跑后缴费做检查，住院押金都是他垫付的。直到陆瑶母亲闻讯赶来，他才走。

病情还算稳定，陆瑶也是既来之则安之。反正按照化疗疗程，不过是提早几天进医院。

她习惯了。

几个月前，当她因为耳旁的鸣叫、幻视、头痛、呕吐，来医院检查，被查出"脑胶质细胞瘤"时，确实崩溃了一段时间。什么都吃不下，就算吃下去，因为药物反应，再好的食物也会吐出来。

她原本对吃喝没什么高的要求，后来对生活也没了要求。

别人的美味，在她嘴里，味同嚼蜡，只是满足每天的营养摄入，或者说满足肿瘤那日益增长的消耗。

她惶恐的是每天医生查房。主任会带着几个医生和规培生，一张张床走来，指着病历说："看，这个磁共振检查的结果。如果是低级别胶质瘤，建议行最大范围安全切除，还要根据年龄、切除程度、分子分型来进行风险分层，根据分层结果，决定要不要辅助化疗。她很年轻，手术我们做不了，要请杭州专家做，再考虑经典化疗方案……"

主任的语气，像菜场肉贩和顾客商量如何切割排骨，以期卖出适合的斤两。

以前，她是跟在后面的规培生，唯唯诺诺记着治疗方案。如今，是躺在病床上，等待方案治疗的病人，并接受旧日老师的垂询。

她的年龄，在疾病上，成了优势。但没人告诉她，为什么这个高发于 40 岁以上人的脑肿瘤，会出现在她身上。就像不知道为什么，自己会莫名其妙去最偏远的乡镇。明明是杭州请来的专家开的刀，为什么概率很低的术后脑出血，还会出现在身上。这让她不但是一个肿瘤病人，还成为一个中风病人。

她成了一半植物、一半动物的存在，像冬虫夏草，像嫁接了檀木的女生躯体。

这几天，她等着又一次的化疗。

小野微信里和她说他回去了，第二天要上课，住院部除了陪护，都进不来。她道了歉，说吓着他了。

小野回了一个龇着牙笑的表情，过了一会，又发过来一句："我从没想过，我浑浑噩噩混吃等死的日子，却是你需要拼尽全力才能求得的时间。"

母亲除了送饭，很少陪她。几次住院，几次撕心裂肺的哭喊，家人也都把这当作生活的一部分，没什么大惊小怪，日子还是要继续。

她有一次在输液时被痛醒，一看，是母亲在给她的左手做关节活动，头侧着，眼神空洞望着窗外远山，母亲的手指甲掐进了自己肉里。

陆瑶没有叫，看着母亲机械扳动自己的左手，仿佛看着园丁在修剪树的枝丫。植物应该也有痛觉的吧。

住院期间，她见过太多人的残破，每个肿瘤病人各式各样，但心理期都差不多，有否认期、愤怒期、协商期、忧郁期、接受期。

她也实实在在被上了一课，也清楚自己在哪个时期，但她也没什么办法。能医尚且不自医，何况她一个小医生。

上次住院，应是协商期，她天天看论文文献，像个研究生做科研课题一样，贪婪关注着胶质瘤的新药和新技术。只不过研究生是为了出论文晋升，而她是为了保命。

只是生活不像小说电影，谁都期待奇迹，但再努力也不可能快速解决问题。新药和新技术，代表的也是昂贵的医疗费用，比如一种所谓靶向的新药，一年就要十几万，还不入医保，而她的医保早已超额。未来也许会有能进医保又有效的神药吧，不知道生存期5年的自己能不能等到。

该接受了。

她开始痴迷于一些无生命的东西。每天拖着下垂僵硬的左脚走出住院部，都会捡一些无用的东西，枯枝、落叶、凋落的花。用旧玻璃杯装了，这些东西呈各种颜色摆在病房窗台上。阳光照进来，这些无生机的东西沐浴着秋日的温暾，她能看很久，仿佛是看阳光能不能让这些东西恢复生机，抑或是想和这些东西比比谁的生机更持久。

她也会不怀好意地和别的病人进行攀比，比自己重的，心生悲悯的同时带点欣慰，比自己轻的，免不了自怨自艾。若是有病人在病房离世，她甚至庆幸对方能早点解脱。

她讨厌透露病情，陌生人的每句关怀，像砍在身上的每一刀，刀疤都在身体里一个最幽暗的部分沉积下来。它们像落叶一样越积越厚，直至在身体里开始发酵，开始变质，开始蜕变成一种戾气。

她可以感受到那病变的细胞正在脑部晕染，一个月前的头颅 CT，就显示侵犯到额叶了。这是大脑控制情绪、认知功能，支配运动的区域。她曾见过一个温文尔雅的老师，在额叶受到外伤后，变成满嘴污言秽语的流氓。

她和医生护士顶嘴，和父母争执，看着他们又恼怒又于心不忍的样子，她有些自虐般的快感。

六

直到这一天。

今天进来一个新病人，是从省城转来的小男孩，白血病，居然认识，就是当初在僻壤乡那个流鼻血病危的男孩。他在省城住了很久的 ICU，终于病情稳定下来，完成了化疗，同时伴随着倾家荡产。水滴筹做了两期，不能再做了。家里亲戚也借遍了，穷人的亲戚，也是穷亲戚，根本借不了几个钱。

男孩基本是一个人在病房。他爸爸在外打工挣钱，妈妈也不过是一个普通农民。幸好她脑子灵，在医院找了份护工的工作，不但能插空照顾孩子，还能解决住宿问题。东家会顺带给他们送饭，她因此少收些护工费。

男孩和他母亲都是安静的人，即便说话交谈，也很小声，尽量不被第三个人听到。陆瑶有时候会躲到楼梯那边，捂住嘴巴，肩膀发抖。

男孩和她先后开始化疗，两个人比着呕吐，比着头晕。两个母亲端着脸盆，她和他吐得像个狼狈野兽。呕吐对于如今人类来说过于多余，它原本是动物出于误食野外毒物迅速排出的办法，但如今，就算吃的东西没问题，哪怕是晕车，也会导致呕吐。声音从肚子、胃、喉咙、胸腔或别的地方一起发出，使她像个正在哀号待宰的羔羊。

算起来，刚去僻壤乡工作时候出现的呕吐和耳鸣，就是肿瘤的先兆反应了。

打针时候，男孩会试图扭动身体作为反抗，争取那么一点点拒绝的权利。他妈妈会握着他的手，说一会就好一会就好。同时打开手机，给他看动画片。

男孩妈妈毕竟兼着护工的工作，男孩常一个人待病房，拿着手机看动画片，甚至玩游戏。男孩天真懂事，所有人都喜欢他。年纪小又同时生这种病的人，总能触动到人内心深处的柔软。医生护士还有其他病人，都宠着他，给他带吃的，还有很多绘本和童话书，他成为病房的团宠。

陆瑶也会和他一起玩《王者荣耀》，她还是玩瑶，他玩鲁班七号，一个蹦蹦跳跳的木偶小人。男孩不嫌弃她左手不便，常常方向乱跑。玩游戏时间，那些化疗的反应，也没那么难熬。

她和他，是肿瘤化疗病房年纪最小的两个人了。

陆瑶已经很久没有看过电影和小说了。她如今不喜欢科幻，因为她没有未来。她也不看历史，因为她的过去太短。

她会翻着那些绘本，给男孩讲童话。讲到一个《七色花》的故事时，男孩说："要是我，就在最后一朵花瓣的时候许愿，让我再拥有一朵七色花。这样我就有无数个愿望可以实现了。"

她刮了刮男孩鼻子，说："这主意我小时候就想过，可世界哪里有七色花。愿望，从来不会轻易实现。有时候，甚至在脑子里想一想，都是罪。"

男孩说："如果真的有七色花，姐姐你想实现什么愿望吗？是不是希望病快点好起来？"

"你呢？"

"我想快点长大，可以赚很多钱，让我爸妈能够重新笑起来。"

陆瑶想了想，这段时间实现的愿望也够多了，扔下那份讨厌的工作，离开僻壤乡，再谈次恋爱……

她就说："如果可以，我想有个婚礼，穿一次婚纱。"

男孩说："这个简单。"

男孩用七种颜色的彩纸做了个花冠，给陆瑶戴上。把病床的条纹床单披在她身上，像一袭婚纱。陆瑶哭笑不得，只能依着他，用健康的右手举着输液架，像举着一柄权杖。

男孩手拽着她，往病房外走去。

一个光头脸色惨白的小男孩，一个一瘸一拐的短发女孩。

走廊上的人看到他们，都露出笑容。头一次，面对别人目光，她没有感觉到锐利的痛楚。她的身体开始轻盈，仿佛要飘起来。一种残酷的诗意，浇筑入她的身体，在她左侧古树树皮纵横的身体上，绽放开一朵七色花。

他们现在都是童话了。

七

出院当天，小贾把出院记录给她，并告诉她，浙丽保的用药目录扩充了，有一种对脑胶质瘤有效的新药，也已经纳入了浙丽保，一年下来，原价十几万一年，报销之后只要一万。

小贾说："你去杭州浙二医院，我有个老师在做这个新药的课题，正招募符合条件的患者，可能连这一万都能省下来。"

此时她化疗后虚弱的脸庞，忽然泛起了一点红晕。

出了住院楼，父亲的车依旧在门口等着。

父亲放行李时，她隐约感到背后有目光追逐，回过头，只看到住院楼的玻璃幕墙反射着秋日温煦的阳光。

父亲带着她前行，没有回家，一路往郊区走。她不知道父亲带她去哪，但没关系。她打开后车窗，带着风声，从公路两旁无边无际的行道树掠过。有一段路边，长满了异木棉，紫红色绽放，填满了树梢，感觉它们要烧着了，紫火即将把一切吞没。

远远地，在湖山之间，有个草坪，长满了粉黛乱子草，粉紫色的花絮像悬浮在草坪上。草坪中间，点缀白色布景，白色桌椅。有两个新人站在台上，交换戒指。

停好车，父亲带着她进入婚礼现场。

阳光从云端洒落，空气清澈，宾客们在祥和气氛中把酒。她看不出台上是什么人，许是父亲的朋友吧。自己不认识更好，免得看见熟人尴尬。

当她坐下时，已是两点钟，仪式已成。新娘抛捧花环节，那捧花竟似长了眼睛，直接扔到她的怀里，引来一阵喝彩。

终于等到新人和宾客三三两两离席。过不多久，户外婚礼现场的工作人员已开始打扫整理。

父亲也不说话，拉着她依旧坐着，似乎在等着什么。

整个场地被工作人员打扫干净，回到婚礼尚未发生过的样子。

这时，外面忽然来了一群人，不由分说把陆瑶围起来，开始化妆。

她还没反应过来，就被披上一袭洁白的婚纱。等她被父亲拉到了台上，才发现台下已经坐了很多熟人。

小贾和病房的医生护士、僻壤乡院长和那些同事，还有小野和小男孩。

男孩花童装扮，穿着小西装，促狭笑着。这一切是他透露的吧。

一瞬间，她泪流满面，连忙低头摆弄婚纱裙角。

这时，她听到小贾在说话，那声音从很远的地方传过来，一时竟疑心是从天上传来。

"陆瑶，刚才那对新人是我朋友。他们很想把草坪婚礼也送给你，延续幸福。现在，这是你的婚礼，你可以挑选新郎了。"

小贾和小野穿着一模一样的西装礼服，笑容灿烂。

她愣了很久，环视一周，阳光正好，晒在所有人的身上。她眼泪忽然又下来了。

她忙擦擦眼角，低着头，用左手拉住男孩。

"我选好了。"

愿望中的婚礼，按部就班举行。

婚礼音乐响起，她柔软的左手，拉着男孩，而男孩手上，捧着方才那对新人留给她的捧花。

院长化身司仪，站在台中间，手里拿着皱巴巴一张稿纸，准备念致辞。

男孩笑着笑着，一点红色从他鼻尖滴落，逐渐漾开，染红了胸前那领白色衬衫。

小贾跑上来，那些医生护士跑上来。喊着，叫着。

陆瑶笑容依旧挂在脸上，忘记变化。

八

夜色暗下来，这里的夜晚波澜壮阔地暗下来。南国罕见的雪，提前光临十一月，各色霓虹将雪花染成紫色，扭曲着车流。轿车碾压过细碎的雪沙，格外动听。

她早已明白，世界上，注定有些人要孤独死去，就像有些狗，知道生命弥留，会和主人告别，强撑着回到野外。

从小，她只觉得家是冰箱，回家只要打开，就有数不清的食物吃，直到吃不下。这半年，家成了自动取款机，一沓沓钞票掏出来。但她知道里面的钞盒已经空空如也，家人拼命往里面塞，甚至将他们整个人都要塞进这个钞盒里。

她在抖音上看到过母亲，虔诚地在公路边，一步一跪拜，就像那些去朝拜的信徒。公路上的汽车疾驰而过，将佝偻的身影远远甩在身后，只剩下一蓬尘土落在身上。抖音评论区里的人们感叹，今时今日还有虔诚的人。

她也知道弟弟，无数次黑着脸冲她嚷嚷，说自己毁了他的一生。弟弟摔门而出之后，到角落里穿上黄色外卖服，骑着电动车疾驰而去。

至于父亲，更是无限透支本已不多的生命力。

她有多少次想着结束自己，包括那次在酒店选择最高的楼层，如果一切顺利，等小野走了之后，从那里一跃而下，对这个世界的遗憾也会少一点吧。好多次她逛到护士站，眼睛都直勾勾看着那一排等待注射的药物。如果运气好，有一支合适的药物能够弄到手，就能无痛苦地解决自己。可惜自己动作太不灵便了，还没进配药室，就被护士发现了。

她一瘸一拐地走在路中间，来往的汽车鸣笛声三三两两响起，她耳边常常出现的那种鸣叫再一次出现了，两者混合，搅和着她的脑浆。

车子里的人探出头来，想骂两句，看到女孩满脸的泪痕和一瘸一拐的脚步，又缩回了车窗。

男孩被小贾他们紧急送去医院，只有她趁乱走出婚礼现场，关了手机，不想听到任何消息，无论好的坏的。她就在一株夹竹桃树后，独自待了很久。直到天暗下来，才走到路上。

她心里默念那本童话绘本《七色花》。

"珍妮想，要让小男孩能够走路！于是，她小心翼翼地撕下最后一片花瓣扔了出去：'小花瓣哟，听我说哟，照我做哟！让这个小男孩健康起来吧……'"

陆瑶一瘸一拐，不知道走了多久，忽然有一个声音传来："你想去哪里？"

她回头一看，看到路中间站着一只巨大的鹿，身上九种颜色流光溢彩。

她想起了和小男孩讲过的另一个童话，九色鹿。在荒无人烟的戈壁滩上，骆驼队因遇风沙袭击而迷路，九色神鹿会神奇出现给他们指点方向。

眼前这头鹿和人一样，发出声音："小姑娘，你想去哪里？我带你去。"

她知道这是幻视，也许鹿的真身，是和她父亲同样疲惫的网约车司机。

她流着泪说："我不知道，我想去杭州，也想去僻壤乡。"

九色鹿没有再说话，朝着前方奔去。

悬　空　术

一

白楠芯悬在一人多高的位置，眼睛平平看去，步行街人影交错，高高低低的脑袋，各式发型向她身边聚拢而来，围成一圈，又慢慢散去。

她喜欢在这样高度看过去，平视这座城市的人们。偶尔，会有脑袋走近一些，低了下去，看她悬空的双足，还有唯一与地面相连的拐杖，像在朝拜。她会受宠若惊地紧握左手拐杖，上身一俯，整个身子以腰部为轴，和地面平行，回一个礼。她会低头看到孩子，在成人与成人之间的间隔，跑飞快，后面家长紧赶慢赶地追。

在这生活一年的城市里，她平时低着头赶路，或者看着手机，不与人目光交集。

此刻她悬在这里，脸上画上铜色浓妆，穿满是铜粉的西装。西装金属质感沉重宽大，很好地保护住她纤小身体，让她不惧与人对视。

一个五六岁的男孩跑到她面前，好奇地看着她浮空双脚，摸摸她唯一和地面连接的拐杖。她眼眸一转，铜色小脸一笑，露出白色贝齿。她故意用两脚在空中走路，逗那男孩。却看到男孩额头有淡淡一点红色，像古装电视剧里男孩常有的眉心一点红。

男孩绕着她走了几圈，发现地上有二维码卡片，是给没零钱的观众扫码打赏用的，捡起来，欢天喜地跑了。

白楠芯哎哎叫几声，男孩不回头。

她求助地看向步行街对面，一些人正围着扛金箍棒的孙悟空合影，十元一张。

斩妖除魔无所不能的孙悟空，正忙着合影收钱，没有注意到她。

她低头看着脚下，皮鞋离这城市的地面，大约二十厘米，却怎么也踩不下去。

二

他们的出租房位于沙井一间老屋子的阁楼。找房子的时候，地下室还有一间，价格便宜一半，但白楠芯喜欢高一点。哪怕在这个尖顶阁楼，有些地方一抬头就撞到屋檐。

桌上还放着酒杯，杯底还淡抹着诱人的红色。就在前一天晚上，她和孙悟空就着烧烤，喝了两瓶红酒。外卖盒子还乱糟糟放在垃圾桶里，白楠芯有些不快，说："早上出门让你扔垃圾，怎么忘了？房间就这么大，阁楼又热，很容易臭了。"

孙悟空停下整理毛茸茸的猴王头套，他这款造型不是六小龄童版本的猴王，而是周星驰《大话西游》版本的，毛色深，打理起来也费点劲。他默默将垃圾袋扎紧，走出门外。

　　孙悟空也姓孙，陕西人，大家都叫他小孙，也有直接叫孙悟空的。四个月前刚认识的时候，白楠芯多少有些不服气，凭什么他穿套衣服戴个猴子头套，一天下来赚得就比自己多。自己的悬空术，不但道具要提前布置，趁人少时安装好，以免被人看见。上去之后，还不能随便下来，一下来，就"抛托"了。

　　抛托，是这一行的行话，意思是穿帮了。

　　有次白楠芯艳羡小孙省力钱多，小孙回答说："西游记是个大IP（知识产权），你看周星驰，光这个就够他拍了四部电影。你要是有想法，也可以跟我演孙悟空一样，搞个大IP，比如白娘子、还珠格格，甚至白骨精也行。"

　　白楠芯想了想，反应过来，追着小孙打。

　　房间墙上挂了相片墙，相框里放了白楠芯这几年待过的城市痕迹，北京、上海、杭州……

　　除了这面墙外，其他地方多少显得有些杂乱，堆了生活用品和表演道具。角落里还码了整整十几箱纸盒子，上面写着某某品牌化妆品。

　　洗完澡，白楠芯穿着睡裙看电视。孙悟空凑了过来，手放在白楠芯的大腿上。白楠芯说："去洗澡吧，一身汗味。"孙悟空笑笑，进了卫生间。

　　等他头发湿漉漉地出来，白楠芯正看着韩剧，抓着纸巾梨花带雨。他有些无奈地坐在她身边，玩起了游戏。好不容易等电视结束了，小孙迫不及待地抱着白楠芯，亲吻她后颈。白楠芯被小孙的胡楂扎得直皱眉，说："你明天帮我二维码打印一下，今天被个小孩拿走了。"小孙嗯嗯应着，鼻息粗重，亲白楠芯耳垂。

小孙脱裤子时，白楠芯在床头柜里摸了摸，说："没套了。"小孙说："那我去超市买。"白楠芯说："你顺便带点吃的，我也饿了。"

半小时后，当小孙拎着烧烤饮料回来时，白楠芯已经睡着了。

三

白楠芯起床，刷牙、洗脸，电视机里的民生节目放着一起房产纠纷，无非就是房东看房价飞涨，宁可反悔赔定金。今年深圳房价，过于魔幻，眼瞅着均价就往四字头飞奔。

白楠芯叼着牙刷，心下寂寥。

今天周一，开工尚早，他们在工作日一般都是下午四点多去布场，周末景点人流量多的地方，要上午就去早早占位置。至于具体地点，要看看林姐的通知。

林姐算是本市搞街头艺术的鼻祖，西单女孩刚在网上出名的时候，她已经在本市唱了五年，小有名气。如今据说西单女孩转型从商成为女富豪了，她还是在本市小有名气。

不过十几年下来，她和相关几个单位的上上下下都已经熟悉，据说还和某个领导有点私情。所以，哪些地方不能找活，哪些时候不方便开工，城管今天会重点清查哪里，她都会在微信群里通知大家。另外，她也会让大家在观众太多的时候，注意疏导，在收工后打扫下卫生，给城管点面子。

门口传来钥匙开门的声音，小孙拎着早餐回来。他说："你这么早起来了。"白楠芯说："睡不着。"小孙说："给，二维码打好了，多打了两张，免得丢。"

吃完早餐，小孙收拾完东西，粘过来，双手从后面搂住了白楠芯的腰。白楠芯说："大白天的，干什么？"小孙鼻子埋在她背上，瓮声瓮气说："昨晚你都睡了，我们有小半个月没有过了，晚上一到点你就说困……"

当小孙从她身体里抽身而退时，白楠芯恍惚间有点感觉丢掉了什么，和昨晚失去那张二维码卡片一样。想追，又迈不开腿。

迷离间，她想到了白娘子。记起来了，在她五六岁时候，老家的"台阁踩街"，她扮演的就是白娘子。

她脚尖点在一把伞上，伞是下方的许仙用手握着。五六岁的许仙，化妆化得唇红齿白，眉心点了个红痣。他抬头说："你不要老是晃来晃去，我觉得伞都快撑不牢了。"

台阁一米见方，酷似四方桌，由壮汉抬着或用车拉着。台阁踩街多在元宵或者七月会上，在踩街前，台阁师傅们会用钢筋和道具做好支撑，让孩童坐或站着，把下肢进行伪装。支撑钢筋巧妙地隐藏在服装及道具之内。看上去，台阁上的孩童很自然地站在另一个孩童的手指、雨伞、扇子、长矛、大刀、弓箭、剑等物具上。这和她现在的悬空术，有异曲同工之妙。其实也可以说，她的悬空术其实脱胎于幼年的扮演经历。

欧洲和印度的一些悬空术，其实和台阁原理一致。以至于白楠芯看了一眼，就自己会组装道具了，区别只是扮演什么角色，是女巫、女铜人，还是其他卡通人物。

而当年给她设计台阁的大师，能够做出"活机"，让悬空的人，在空中还能旋转，甚至看不到支撑物凭空升起。

她想跟小孙说，自己打算离开这个城市回家一段时间。还没开口，小孙点了根烟，随意拿起床边一张广告纸边看边念，地铁口锦绣新盘，底价 29888 起。

白楠芯困意上来，迷迷糊糊说，昨晚进门时候，插在门上的。小孙笑笑，什么人会往阁楼派售楼广告？

白楠芯入睡前嘀咕了一声，房东下个月又说要涨租金，电费也要两块钱一度。真想有个自己的房子。

但她实在太困了，到底这话是说了，还是变成梦话了，她醒来的时候记不清楚。小孙也早就出去了。

下午开工的时候，白楠芯没有看到小孙。虽然不是周末，因为步行街上就她一个人，合影十块，做难度动作合影录视频二十，反倒比昨天拿得还多。

回到出租房，房间里不出意料地少了一些东西。白楠芯发现小孙尽管和自己住了两三个月，东西却如此之少，不过是一箱道具、几件衣服、几双鞋子和手机、平板。也对，混街头的人，大多四处游荡，在一个城市待久了，路人看腻了，收入少了，自然也就要换个地方。行李不能超过两个行李箱，多了，就走不了，无法流浪。

白楠芯给林姐打了个电话说："林姐，我心里有点不舒服。"电话里，林姐似乎在陪人喝酒，能听到吆五喝六的划拳声。林姐说："我这边饭局还有一会儿，刚好还有个事跟你商量，你到我家先坐会儿，你姐夫在的。"

白楠芯住的地方和林姐家不远，走走就能到。小区虽然地段在市区，却显得破败。大概十年前，这里算本市最好的小区了。周围有医院有学校，生活方便。但短短二十年，就破败了，连物业都没有。住在这里的很多是电子厂打工的厂妹、拖家带口的小贩、刚大学毕业的年轻人。虽然破败，房价今年以来，依然破三万。

到了林姐家，按门铃，开门。林姐丈夫把她领进屋说："先坐会，我烧点水。"白楠芯说："不麻烦了。"林姐丈夫说："没事，等会你林姐回来，也得喝点蜂蜜水解解酒。"

林姐丈夫外号"瞎子"，其实视力很好，他也是干这行的，拉二胡，能够把人的哭声拉得惟妙惟肖。就因为他拉二胡，所以大家叫他瞎子，仿佛全世界拉二胡的人都叫阿炳一样。他原来在东北国企当播音员，后来企业倒了，他拿了买断工龄十万块钱，忽然发现自己除了播音和拉二胡什么都不会干。终于有一天，他拿着二胡走到了街上。那天，挣了十九块三。之后，他各个城市辗转，最终在本市遇到林姐。

白楠芯问过林姐，为什么会看上其貌不扬的瞎子？林姐说，那时候年轻，就图他对她好，现在想想才知道，好有什么用？一个男人什么都没有的时候，除了对你好，他还能有其他什么用处？

白楠芯深以为然。

一小时后，林姐浑身酒气进来，面带笑容，似乎有什么喜事。

林姐坐下来，对白楠芯说："怎么回事？"白楠芯说："也没怎么回事，就是小孙今天忽然走了，开工的地方也没见他。"林姐说："你们闹别扭了？"白楠芯说："也没，可能他会错意了。"林姐说:"小孙这人,人好,心细,和你姐夫年轻时候倒是一模一样。"白楠芯笑笑,拢了下长发说:"林姐你不是说男人什么都没有的时候,才会对女人好吗?"林姐捂着嘴,看了丈夫一眼说:"算了,都是缘分,要是小孙真的走了,也是你们没缘分。我是觉得你这小姑娘不用像我一样,找个家境好点的本地人,带带孩子也挺好。"白楠芯说:"本地人也不一定好。林姐你也知道,当初要不是被赵鑫那浑蛋伤透了,我也不会答应小孙。"

林姐喝了点蜂蜜水说:"先不说这个,你知道今天我跟谁一起喝酒吗?市里的一位领导,听他说,准备和城管、税务一起协调,发步行街街头表演的许可证,今年二十个名额。划定区域,固定位置。上海已经这么干了。市里也打算这么搞,领导说街头文化能体现一座城市的业余文化生活,但水准一定要有。拿到许可证的人,去福田区街头演艺联盟培训几天就可以上岗。平时还可以去景区和商场表演,空余时间帮商场干点协理的事情,还能发点底薪。这和在单位上班一样,相当于在这个城市扎了根了。省得跟那些街头要饭的抢地盘。下个月底,有个大商场开业,会搞个庆典,同时算考核,得分高的拿证。我和瞎子已经报了名,你感不感兴趣?我们可以一起搞个节目。"

白楠芯忙点头,这真是个好消息。其实,对于他们来说,影响最大的不是城管,而是乞讨者。乞讨者大多是卖惨,演唱和设备不敢恭维,有些演唱的,直接放原唱,自己跟着哼两声,甚至唱也不唱,只顾收钱,纯属扰民。

不久前的四月,市里已经集中组织街头艺人对次月场地分配抽签派号，第一轮确定抽签顺序，第二轮抽出场地位置。大家按照抽签，各司其职，也免了同行抢生意争执。没想到这么快又有了新的动作。

林姐握着白楠芯的手，皱了皱眉头说："不过也不凑巧，听说有个报名的男的，在欧洲待过，主打项目也是悬空术。我上次见过他表演，能够一只手按在双层公交车的上层玻璃上，人悬在外面走。你和他竞争，有点悬。"

白楠芯想想说："要不，我回老家找那个大师帮我做'活机'？"林姐说："你上次不是说他不肯做吗？"白楠芯笑了，说："我过年时候包了五千红包给他，大师不要，给退了回来。他说，这是他压棺材底的'卡活'，我现在也是行家了，东西到手，门道也就会了，得……得加钱。"

"卡活"，行话的意思就是做道具。

林姐乐了："那就砸，一万不够两万。我就不信他宁可烂在手里也不教人。"白楠芯说："嗯，这手艺还真没年轻人乐意学，都玩手机了。那些台阁师傅，最年轻的都五十了。"林姐一拍大腿说："那行，这几天你抽空回老家一趟，把这手艺拐到手。"白楠芯有些吞吞吐吐："林姐，我最近手头紧，你能不能……"

林姐有些为难，说："我这房子也刚买，一个月一万多的贷款。"白楠芯说："算了，我再想想办法。都怪赵鑫这王八蛋，要不是他，我也不会这么惨。"林姐说："要不，找赵鑫把钱要回来？"

四

上午九点，林姐挽着白楠芯走进一家房产中介公司。这家公司规模不小，几十个员工像蜜蜂一样，在各个格子间里干活，有时走进走出一个，也是小赶慢跑。有时两个人挤在电脑屏幕前，头对头似蜜蜂触角碰触一番。更多的是一个个销售对着手机嘶吼，催着对方下单。

林姐探着脑袋张望一番，走到一个穿西装的年轻人面前。

"赵鑫!"林姐一声断喝，震得旁边的白楠芯耳朵都痒了。"你要什么流氓?我妹妹哪不好了，跟你在一起哪里委屈你了?你个渣男，玩过了就溜是不是。"赵鑫面红耳赤，想拉着林姐往人少地方走，被林姐一把甩开。"哟，还要脸面的呀，当初骗我妹妹的时候，怎么那么不要脸啊?"说着，举起手就往他身上挠。

赵鑫忙往后一躲说："干什么呀这是，你少在这撒泼。现在什么年代了，好聚好散。白楠芯也不是什么三贞九烈从一而终的人。当初在相亲网站上认识的时候，你说你是搞艺术的，我还以为你是美院毕业的，没想到你是街头卖艺的。我天，谁知道你卖艺时候卖不卖身。"

白楠芯脸色惨白，身子摇摇晃晃。

林姐大叫："你他妈别血口喷人。看到没?她举着一张纸，差点捂到赵鑫脸上，你睁大眼睛瞧瞧 B 超单，我妹妹怀了你的孩子。你要是敢说不是你的，那就生下来，做亲子鉴定。"

赵鑫有点蒙了，想说不是自己的，但话已经被林姐堵死，总不能真让她把孩子生下来，不管鉴定出来是不是，麻烦事总归一大堆。他看看 B 超单，"宫内活胎（单胎）"的字样刺眼。他看了白楠芯一眼，目光移到微微隆起的小腹时有些软了。

白楠芯细声细气说："不管怎么样，你先把你放在我那里的化妆品搬走，把货款还给我。"赵鑫说："那是你心甘情愿掏钱做这个代理，钱又不是我收的，我问谁要去？这么好的产品，你卖不出去，招不到代理，是自己没有能力。我马上就升市总代了，还不是靠自己努力卖产品，招代理得来的？"

林姐说："呸，还不是你花言巧语骗的。你朋友圈今天马尔代夫度假明天买豪车，套路真多。人家路虎 4S 店的人都认识你了，每次和几个人在路虎边上只逛不买，拉个横幅拍个视频说提车，有本事现在就把路虎开出来啊。戏精。"

赵鑫的同事们听了，窃窃私语。

林姐瞥见门口溜进来的瞎子已经掏出手机在拍了，暗暗拧了白楠芯一把。

白楠芯终于鼓足勇气，吸一口气冲上去，哭喊着："你今天不还钱，我就和你拼了。"

赵鑫猝不及防，撞了个趔趄。白楠芯紧紧抓住赵鑫手臂。纠缠中赵鑫本能一甩，白楠芯娇小身躯倒飞出去，扑在地上。她脸色大变，手一捂小腹，一股鲜血顺着她下身淌了出来。

"血，流血了！"林姐尖叫声增加了这一惨剧的震撼效果。白楠芯举起沾满鲜血的手，随即昏死过去。

赵鑫已经吓傻了，在别人搀扶下哆哆嗦嗦站起来。大家都被这一幕镇住了，目光集中在白楠芯身下，鲜血沿着地上乳白色瓷砖慢慢散开，像植物的根系，想深深扎入这片土地，却无法渗入瓷砖之下。

"快打120！"有人大喊。反应过来的人刚要拨打电话。林姐抱住白楠芯，嚷着："先别打，赵鑫这王八蛋不把货款退了，就让她死在这里。这里这么多人看着，又有监控，出了人命和你们其他人都没关系，就找赵鑫一个人，起码也是个过失杀人罪，等着坐牢吧。"在场的人又把目光集中在赵鑫身上。赵鑫几缕头发垂到额前，眼镜歪斜，有些狼狈。他突然回过神，忙不迭答应："给，给，给钱。银行账号给我，我问公司先借，明天发绩效，刚好可以还。救人，救人，人命要紧。"

林姐从财务室出来，小跑着和瞎子一起扶起白楠芯，说："我们自己有车，送过去比救护车还快一点。"两个人架着白楠芯，不顾劝阻离开房产中介公司。

白楠芯下身湿透了，出了门被风一吹，打了个寒战。他们上了林姐的面包车，一溜烟地开走了。

白楠芯和林姐坐在后面，和一大堆林姐的音响设备挤在一起。林姐让瞎子专心开车别回头，帮着白楠芯把湿漉漉的裤子换掉，从小腹上拆下了盐水袋。瞎子不回头，直乐："我说，你这是灌了多少鸡血进去，这家伙弄得，血呼啦子一大片，忒他妈吓人了。"林姐也乐了："血多效果好，也不枉我一大早去乡下。你也知道，现在活禽城里不让买，费了好大劲才让个农民把鸡卖给我，把接下来的鸡血兑到调好的盐水里，温度浓度都刚刚好，谁也看不出来。"

白楠芯换好了衣服，还是哆嗦，半是冷半是激动，说话都有些颤抖："姐……姐夫，麻烦开下暖气。"瞎子说："车子破，暖气没用。你姐那点家当，除了买房，都砸在这音响设备上。"林姐说："等下到我家，把那鸡炖个煲，庆祝一下。这回总算是把赵鑫这扑街收拾了。"

白楠芯也边哆嗦边笑骂着："赵鑫这个扑街，痴线，下里下作的扑街。"

一车人笑骂着，把本地所有的骂人词汇，都狠狠倾倒在赵鑫这个本地人身上。

五

白楠芯上次回遂昌老家，还是两年前，为了父亲的葬礼。

父亲好酒，每喝必醉。醉了之后，还能熟练地找到回家的路，避开小巷里堆满的杂物。但到了门口，他总是手抖得摸不出钥匙，只是用头一下一下敲门，等母亲开门。

只是他忘了，母亲三年前因病去世，不会再有人为他开门。他的女儿白楠芯，此时也在异乡某个出租房里看着韩剧。

在那个冬夜，父亲躺在了家门口，死于呕吐物窒息。

白楠芯下了客车，站在简易的乡村公交站牌前。她望着村子的方向，看到那座桥。

幸好这座桥还在。

这座桥，这头是乡村，那头是公路。每逢年后，乡里总有很多和她一般，衣着时髦，拖行李箱的少女，三三两两走过这座桥。等着车子去县城，再转车去全国各个城市。

桥下的小溪，水少，这几年，随着上游水库的建成，几乎所有小溪的水都越来越少。这座小桥，像干涸的脐带，让婴儿还能得到少许滋养。

白楠芯想起第一次父母送自己离开，在桥上，三人站了一会，父亲点了根烟，母亲死死盯着对面店铺的招牌出神，只有自己，踮起脚一跳一跳，有种孩子被剪掉脐带，发出第一声啼哭的感觉。

"留在家里不知道有多好，你非得出去吃苦。"父亲叹气，将烟头弹入溪中。

六

她没有回家，直接去了大师的家。

大师家是农村常见的，三层半尖顶欧式别墅，大门是铜门，厅正中挂着《八骏图》。客厅里红木家具被推到边上，中间堆满了各种木料、钢丝、布料，中间摆着张木台，大师正忙活着。

大师的儿子，和白楠芯年龄相仿，斜躺在红木沙发上看着快手直播，一阵阵傻笑。

白楠芯目光留在木台"新白娘子传奇"的字上。大师边干活边抽着烟。一缕烟向客厅顶上的水晶吊灯袅袅升起又倏忽消散。两侧锃亮的大理石墙映照着彼此的纹路。瓷砖覆盖着一层黄白色木屑，烟头满地。

"来啦，坐。"大师看到白楠芯，招呼得不咸不淡。

白楠芯点点头，把一个厚厚的信封摆在了木台上。

大师停了手，斜叼着的烟头瞬间亮起，又长久暗下去，代之而出一团浓烈的青烟。

大师抚了抚木台说："行吧，'活机'的手艺，我送你了。你再帮我做件事，过几天七月会，这台阁缺个白娘子。"

白楠芯说："五岁的时候，我就是白娘子了。现在再当一次，也好。"

大师说："那你先回，我把台阁加固一下。卡活不能抛托。虽然你不重，但总是大人，要牢靠一点，摔着了，可就不好了。"

白楠芯说："师傅的手艺我还信不过吗？那可是行内一绝。"

大师听到"绝"字，脸色一变，用食指拇指将嘴上的烟头捏灭，丢在地上，发出一声叹息。

白楠芯走出门后，回头望了一眼大师的儿子。

那本是五六岁时，撑着自己的许仙啊，也是她小学起就暗恋的人。干净、清澈，可自大学毕业后，就迅速沦为俗物。玩手机混日子，只有每年到时候了，才火急火燎备考一个月，去考公务员，自然年年落榜。

而自己当年的女伴们，不是活在外面的城市，就是蹉跎在本地，抱着孩子站在抽烟打麻将光膀子的丈夫身边。

离家的那一年，她就知道，自己永远不会回到这个县城生活。这里，没有她的许仙。

这个世界，对她这种人是最不公平的。她看过了世界之窗的繁华，无法苟且于乡村的荒芜。就像那种没有转世的孤魂，没有双足，飘荡于城市半空。

七

白楠芯挽起发髻穿着白纱，悬在一人高半空中，在这夜晚，白色的白娘子最为鲜明。

五岁那年的台阁，不过是过节时，把家里吃饭的八仙桌翻过来，四脚扎个顶篷，由青壮年男子用竹子扛起游行。用一些彩灯、彩带、鲜花等把台阁扮得花轿似的，孩子们装扮得粉雕玉琢，一台台在街上走过。每一扛台阁均是一台戏，戏剧中的人物栩栩如生，逼真生动。街道两旁站满了人，什么年龄的都有，一个个衣着简朴、笑容质朴。

如今的台阁，已用上了电动车、蓄电池、LED节日灯，其形态、色彩更胜往昔。音响的悠扬乐曲相伴，随性的锣鼓压阵。

她看着游行队伍两旁的那些老人、女人、孩子们，显得无所适从。

他们瞪着眼、咧着嘴、踮着脚，一边看着台阁游行，一边谈琐事。白楠芯很少看到年轻的脸庞，偶有几个，也是戴着旅行社帽子的团友，和背着登山包的游客。

他们看到了她的台阁，看到了六七岁的许仙用伞托着白楠芯，开始指点着笑着。

作为唯一的成年人，白楠芯有些尴尬。要不是答应了大师，她可能真的要跳下台阁就走。可大师做得实在太牢靠，就算费尽气力，也不可能挣脱。

她足底悬在半空，和家乡土地的距离，大约是一百六十厘米。

下面的许仙，是六七岁的男孩，青衣小冠，抬头说："姐姐你别动了，要掉下来。"

队伍行至县府广场，围观的人数到达顶点。

台阁的"活机"开启，她就在许仙手里握着的雨伞伞沿上，开始旋转，水袖翻舞。

一声哨响，礼花齐放，锣鼓敲震天响。

八

主持人用播音腔说："好，那就让我们再次用热烈的掌声，有请，下一个节目，《新白娘子传奇》。"

《千年等一回》的旋律响起，商场里人们都看着台上。林姐声音响起，柔美婉转处犹如黄莺鸣谷，激情高亢时好似春燕入云，声音几乎糅合了所有女声的特点。和原唱高胜美相比，也不遑多让。

白楠芯悬在商场大厅的最高处，手轻轻一搭大圆柱。

她如同一条白蛇，从柱子顶端开始盘旋游下，和电视剧开头白娘子的出场一般无二。

人群爆发出热烈掌声，坐在观众席第一排的几位领导和老总，也惊奇地张开了嘴。然后纷纷点头鼓掌。

白楠芯从柱子上降落到舞台上，身姿曼妙，裙袂飞扬，随音乐起舞。

林姐唱着，望向这个小姐妹，竖起了拇指。

白楠芯知道，这件事妥了。

在这首歌的高潮部分，她手一搭柱子，又开始缓缓飞升而起，柱子上的冷烟花也追着她，像一条金蛇在追随。

她是场上所有人的焦点。白楠芯知道，这是活机，不会有人看出端倪。

她在上升中，看到了舞台，有一个等着上场的孙悟空，不知道是不是小孙。

她看到有个身形有点像赵鑫的年轻人，手挽着一位女孩。

再盘旋，她从商场的玻璃窗户，仿佛看见远处世界之窗的灯光。

所有人都在仰望着她，不论本地人、外地人。

盘旋吧，升吧，到顶点，再落地，再扎根吧。

白楠芯眼睛开始模糊。

林姐唱道："西湖的水我的泪。我情愿和你化作一团火焰，啊……啊……啊……"

突然，周围陷入了一片黑暗。音乐声、歌声瞬间停了。

下面人群传来纷杂的议论声。停电了？

嘭的一声，光明重现，柱子顶上的射灯直射下来，灯光晃得白楠芯看不见任何东西。

她低下头，让眼睛慢慢适应这光线，却仿佛看到人群里有一个五六岁的男童，额头有着淡淡的眉间一点红……

白楠芯轻轻呢喃："许仙啊许仙，我等了你一千年了。"

抛托了的她，就这样尴尴尬尬地停在柱子上，不上不下，不咸不淡，悬在半空。

芬兰的猫不会微笑

一

雪地摩托过处，迅速卷起雪尘，散落在路面。风回卷，又带起几粒雪尘，落在路边那个黑衣女人的身上。

林深从摩托后视镜瞥到那女人迟迟疑疑地举了手。他远远就注意到那个女人，站在一辆掀起引擎盖的车旁边，徒劳地探头往里看。她穿得不算厚实，在这冰天雪地的芬兰北拉普兰，如果汽车抛了锚，哪怕救援车辆来得再快，她也会冰冻得如同路边那些挂满白色枝条的灰蓝柳一样。

方才他在经过时候已经减速了，只要女人抬个头和自己对视一下，也许自己就会停下来吧。但女人反而扭过了头，不与自己目光接触。就这么错过去了。

也许她是怕自己是坏人吧。和北极圈的恶劣天气相比，她可能更害怕一个戴着头盔，看不清面目的男人。

他心内纷杂，双手仿佛被零下十几度的气温冻在了车把手上，不加油门，不握刹车，让这雪地摩托不紧不慢向前滑去，这本是雪地最快的交通工具了，连冰封的湖面都能开过去，却在这郊外的公路纠结进退。

时间和这片空间，一起急速向不可知的黑暗坠去，身边的毛桦树影开始模糊，白色枝条下露出黑色的底色，形同坚硬的骨骼，陷入阴森的寂静。

北极圈的夜很快就会降临，绝大多数生命必须偃旗息鼓，林深陷入了内疚。

幸好，她终于举起了手，还挥了挥。他心里一松，想，她到底还是选择相信了。

林深将重心放于雪地摩托脚踏板外侧，使内侧雪橇板滑动更容易。制动后，雪地摩托只往前滑了十几米，开始平稳掉头。

几分钟后，他摘下头盔，坐进了驾驶座，启动一下，毫无反应，仪表盘上故障码乱闪。车窗上印着某个芬兰汽车租赁公司的标志和广告语，但很明显，这辆轿车不适合跑这种雪地的路，租赁公司应该是忽略了检查车况，而女人显然对车子更是了解不多。至于林深这位前重症监护室的医生，也只能凭仅有的一点汽车知识，猜测是蓄电池没电或是发动机积碳。

他重重将引擎盖合上，回身摇了摇头，指着雪地摩托比画着。他不会芬兰语，英语也是捉襟见肘，想掏手机用翻译软件来翻译，却发现苹果手机在这温度下已经罢了工。

北极圈凛冽的风吹过，树梢上的雪尘散落到两个人的肩上。林深的鼻息带着身体内微弱热量，一呼一吸，雾气上扬到防止雪盲的墨镜上，使得对面女人在视野中时而模糊，时而清晰。

他站着，她站着，两个人间隔三米，却隔着一个宽广的冰封之湖。

他摘下墨镜，擦了擦镜片上的雾气，只听女人在说："能带我回罗瓦涅米的圣诞老人酒店吗？"

他抬头，看到女人围巾上的黑色瞳仁，还有亚洲面孔，以及，这字正腔圆的普通话。

他忽然拘束，宽广的湖迅速坍缩，将他和她挤在了短兵相接的三米距离。

他看着她那张年轻的脸，女人脸色苍白，被风雪吹得几乎看到皮肤下面的血管，表情僵硬。

他结结巴巴："我这摩托怕跑不了多远，路我也不熟。"

她点点头，陷入沉默。罗瓦涅米离这里起码有四十公里，这个天气坐摩托车她也撑不了多久了。

他跨上雪地摩托，无比艰难说："先去我的酒店吧。再想办法。"

他没有回头，良久后，是闻到她走了过来，然后摩托后座微微一沉。

他说："抓紧。"

女人在后面"嗯"了一声，手没有环过他的腰。林深猜想，她应该是反手抓住车座后面了。这样也好，这是他能接受的最适合距离，不亲密不孤独。

这型号的雪地摩托最大时速也就四五十公里，他骑得不快，一是为骑行安全，二是为了寒风不再将女人身上的热量过多带走，三是为了保持着若即若离的舒适距离。

他看见过两只困倦的刺猬，由于寒冷而拥在一起。可因为各自身上都长着刺，于是它们离开了一段距离，但又冷得受不了，于是凑到一起。几经折腾，两只刺猬终于找到一个合适的距离，既能互相获得对方温暖而又不至于被扎。

他近来总是感觉孤独，三十岁了，是应该享受当众孤独的年龄。

孤独是他这代人从娘胎里就存在的，一个人在孤独的子宫里孕育，一个人没有兄弟姐妹地成长，一个人在房间内玩耍。只是在学生时期猝不及防地被挤压成集体，就像米粒，大多以碗的形状示人。假期时，他常常被上班的父母遗忘在家中，他只有抱着家里那只狗，才会觉得自己没有被这个世界遗弃。狗时不时对着他吐着舌头露笑脸。可在他十五岁的时候，狗老了，顺便也带走了那无须交流就可获得的亲昵，从此他彻底被抛向了人群。每天笑成一张面具，面对同学、老师、同事、病人，以及路人。

他看书时常常会想起历史上的隐士在山间存活。

二

他带着她回到湖边的酒店，女人已经冻得下车都下不来了。他手足无措犹豫半晌，不得不把她抱了下来，这令他尴尬无比，生怕女人怀疑他有异心。

这酒店与其说是酒店，倒不如说是一座船屋民宿。它就在湖边建了起来，玫红色的两层楼，二楼是厨房、客厅、两个卧室，甚至还有一个小阁楼，可以透过屋顶小玻璃窗户看星空。一楼是一个小小的过道，有洗手间、桑拿房，甚至还有停船的地方，如今湖面冰封，船也被冻住了。不远的湖面上，有几个芬兰人正在凿冰洞。

　　门前是密码钥匙盒，他输入房东给的密码，取出钥匙开门进去。这家芬兰民宿的主人不住在这里，有需要可以在聊天软件上联系。不到万不得已主人绝不出现，只有在住客退房离开后，才会来整理打扫房间，等待下一位住客。内敛的芬兰房东将前台登记问询、行包服务等一切需要人与人见面的环节省去，全程不露脸，这深合林深的心意。

　　他把她带到一楼桑拿房，芬兰的桑拿房多建在湖边，用木头制成。林深按了预热开关，桑拿房中间的炭火在电加热的辅助下开始预热，从树木的缝隙中，慢慢透出暖气烘烤后松木和炭火的气息。

　　他说："冻了那么久，先来个芬兰浴吧。不然身体会生病的。芬兰人喜欢在湖边的桑拿房一桑拿完，就马上跳进结冰的湖里冬泳。外面那几个凿冰洞的芬兰人就是准备这么干的。"

　　这是他三个月来说过最多的话。说完就立即上楼，生怕多逗留一刻，会被女人以为自己图谋不轨。

　　林深就守在楼上客厅，等手机回暖充上电后，先订了份外卖，又给房东发了消息，说多来一位朋友要求再订一间。房东是典型的芬兰人，话不多，也不打听，收了一百欧元房费后，就把另一个钥匙密码盒的密码发过来。

　　桑拿房的中间部分是一个淋浴房，最里面就是桑拿间了。Sauna（桑拿）这个词在芬兰语中，本就指一个没有窗子的小木屋。

　　半个多小时后，林深先是听到一声门锁弹响，过一会才传来松木门轴缓慢开启的摩擦声，他猜想，她应该是先开了一条缝，观察一会儿才开门吧。

这也是位谨慎的女人。

过了一会儿，楼梯吱呀吱呀声传来，女人出现在楼梯口，赤着脚，两条白皙的小腿从浴袍下露出来。她身上裹着厚厚浴袍，头发水汽弥漫，依稀能看到锁骨下肌肤上的光芒。

林深抬头也不是，低头也不是。只能指着小桌上的盘子说："饿了吧。刚才你洗澡的时候我订了份爆炒鹿肉，还有热牛奶。过了饭点，餐厅只有这些了。赶紧吃点，不要饿坏了。"

他们坐在桌前，开始吃爆炒鹿肉。他们一口一口地吃，驯鹿肉焦香、柔和，配菜的越橘清香酸甜。芬兰人"社恐"，但最喜欢结伴在桑拿房"坦诚相见"。桑拿过后，他们一男一女就这样专心吃着盘里的食物，一言不发，像执行一个虔诚的仪式。

她把盘里最后一点食物汤汁都用面包擦拭干净吃了，生怕浪费掉一点食物里的热量。

林深说："需要再叫一份吗？"

她脸略微一红，摇摇头，用纸巾擦拭嘴角，生怕哪里还有一点油光。

他说："我叫林深。"

女人回答："孟鲸。鲸鱼的鲸。"

她站起来走到窗户边，询问："可以开窗吗？我比较怕闷。"

林深点点头，关了房间暖气。

她打开半扇窗户，晚风夹杂雪粒，扑面涌进来，整个屋子立即冰冷刺骨。雪粒在房间里飞扬，像剑刃划过空中残留的寒芒。

孟鲸对着窗外深吸一口气，表情舒畅，仿佛是在酷暑天里饮了一口冰镇汽水。

林深看到窗外不远处，高耸着一块液晶显示牌，上面显示的数字是零下二十五摄氏度。这个小镇和大多数芬兰城镇一样，都会在显眼处立这么一块温度显示牌，提醒人们此时温度，就像大海中指引船只的灯塔。

林深有些许寒战，不由得披上外套。

孟鲸说："你到芬兰多久了？"

他说："一个星期。"他注意到她有些讶异，显然孟鲸以为自己应该是在芬兰久居的华侨。

她说："你做什么工作的？"

他说："我是医生。请了年休假，加上平时攒下来的假期，勉强够用。芬兰入境现在放宽了，现在出国也容易。你呢？做什么工作。"

她说："在北城的信息产业园一个公司做文字编辑。"

林深知道，那个公司主推一些旅游游记和攻略，有几个专栏流量很不错。他说："我也在北城，市医院的。"

孟鲸目光在他脸上一停，林深面颊一冷，似乎感受到外面刮进来零下二十五摄氏度的晚风。

难熬的数秒过后，她移开了目光，看向窗外，毫无异国遇同乡的惊喜。

林深反而松了一口气。

更多的雪粒从外面灌进来，但晚风已经和缓，似流水混着温润月光进入房间。他看着她的侧脸，满是月光，月光给她镀上一层银色，说不清温暖还是更显清冷。

他坐着，她站着，最后，他还是对她说："不早了，你也累了，早点休息。那个房间你可以住，里面用品都齐全的。"

孟鲸点了点头，依旧对着窗外深深呼吸。

他不说话了，这已经是他近几个月说话最多的晚上了。他不想把两人关系变成庸俗的异国相遇并相恋的故事。

外面的天更黑了，湖面上三三两两被当地人凿开冬泳的洞，再次开始冰封。

三

月光凛冽，附着在阁楼上那块隔热玻璃上。源源不绝想淹没这个世界，而他还在漩涡中挣扎。

月光一浪一浪袭击，不断将他冲向大海深处，越来越深的孤独。他逆着浪，竭力向海中灯塔奋进。

几个月前的那天出院之后，他再也不能让同事喷着酒气搂着自己叫兄弟，再也不能让主任拍自己肩膀说"看好你"。他连给病人听个诊也不行，只要一和人有任何肢体上的接触，他都会痛苦不堪。

他像一株身首异处的植物，无法控制自己的躯体。

他终于又轮回到小学时的自己。

他不和任何人提起自己的小学，别人问起小时候事情，他也向来含糊其词，似乎那六年时间根本就没有存在过，好像外科手术般，轻而易举地就把它们从时间中切除缝合了，一点残留组织都没留下。

它们对于他来说，是被他抛在路上的一段无用的时间的阑尾。他亲手把它们放进盒子，埋在了土里，再移来一株小树，永世镇压着它们。从此，再也不去触碰它们。

偶尔想起它们的时候，他还得穿过一条黑洞洞的走道，走到一只关起来的匣子前。那些回忆就是关在那墙上黑洞里的魂魄，触摸不得。其实是他把它们关起来的，怕它们随便出来现身。

它们不现身，他依旧是那个善于沟通社交、可以和任何年龄层患者迅速拉近关系的和善医生，也是那个可以和领导觥筹交错、长袖善舞的有为青年。

人类善于遗忘，二三十年前的事情，不记得很正常。

他是读大学才去了北城的，之前一直生活在浙江的一个小县城。这是一个典型的江南小镇，人们也大多内敛温文。

小学二年级的那一天，他最好的同学小海来他家里玩，看到了林深母亲正在晒如同地图的被子。他问了一声："阿姨，这被子怎么这么脏？"

林深母亲没好气说："还不是你昨天带林深一起去玩火，回来就尿床了。"

小海说："我就带了一次。上面那么脏，林深肯定是经常尿床的。这么大了还尿床。"

林深母亲不说话，掸了掸被子，回头看见了脸色煞白的林深。

那段时间，他总是恐惧于人多处，恐惧和同学接触，更听不得有人在远处低声谈话。他一概会以为是在说自己那床被子。他像只惊恐的小猫，四处逃窜。只要一有人和他说话，他就四肢痉挛发抖，脸上僵硬，目光不由自主地看向自己的裆下，嘴角无法牵起微笑。

话题用不了多久就会过去，就像喷出去的唾沫，吐的人以为干在空气里，只有自己才知道那些唾沫凝固在自己的肌肤上，干涸成瘢痕，渗透入骨。别人都会忘记，但自己不会忘记。

他不停奔跑在江南小镇狭长的胡同里，寻找自己的家，却怎么也找不到。拐过一个弄，前后看看没有人，就在那个拐角前拉开了自己的裤子，然后一股温热在胯间蔓延开来。

第二天放学之后，他独自走过江南狭长的胡同，会呆呆看着米黄色夯土墙上的青苔和霉斑，像在看自己身体。他不敢回家，不敢看天井里晒着的被子。

他看着这些阴潮的苔藓，这些不言的植物令他心安。他采集各种各样枯败的树叶，包括电视上说有毒的夹竹桃树叶，还有蝴蝶和飞虫，将它们小心翼翼压在日记本里。从此它们便永久被囚禁在那日记本中，渐渐尘封，直到有一天，日记本找不到，直到有一天，父母给他养了条狗，直到有一天，他永远忘记了自己曾经拥有过那么一本夹着落叶和死去昆虫的日记本。

然而就在那一天之后，深彻入骨的孤独像被掘开的古墓，尘封多年日记本的魔力喷涌而出，吞噬了他。

他现在坐电梯，看见人多就宁可走楼梯，哪怕十几层后气喘如牛。就算一个人在电梯里，忽然进来另一位，他也会躲到对角线处，怕下电梯又要和那个人擦肩而过，产生令人窒息的接触。

遇到了不熟但认识的人，他会装作低头看手机以免打招呼尴尬。出门时遇见邻居也出门，会在门里一直等到脚步声下楼。

他身上的孤独，应该是这些年一点一点攒下来的，越攒越厚，他以前看不见它们，它们却像雪一样一层一层覆盖了他。他本以为自己的热量可以融化它们，但太多了。在那一天后，他内心最深处的至寒盒子已经打开，他被冻成了冰雕。

四

那时候的惨烈，至今林深回想仍心有余悸。

他发现，自己忽然不会笑了。一对人笑就疼，全身触电一般疼。有一缕旁人无法见到的光芒，会化作电，让他四肢痉挛抖动，脸不由自主地僵硬。两个嘴角，再也无法温柔地上扬给别人看。

他无法和人顺畅交流，畏于和陌生人言语。他也无法重新回到岗位工作，只能去医院的检验科面对毫无生命的试管，哪怕里面盛着从生命里抽取的血液。

忽然不工作的感觉就好像身上的某根筋突然被人抽走了，走还是能走的，但感觉脚下每一步都是虚的，没有地面力度的反馈，双脚打着晃，感觉随时会摔倒。

林深想重新回去看病人，但他做不到。他就像进入一个地下室的阶梯，一回身，门自己关了起来，眼前只有不停往下的阶梯，由不得他不走下去。

走啊走，脚从 43 码走成了巴掌大小，他来到了一个江南风格的小院子，院子天井里的竹竿上，晾着一床被子，上面有着斑驳的水渍。

但这里没有时不时对着他吐着舌头露笑脸的狗。他变成了一只不会微笑的猫。

<h1 style="text-align:center">五</h1>

这种疾病后遗症报道很多，比如嗅觉、味觉丧失，比如股骨头坏死，比如康复者较高的抑郁症发病率。

他先是和主任说了一声，想休息一段时间，调理一下心境。主任同意了。

林深背着行李直到走到小区门口才忽然想起来，自己没有想去的地方，国内的景点都过于人多和嘈杂。

他重新回到家，用了两天时间在网上浏览，看各种攻略，看各位旅游达人的游记。最终他决定去芬兰。想看看传说中的极光，更想看看这个传说中最"社恐"的国家，是否能够给自己内心带来舒适。

前几年网络上有个描绘芬兰人性格的漫画流行，里面的社交恐惧症症状深入人心。"精神上的芬兰人"概念火遍全网。

林深经过十个小时的接近北极圈飞行，途中经历两次日落和一次日出，他的飞机几乎一半的时间都在粉红的霞霭中。

他来到了赫尔辛基。芬兰的入境政策相对宽松，办了申根之后，就可以行动。

满纳汗大道的建筑多用浅色花岗岩建成，处处流露着大都会的魅力与北欧式的优雅。他去坐个黄绿色的有轨电车，叮叮当当的响声和铺设在街面的电车铁轨，他仿佛穿越回老上海。

电车里的座位，每一排都只坐了一个人，除非坐满了，之后的人才会选择在人的旁边坐下，而原坐着的那人多少会目露惊讶。

这里果然是"社恐"者的天堂。芬兰人收入差距小，文化背景相似，生活经历雷同，两个芬兰人即使不说话，也大概能知道对方在想啥，所以没必要开口。天气又冷，大家面部基本冻得没法有太多表情。两个人之间的距离不会太近，

林深忽然想，自己也是个"精芬"，从童年到现在，那个"社恐"的少年一直在骨子里生长。

林深是做足了功课的，北拉普兰是观察极光最佳的地方之一。他定好民宿，选择了十二月的极夜前往。

芬兰国内航空业非常发达，从赫尔辛基到罗瓦涅米，飞机上往下看，能看到大大小小的湖泊被冰雪封印，反射着蓝天白云。

他就这样在北拉普兰逗留了下来，租了辆雪地摩托，白天四处乱逛，晚上在民宿洗桑拿冬泳，再看看微博上的文章。直到遇见了孟鲸。

六

远处整个萨里山浸泡在夜色中，像一尊精致隽永的艺术品。在这北极圈500公里内的芬兰北拉普兰，远处的稀疏灯光像陷入雪中的钻石，雪落了一层又一层。

他睡不着，干脆走到船屋外面。整个湖面寂静无声，黑乎乎的树影如波涛起伏，站在湖边倒像是在水底行走，而远处树

影是头顶的惊涛骇浪。

所有情绪迎面袭来，又在瞬间迅速后退。站在黑暗中他再次想起了当年那个江南狭长胡同。他当时就这么孤独。那时候，他常觉得自己被所有人背叛了。

他看到了孟鲸，她裹着厚厚衣服在湖边呼吸着寒冷空气。

他有些紧张不安，两只手揣着口袋里，手指不停搓弄。

她说："我爸妈都没了，家里越待越伤心。就干脆四处走走。还好我的工作就是写旅行游记。我去过东北，去过西藏，哪里冷去哪里。后来就来到这里。"

他说："我知道。"

孟鲸说："我知道你知道。我刚才用过客厅的电脑，看到你浏览器的记录。你追过我的游记。"

林深深吸一口气："如果我说，我来芬兰，就是跟着你的游记来的。你相信吗？"

孟鲸笑笑："怎么可能。"

他说了一句："今天看到你的文章动态，抱怨车子出故障了，根据定位赶过来的。"

孟鲸一愣。

林深鼓足勇气，说："你母亲当初送到医院，是你拉着我去停车场的。很遗憾，没有办法救她。"

几个月以来的频繁的电击感，无法微笑，无法与人交流。他明白这可能是自己的后遗症，也可能是童年经历在内心深处的泛起，更有可能是那段时间面对病人们无计可施的愧疚。

憋了几个月，他终于在这个女人面前说出来了。这一瞬间，他感觉远处的树影重重叠叠，浆果味，铃兰花味，芬兰赤松、云杉、桦树，各种重重叠叠的气味，近乎香水瓶摔落迸裂，散发着重生的浓香。

孟鲸一个字都没有再说，天空蓝黑隽永，远处的淡淡光影开始变幻，应该是极光，想将这帷幕拉开。

七

此时的林深躺在船屋阁楼里，等待着极光。观测极光免不了要熬夜，一般晚上 10 点到深夜 2 点之间看到极光的概率最大。在这里，观测网站会给手机推送极光可能来临的信息，并且可以设置闹钟。

阁楼顶上的玻璃是电加热的，房内温暖，他拿起房内电话机，略一踌躇，放下，看看湖边，孟鲸依旧站在那里看着手机，屏幕一亮一亮。

天空极光如薄纱缓慢舒展。

他又拿了起来，手里这个黄铜色复古话筒，像半个括号，欲言又止。

他僵硬地拨出那个号码，忽然有一种撕裂结痂伤口的残忍快感。电话通了，空旷荒凉响了三声，像外面森林头顶风掠过的呼唤。

孟鲸的声音从电话里传来。

林深问："半夜不要在外面太久，会冻坏的。身体有不舒服吗？你知道我是个医生。"

"挺好的。没什么不舒服。我没那么娇贵。"

"你在干吗呢？"

孟鲸语气如常："我在看因纽特人的纪录片。"

"因纽特人？是什么人？"

"旧称爱斯基摩人，他们和我们一样，也是黄种人。"

孟鲸说："当有一天，你发现你只要那一点真实的时候，你就突然自由了。"

他说："我知道。"

孟鲸应该知道他是真的知道。

林深接着说："王小波曾经说过，'有很多的人在从少年踏入成人的时候差了一步，于是生活中美好的一面就和他们永别了，真是可惜。'"

"你有想过回去重新走那一步吗？"

"回不去了，但我想留在这里，你呢？"

"我还想去趟加拿大，我想做一个因纽特人。我想去看因纽特人的婚礼。"

他说："你会回家吗？"

她说："我没有家了，就让我一直在外面飘荡吧。"

林深孤独地站在玻璃屋里，外面风停了，时间静止，这片深山成为被荒废的梦境，之前所有的故事仿佛都被丢弃，玻璃摸上去已经是彻骨的冰凉。他看着对面的湖，感觉湖和湖边那个女人消失了。

他找她找了几个月，其实也算是等了二十多年，终于等到了。但她却让自己又消失了，成了他童年那本日记里的蝴蝶。

隐马入巷

一

"我又看见它了，你知道吗？就在横山村那片野地里。你不要问我晚上去那野地干吗，不就是带着刚认识的妹子兜风嘛。沿着南环路开着车，看到一条岔路也开出一辆车。车里一男一女看不清脸，女的从副驾往外扔出一团纸，马上就把车窗关上。大家心照不宣嘛。我寻摸进去，找了块合适地方停下车，刚把妹子放倒亲了两口，忽然听到一个响鼻，就看见那匹白马站在两排老茶树中间。我去，整个马身子都高出茶树上面，估计得有两米多，毛色纯得像棉花，很亮眼，刚开始还以为谁家晒的白被子。结果被子一动，露出马头，不知道嚼着草还是茶叶。这不是重点，重点是……你别看微信，认真点，医院离了你照样转，不是所有人都指着你活着。说到哪了？对了，重点，重点是它的眼睛太亮了，亮得跟含情脉脉的姑娘一样，好像有很多话要和我说。它没有马鞍，没有马缰绳，可能没主人，不然好歹得拴着。它肌肉鼓鼓的，一看就是千里马，搞不好跑得比我的宝马车快。说不定它就是从内蒙古草原跑来的，真想带你一起去找找看。它还在那里就好了。松阳怎么会有野生的白马呢？"

马智飞以一个疑问结尾，和二十几年前不同。那次，十六岁的他眼神晶亮，用无比坚定的语气跟十六岁的我说，他看见一匹白马从独山顶上飞下来。

今天，我坐在江滨公园边上的大排档里，团购点了个八十八套餐，一份小龙虾、一盘咸水花生和几串炸里脊。当有人拍我肩膀的时候，我一个人已经喝了五瓶大乌苏，眼睛看东西模模糊糊。我很少喝酒，最多也就是和领导应酬的时候，自杀式地干两瓶。但那天就是很反常，一个人喝了这么多。听到有人喊我初中外号"骆驼"时，我从眼睛到耳朵都没有分辨出对方是谁。他又叫了两遍我名字，我才确定他没认错。

我醉眼反复看了对方很久，看到一双晶亮的眼睛，下面嘴唇一张一合，耳朵模模糊糊听出："不认识我了？我是马智飞。"

我想起来了，马智飞是我初中同桌，加上洪伟，我们三个都是在老街这一片长大的孩子，关系很好。

二十多年过去，他居然没有太大的变化，除了眼角多了些细碎皱纹。他没有发腮，身材还是少年般匀称，没有中年人常见的肚腩，头发依旧茂盛，穿一身潮牌。旁边，跟着一个打扮时髦的年轻姑娘。

他见我认出来了，就拉过白色塑料椅坐下，手往桌上一抛，啪地在一堆油腻龙虾壳和湿漉漉花生壳边，多出一个宝马标。

他对身边姑娘说："去做做美甲，我和老同学叙叙旧。"说完，还在她包臀裙上拍了两下，催她快走。

我和马智飞不但是同学，还是邻居，家都在塔头街，很凑巧，是对门。洪伟家稍远，在横街。

塔头街、猪行路、大井路、官塘路、横街，这些狭窄逼仄的小巷，百度地图上都搜不到，它们和最老的那条古街一起，组成了现如今的"明清古街"街区，成为旅游景点。

塔头街是有生命的，随着时间过去，它越活越窄。刚开始，它宽阔得能容纳我肆意奔跑。在十六岁那年，我和马智飞两个人拉着手，张开双臂成功把街完全拦住，铁锁横江一般。塔头街本来只能让自行车进出，我们拦住了，惹来过路大人呵斥。

这是捉迷藏的天堂，老街这一片，巷弄纵横交错，诸葛八卦阵一般，能容得下几十个孩子躲藏。

黑瓦飞檐的两层房顶，白色腻子批好的墙时不时脱落，用灰色水泥糊上，又脱落，露出里面黄色夯土砌成的墙体，墙脚青苔攀附而上，早已褪色的红漆木门，绘成一幅青赤黄白黑五色的旧时浙南小巷。

我们放学回家，会随手捡块瓦片或小石头，按在黄泥墙上，奔跑着划过，身后一道"火花"，溅出一路金黄落地。

晚饭时间，朽坏的门轴吱嘎一响，拎着锅铲的女人探出头，扯着嗓子冲巷子前后各高喊一声孩子的名字。各个门也相继探出脑袋，此起彼伏叫喊。一个个孩子就像小兽一样，从犄角旮旯里冒出脑袋，各自奔回自家的门。

我家就是那种典型的浙南民居，起码五十年历史了。黄土墙里面都是木制房梁和木板隔断，呈"凹"字形，分成两层。

我爸和三个叔伯四户人家就住在这里。

堂屋前，有鹅卵石天井，雨水沿屋檐淌下，堂前常有水声回响。

天井前有一口深井。我们早就不喝井水了，探头进去，井壁密密麻麻都是灶马。我听语文老师说过，这是灶王爷的坐骑。蛛丝马迹里的马迹，不是马蹄印，而是指这种昆虫在厨房行动留下的黏液。我曾以为它们凶猛好斗，壮着胆子抓了几只想看它们打架。但灶马手感柔嫩，不咬人，被抓后一阵奋力挣脱，丢下两条大腿逃生。

小时候，我时常做梦，每个梦在醒后几乎都会忘记，但有一个梦却至今仍记得。我梦见老家井里的灶马源源不断涌出，变成一大群威武的铁骑，每匹马上都骑着一个我，万马奔腾朝天空奔去。当我回忆起塔头街的故居，就会想到那口深井，想到这个梦。

马智飞什么时候搬到我家对面，我已经记不起来了。只记得在上初一时的第一天，他就是我同桌，一整天下来都没和我说话。

那天放学回家路上，我被几个人逼到了夹弄里。校外混混最喜欢欺负穿松阳一中校服的学生，男生通常瘦弱、胆小、完全没有打架经验。女生大多安静、平胸，拦住几个漂亮的调笑一番，点评点评相貌身材，她们都战战兢兢不敢呼喊。

今天开学，混混们知道这是我们身上钱最多的时候。

起初，我是想反抗的，刚捏起拳头，他们当中一个人过来，扬了扬手。

我的脸瞬间麻了，不到一秒钟，疼痛从后槽牙猛地钻出来，在半边面骨里纵横捭阖，窜到耳根，并迅速弥漫到额头，脸颊感觉到地面的潮湿，鼻子闻到青苔的气味。

我只能任由他们掏我口袋和书包。这时，我听见一声怪叫，看到夹弄口有一个人影，摆出了李小龙的姿势。

几声闷哼之后，一张人脸也倒在我面前，我才看清，是我同桌马智飞。

等到混混们走了，我拍拍身上泥土，懊恼地往家走，却发现他和我走同一条路，走着走着，最后打开我家对面的大门走进去。

马智飞父母都在外面做茶叶生意，只有个爷爷和他一起住。他普通话不太标准，有点玉岩腔，"洗""死"不分。

平时同学们极少听到他说话，老师也几乎不抽他回答问题，好像生怕他说出什么不吉利的话。印象中，他也不和别的同学聊天，不起眼像个透明人。

同桌加邻居的关系，而我又是无论和谁同桌都能聊的人，很快我们就好得穿一条裤子。

马智飞虽然平素寡言少语，但终究在我面前变成了无话不谈的人。就像喇叭接触不良的黑白电视机，只有我有能力把音量旋钮，小心翼翼调到合适位置，电视机就放出悦耳的声音。

我的房间在二楼，沿街，窗户正对着街对面马智飞的房间。晚上在家自习，我看书看累了，抬起头望向窗外。玻璃如镜，映着我脸的同时，也能看到对面他的台灯亮着。有时候会发现对方也在望着自己，相互笑笑，两个人会故意迎合对方的动作，假装对方是镜子里的自己，慢慢地，两张脸会在玻璃上叠成不分彼此的一个。

　　我俩各自有很多不切实际的想法，当将军、做干部、拍功夫电影，各种理想随时间过去，一个个被掐灭，但在一个理想面前达成共识。

　　那时候是 20 世纪 90 年代，我们都算狂热的文学爱好者。我喜欢看各种小说，无论金庸古龙的武侠，还是余华王小波的先锋文学，有时候连大部头的世界名著，也看得津津有味。而马智飞喜欢散文诗歌，余秋雨、季羡林的书他一本没落，还有海子汪国真的诗歌他嘴里常常嘟囔。

　　我们的语文成绩都在班里名列前茅，加上都"拉胯"的英语，两人把中游生的身份站得稳稳的。我成绩略好于他，因为作文常常要求不能写成诗歌。

　　我和马智飞的梦想都是成为作家。我们当年觉得，老街是有封印的，像五指山一样，老街长大的孩子，就算走出去，魂魄可能还是困在这小县城里，求稳、短浅、锱铢必较，一辈子走不出去。而在我们心中，作家这职业，可以满足物质和灵魂的需求，还能用想象，冲破这老街的封印。

　　我想成为下一个金庸；马智飞想成为下一个余秋雨，抑或是崭新的马智飞。

　　他经常想偷偷骑走街头代销店金老板那辆白色的长江牌 750 型边三轮，闯荡天下写遍世界。

　　晚上，我会从窗户中看见，马智飞抬头看向半空某处，嘴里念念有词后又伏在桌上不停写东西。这不是写作业该有的动作表情，那就只能是在写诗歌了。但他没怎么给我看过他的作品，也不知道他有没有发表过。

　　十六岁初三那一年，中考结束，我最好的朋友马智飞就消失了。

二

时间是有力量的，它将荒地变城镇，将黄色夯土塑成房屋，又将房屋重新归于尘土。

一九九六年，离我们一街之隔的太平坊路开始拆迁。挖掘机如巨兽，势不可挡将同样狭窄的太平坊碾压成齑粉。

堂前饭桌上，我爸和叔伯们一起喝酒、聊拆迁。他们幻想着政府会超规划顺手把塔头街也拆了，也有商量从太平坊的亲戚手中买个几平方米，从而获得去一中新村买地基建房的资格。

说着说着，开始抽起新安江香烟。很快，呛人的烟雾就在房间里升腾，被破碎瓦片缝隙漏下雨水打湿的肩膀，也就看不清了。他们就像龙王开会讨论行云布雨，面红耳赤，声如惊雷。

话题逐渐转到谁谁谁的松香生意发了，街口代销店老金的意外死亡，以及公安的严打。

二伯叼着烟晃悠悠去上厕所，看到我站在天井前背英语，上下打量了我几眼，说："心袁，你今年几年级了？"

我嗓子发粗："初三，快中考了。"

他仰着眼睛瞄一眼我头顶，应该是估量我身高，点点头，又摇摇头，吐出一口烟说："前生世，日子真快。"

他又嘬了一口，说："你好好读书，你爸老担心你考试考不好，以后没出息。你放心，万一考不好，就跟二伯去做茶叶生意，又不是只有读书才有出路。”

我礼貌笑着应了声。

我二伯的儿子已经上了警校，注定要捧上铁饭碗，女儿上中专，找个工作不成问题，还可以种茶叶做生意。而我，父母双职工，独生子女，几乎只有读书这条路，失败不得。

这年夏天，我们十六岁，面临中考。

中考前一天晚上，我们各自在自己房间，最后复习。忽然听到街头一阵吵闹，我皱起眉头，打开窗户探出头去，看见街头代销店门口围了好多人。有几个壮汉在往外搬东西，各种啤酒饮料、杂货，被一股脑搬出来。

“金鱼”无助地站在门口哭，她妈无力地拉扯那些壮汉。

“金鱼”名字叫金婕妤，隔壁班的，也是代销店金老板的女儿。她家是我们街最早拥有电视机的，一到傍晚，我们这些孩子就会围在她家看《恐龙特急克塞号》。

她不但漂亮，成绩也好，加上家里开店，零食管够，简直和童话里的公主一样。而她爸骑着边三轮，她坐在挎斗里吹着小风车，是老街一景。

但她爸前段时间去广东跑生意，认识个国企内部的人，想合伙倒腾一批货物，结果货款被骗个一干二净。一气之下，跳了溪。看情形，是外地的合伙人来要账了。

马智飞也探出头，我两隔着窗户使了个眼色，一起跑下去。

人群中，两个穿米黄色夏装警服的人无奈地对他们喊：“经济纠纷，拿东西可以，不许伤人。”说完，就走了。

金婕妤看到我们，惊恐眼神多了分羞恼，嘴死死抿着。

我躲在人群里，咋咋呼呼喊："人家孩子明天还要中考，你们过几天再来又能怎么样，店又不会跑。"

马智飞也附和喊着："有本事找骗钱的人去，欺负孤儿寡母算什么本事。"

我妈看到我，恼怒地瞪我一眼，挥手让我回去。我和马智飞往回走几步，继续偷偷看。

金婕妤妈妈拉不动壮汉，看警察也不管，货柜都要被搬走了，她死活不让人端走电话机，死死抱着，打电话求人过来帮忙。

货柜、汽水，还有各种装零食的纸箱，那些原本是金婕妤最令人羡慕的资产，就这么一样样被人搬出来用三轮车运走。

过一会儿，有几个男人过来。金婕妤妈妈忙过去哭喊，叫着三叔四叔，应该是金婕妤的叔叔们。

这些叔叔铁青着脸，推搡那几个搬货柜和杂货的壮汉，争执起来。那些壮汉看店里能搬的东西都已搬空，甩了句不还钱还会再来的狠话，挥挥手走了。

这些叔伯见那些人走了，也走进店里，等他们出来时，一个个吃力地扛着床、衣柜，金婕妤妈妈待了一会儿，坐倒在地，爆发出更大哭声。

金婕妤三叔拎着几袋东西，熟稔地把门外角落的雨布掀开，露出那辆白色边三轮。他把东西往挎斗里一扔，摸出钥匙打着火。

忽然，有个人从角落蹿出来，一把推开她三叔，跨上边三轮就跑。

是之前那几个壮汉中的一个。

边三轮往前开，有个瘦削人影紧跑几步，死死拽住车后座，被拖着前行，是金婕妤。

从小，她都是坐在挎斗里跟父亲满街游荡的公主，如今她被那辆边三轮拖着，跟跟跄跄消失在老街的拐角。

我想追上去，却被我妈推回来："别人家的事少管，你明天还要考试，要知道自己的责任。"

我往回走，看见马智飞死死盯着老街尽头出神。

我说："我们回去吧。这事不是我们能管的。"

马智飞说："我们今天如果就这么走了，可能以后每天都走不出老街了。"

他说完这句话，就骑上自行车，追了过去。

第二天中考，马智飞第一门语文根本就没来考。

我也考得心不在焉，眼睛老是瞟向那张空课桌，语文没发挥好。

我一直都在想一个问题，马智飞和金婕妤之后怎么样了？考场外的知了不停鸣叫，试卷上的字变成蚂蚁，不停乱窜。我钢笔的墨水流出来，扭曲成几个不成型的字。

随着时间过去，我开始慌张。在最后半小时，我忽然感觉自己分成了两个人，下面的我是另一半，手对笔没有触感，虚空一般，外面的知了声寂静了。我不再惊慌，就看着下面的分身在做题。

夏天的风从窗外进来，被教室上的吊扇吹起，一下下把空气砸到下面的我背上。我听到下面的那个我体内东西在分裂，骨髓在造血，细胞在增生，脑子里的电流在噼啪作响。

下面的我下笔流畅起来，很多题目都还没考虑好，就做出来了，作文也是立意新颖，要不是考场铃声响，匆忙结尾，能写出一篇非常高分的作文。

我看着那张没写完的语文试卷，看到了试卷上纸浆的纤维，看清它的脉络，逆着脉络回溯，能看到原来树木的样子。

二十多年过去，我还记得出考场时，马智飞蹲在班主任面前，白色短袖校服上污迹东一块西一块，眼神疲倦。但无论班主任怎么问他，他都不说话，只是笑嘻嘻的。

考完估分，我和洪伟的中考成绩去松阳一中读重点班没什么问题，但马智飞考砸了，最强的语文缺考，连普高都上不了。

那时，高中地位刚刚提上来，以往都是中专先招初中生。大学录取率那么低，高考如果考不上大学，还不如中专生找工作容易，又给家里省了三年学费。这两年大学录取率上来了，一般成绩比较好的学生也愿意去读高中搏一把。所以招生也就变成松阳一中重点班先招第一批，中专招第二批，第三批才轮到普通班。虽然是同一个学校，但普通班和重点班的教学质量和班级环境没法比，普通班的学生想上大学，难度极大。

世界本来就是这样，人都有自己该承担的东西，只能逆来顺受。我爸妈双职工，他们只能生一个我。我必须坐在考场里考试，我家没地又不经商，只有读书才能有出路。我的责任不是行侠仗义，而是上高中，考大学，找工作，把一切梦想死死塞回那口深井里，让那些灶马不再鸣叫，打扰思绪。

泥土变成房子又崩塌成泥石流，我被裹挟在时间里，不用做什么也无法做什么。

考完的那天晚上，很多同学约起来狂欢。电子游戏厅、冷饮摊、烧烤摊，到处都是疯跑的少年。女生们三三两两在大头贴机器前聚集，像雨后茶树冒出来的一丛嫩芽。平时的夜晚，我们这些孩子，一般在晚自修，或窝在家里做题。

我和马智飞约在松阴溪边上的船埠头乘凉，溪水黑褐，混白色浪花泛起，扬出一股上游造纸厂污水的腥臭味。

马智飞用石头打着水漂，一块石头过去，竭尽全力在微澜溪面上颠簸几下，抗拒不了重力，沉入水底。

他再捡几块石头，朝着远处独山方向继续打，溪面水花接二连三，独山像巨型蟾蜍一样卧在溪对面，匍匐不动。

我不知道该问他为什么迟到，还是直接就安慰，犹豫不决。

马智飞打累了，甩了甩胳膊说："不知道金婕好考得怎么样。"

我想了想，好像金婕好是在隔壁考场出现过。

马智飞在防洪堤上晃着肩膀，拉起短袖，露出微微隆起的肱二头肌。

他忽然说："骆驼，你知道海子吗？"

我说："自杀的那个诗人？"

"对。我一直在想，写得出喂马劈柴周游世界，又无限热爱着新的一日的人，怎么会在那个黄昏，走上山海关的铁轨？以梦为马的人，为什么把有血有肉的身躯，殉葬在工业文明的铁轨上？"

马智飞坐上了防洪堤的栏杆，两只脚一晃一晃，看得我有些心慌。

我说："你接下去打算怎么办，去读中专吗？"

马智飞说："我打算去跟我爸妈做茶叶生意，现在很多松阳人在山东那边，挺赚钱的。我可以一边炒茶，一边写诗。把每一片茶叶，当作文字来揉捻、组合、炒制，让诗歌在锅里萎凋。"

他注视着我，眼睛前所未见地亮："我有得选。"

他递给我一本日记本。我想起来，我们曾经约过，初中毕业后，如果不能在同一个学校继续一起读书，就交换日记。

我下意识翻开，借着昏黄的路灯，上面每一天的内容大多和我的日记一样，我们本就天天混在一起，生活自然相似。只是他的日记，多了一些自己写的诗歌，抄录的歌词，还有对金婕妤的喜欢。

我声音很轻："原来，你喜欢她。"

他笑笑，压低声音在我耳边说："那晚我找了一夜，终于在一个招待所门口找到那辆边三轮。我不敢偷钥匙，偷偷把它用绳子拉到一个破房子藏起来。可惜太迟了，还是没赶上考试。"

我震惊地看着他，一时间不知道该说什么。

他忽然跳下来，指着独山顶上的电视发射塔说："看，骆心袁。山顶上有一匹白马飞下来了。"

他大惊小怪地奔跑，追逐着想象中的白马。他跨上自行车疾驰，左手握把，拇指还拨动着车铃，右手往半空中探着，握着一柄想象中的长枪。黑暗中，他身体舒展，如同老街铁铺里那些等待锤炼的生铁，沿着防洪堤，一路呼喊，一路车铃。

三

今天晚上，独山依旧像蟾蜍一样，卧在溪边。但上面的电视塔已经失去用途，改建成了蟾峰阁。

松阳这个古老的小县城，你说不出它是在衰败，还是在新生。很多地方被拆迁，开出商业街，卖着在全中国哪儿都能买到的商品。松阴溪边的野地被改造成景区，风景被尽可能人为雕饰。而我小学对面卖零食玩具的观音阁亭，在一个晚上忽然倒塌。

短短二十几年，我家新建在一中新村的房子就显出破败感，车都很难开进去，一排排楼房外墙面上贴着不合时宜的瓷砖。

以古朴原生态闻名的明清古街，反而更显一点时髦。在这里，铁铺没有敲击声，但很多锄头柴刀就挂在那里。棉被店看不到老板在弹棉花，但店中间永远摆着一床棉花。有些临街房间不见人，墙上挂着一件蓑衣，地上摆着一些老物件。理发铺依旧用着老式木质理发椅，给老头剃胡须。

偶有比塔头街还老的旧房子门开着，走进去，才能看见点生气。房子天井中间种着绿植花草，还有不需要人料理的青苔。檐前滴水，老人眯着眼睛半躺在竹椅上，也不管走进来的你要干什么。

江滨公园这边，食客络绎，儿童玩耍，永不疲惫的大妈在跳广场舞。孩子们跑得快，情侣们挽着手步子忽快忽慢，中年人步伐有种佯装从容的沉重，而退休的人脚步极有弹性，简直要飞上天。

我看着马智飞坐在我的面前，二十多年前，我们俩也曾隔着一条塔头街对望。中考前的夜晚，两扇窗户守着两盏灯，相依为命给对方亮着支撑。

我心中不由得伤感，却见他专心致志戴上手套，一口把小龙虾头咬掉，也不剥，直接嚼壳里面的虾肉，他几下就嚼完了，呸呸吐着碎虾壳。

他喊来老板："再来份龙虾，香辣的。"

老板赤着膊，身形臃肿，应了一声，说马上好。

他又说："老板，我给你念两首诗，你送我们两瓶大乌苏吧。"

足有两百多斤的老板看了我们桌上一眼，说："我送你两瓶，你别念了。"

马智飞夸张地大笑几声，对我说："骆驼，你看，这老板有意思。"

我也笑笑，没有说话。我想起一九九六年那个夏天，马智飞离开了塔头街，我窗户对面的夜晚，再也没有亮起灯。再过半年，我们全家就搬到松阳一中旁的新房子，塔头街就再也没回去住过。

我以为他会给我寄信，我常常在校门口传达室的黑板上找我的名字，但从未收到过。我想过问其他同学他的消息，但却开不了口，因为谁都知道，马智飞和我是最要好的，怎么反倒和他们打听消息。就这样，一晃二十多年。

我默默地给他倒了一杯，说："这么多年，你死到哪里去了？"

马智飞一口干了。

"中考后，我就去了青岛，跟我爸妈做茶叶生意。刚开始算学徒，跟一个龙井师傅学炒茶。把锅烧热，抓一把茶叶放锅里，不给你戴手套，必须赤手，怕串了味。翻炒的时候需要不停抓抖，把茶叶往上抛，让茶叶均匀受热。直到它出香变色才能出锅。这才是第一步青锅。后面还有回潮和辉锅，太复杂了不跟你说了。第一年，手常常被烫出水泡。半年总算勉强出师。每年的清明前后，就是最累的时候，累了一天也别想休息，白天带客户四处买茶，晚上还要帮茶农炒茶，通宵干，几个晚上不合眼。天不等人，一个人一天能炒四十斤茶就很了不得了。过了清明，茶叶就和纸一样不值钱。"

我尽管对茶叶不感兴趣，但还是看着他，在听。

"骆驼，那几年，做茶叶生意还是有清闲时间的。忙一个清明，半年生活就有了。我空的时候，就会写写诗和散文，四处投稿，几乎都没有发表。反而有些莫名其妙的信寄过来，夸我作品有灵气，说内订多少册就把我收录到什么全球、世纪百大诗人选集里。我一听就明白，这不就是花钱跪着卖文吗？还是和一百个人一起跪？终于，我在晚报副刊上发了一首诗，赚了五块稿费。我去邮局把汇款单取了，把这五块钱夹到海子的诗集里。十八岁，我觉得我算个诗人了。"

老板把小龙虾端上来，可能是时间晚了，虾的个头明显也小了，看着也不新鲜。我也不见怪，看着马智飞边吃边说。

"十八岁的时候，我家出了两件事情，或者也可以说是一件事情。一是我爸出事了，他去内蒙古卖茶叶，回来时遇上车匪路霸，一榔头闷在脑袋上。我和我妈赶到医院，医生说救回来也是个痴呆，光手术费就得十几万。我妈就知道躺地上哭，其实我明白，她没法表态，家里没这个钱。医生拿了张手术同意书和缴费单，催我赶紧签字，晚了就没气了，说我十八岁，可以签字了。我最后看一眼我爸，找个借口，拉着我妈就跑了。欠医院的几千块抢救费我没给，我爸的尸骨我也没要。二是我妈要嫁人，没办法，之前被抢的货款是几家茶商合在一起的，他们找不到土匪，但找得到我们。天要下雨娘要嫁人，没办法的事情。后来，我一个人了。我把诗集里的那五块钱，买了十个山东大馒头。就这么干吃，吃了一个晚上，吃到后面胃痛得受不了，就吐了，眼泪鼻涕全下来。从此之后我再也不写诗了。"

他说得云淡风轻，而我眼泪都快下来了。

"后来，我继续做茶叶生意，天南地北的。去过内蒙古，跑过川藏，茶马古道我也走过。由于老爸的教训，我很小心，尽量坐火车，钱一到手就存银行，从没被人抢走过。赚了钱，就在当地花。反正我就一个人，自由得很。在内蒙古，我终于骑上了一匹白马。草原太大了，你可以骑着马跑很久都跑不到终点。对了，在草原，当你看见周围没有草的时候，你才会明白自己到了草原尽头，但草原的终点，是感觉不到的。"

我想，我曾经以为，老街的那些巷弄，是有终点却没有尽头的，走到路终点处，一拐弯，又会有一段新的小径。我们这些少年在老街的迷宫里兜兜转转，最终还是会走回原点。

"二十岁那年，我遇见了金婕妤，在街上我一眼就认出了她。她在一个普通大学读书，还是那么漂亮。我就追她，第二次见面她就同意了。因为我把那辆边三轮修理翻新好，让锁匠改了锁，从松阳骑了一天到她学校门口。那天在校门口，我打电话叫她出来。她一看到，就哭了。我就像当年她爸爸带着她一样，骑着车绕着校园走。只是当年她爸带她，她是笑的，而我带她，她一路都在哭，哭到最后嗓子都没声了。骆驼，做了几年生意，我是攒了一些钱的。我每个月给她两千块钱。其实，我是知道她在学校里还有个男朋友的，但无所谓。我给她钱的时候，我是开心的，她也很开心。骆驼，你应该也是开心的。"

我又喝下一杯，没听懂他话里什么意思。

"过了两年，她毕业了，考上公务员。我们就分手了，分手时，我问她要不要边三轮，她笑着流泪说不要了再也不要了。我心里难受，骑了一天一夜，骑回松阳，找到当初我藏它的那个破房子，浇上汽油把它烧了。一不小心，把旁边几间房子点着了。被判了三年。出来之后，有前科不好找工作，做茶叶生意也得有启动资金。那段时间网络小说比较流行，我看着看着，觉得挺简单的，不难嘛，就开始写。写了一部玄幻，居然在起点上架了。那个时候订阅还不错，我也有了固定的粉丝，能养活自己。"

我说："你写的故事是怎么样的？有空发个链接发我看看。"

"无非就是少年做梦幻想的故事，脆弱且沉重。说起来也有意思。北京有个影视公司的人打电话找我，说想把我的小说拍成电视剧。我立马就赶去了。一下火车，他把我带到火车站边上的沙县小吃，边吃边说自己公司做了哪些爆火的电视剧，哪个大明星都是他们公司签约的。只要我把小说版权签给他，一定能赚大钱。我一看，这不跟当初那些编诗集的差不多嘛。也就笑笑。"

我问他："现在还在写网络小说吗？"

"五年前就不写了，这一行是青春饭。身体扛不住了，颈椎、腰椎、血压，没个好的。加上那两年小说网站不景气，一个接一个倒，多少人沉迷短视频，多少人看不完一百四十字以上的文字，而文学圈子里还在争论网络文学到底是不是文学。我又回来做茶叶生意，松阳茶叶行情不错，卖到外地，赚了点钱，够我挥霍。开着豪车，自然有女孩子来粘着我。有次生日请几个朋友在 KTV 唱歌，有的是生意伙伴，有的是网络作家朋友。他们都自顾自聊天，只有陪唱的'公主'唱着《泡沫》，感觉挺割裂的。我那天喝多了，干脆问服务员要了个电磁炉和铁锅，在包厢里，给他们表演了炒茶。在场的'公主'都呆了。我边炒茶边给他们念我当初那五块钱的诗，念着念着，开始流眼泪，'公主'马上搂过来，用科罗娜啤酒堵住了我的嘴。"

我忽然心下感到莫名酸楚，用大乌苏啤酒瓶堵住了自己的嘴，想压一下情绪，全都是泡沫。

马智飞说："那天之后，我再也没去过内蒙古，也就再没骑过白马。疫情来了，这两年茶叶也不景气。这不，刚忙完清明，也没赚几个钱。"

我说："你现在还是一个人，以后老了怎么办？"

马智飞仰头干了一杯，笑着说："你们老是想着以后怎么办，以后怎么办，连现在都没过好。就像当年，我要是把我爸保下来，他不死不活，能把我妈耗死。骆驼，这个时候，最大的负责，就是不负责。我这样多好，只需要管自己。真的老了，需要人照顾才能活了，我就撑一口气，带着海子的诗集，去山海关。"

我忽然心里咯噔一下，像什么东西被触碰到了。

他给我倒了一杯："骆驼，你现在在做什么？"

啤酒倒入杯中，牢骚就像泡沫一样溢出来，像不停说话后唇边的白沫。

我说在县医院做小儿科医生。一天到晚瞎忙，钱少，家长还难伺候，想辞职。前几年有人想请我去深圳民营医院，年薪五六十万，我没去，现在很后悔。

马智飞说："还记得十六岁那年我跟你说过的白马吗？我这次回来，终于又看见它了。"

马智飞就开始神秘地跟我讲他在横山村遇见白马的事，约我明天一起去找。

我大着舌头应了一声，就半趴在桌上，迷迷糊糊把杯里最后一点酒一股脑灌进了嘴。

我终于彻底醉了，进入梦境。

时间在这一瞬间静止，我们生命的另一部分，早已经越走越远。

四

我最近一段时间总是健忘，把大事小事弄混，主要是时空混乱，记忆在脑海里被未知的力量碾碎，打乱重组，像河底的鹅卵石铺成花园的小径，像青瓷的碎片混入水泥去装饰院墙，一切紊乱又有序。

今天这个酒醉后的梦里，我清醒地意识到自己在做梦。梦境就是老街的模样，我穿行在其中，像是过去岁月中游荡的一个幽灵。

我一边走，一边把右手死死插在左侧胸口。那是心脏的位置，上班时，那里会挂着我的医师工作证。

我右手无法从胸口拿出，应该是趴在桌上被压麻了。如果能在梦中成功将右手抽出，那么我将迅速醒来。

我呓语着，经过一扇扇朽坏的木门。

第一扇门里，父亲和二伯他们在拨弄着同一张算盘，拨动一个珠子说一句话：老二的儿子当警察，老三的大儿子当公务员小儿子做生意。老四，你的儿子就学医吧，我们老骆家这一辈，就缺个医生了。要是有医生，当年老大就不会那么早就走，一大家子的生老病死也就不愁了。他们几个人齐齐扭头看向门外的我。我点点头，在门板上画去汉语言文学，写下新的志愿。

第二扇门里，父亲和叔叔伯伯他们看着一本浙江中医学院的毕业证书，上面是有我二十四岁的一寸照。我悬空走在一条云朵搭起的台阶上，这路正拐向天际，那边的高楼大厦海市蜃楼一般。他们看到我，不停对我招手，说着我听不见的话。我也对着他们挥手示意，那条天阶就像雾气一样散了，高楼大厦湮灭了。我落回地面。

我走到第三扇门，我们医院的儿科主任，秃着半个脑门，走出来搭着我的肩膀劝我留在儿科。所有人都不想去儿科，都知道儿科活累、事烦、钱少、在医院地位不高。儿科主任和我说，儿科医生的责任太高尚了，如果经你的手，看好了很多孩子，相当于他们都替你活着，这些小小的孩子以后完成的梦想，就是你的梦想。我想起了那些井里的灶马，它们每一双眼睛都在发光。

我披上了一身白大褂，继续在家乡的小巷里走。这身白大褂，一上了身就像另一层皮肤一样，长在了身上，撕都撕不下来，白色在身上疯长，压过了其他一切器官。开始，我还欣喜地以为这是白马的鬃毛，后来，慢慢地才发觉，我在穿越挂满蛛丝的森林，走一步，粘一身，一段路过后，蛛丝如棉被随身。巷弄的两旁，都站满了抱着孩子的人，他们喊我：骆驼爸爸，帮我孩子先看一下；骆驼爸爸，帮我家的开个药；骆驼爸爸，帮我看个化验单；医生，你怎么看的，我孩子用了药一点用都没有……

我走到第四扇门，看见里面一个女孩穿着病人服坐在病床上。她抬头看向我，是我妻子的模样，她说：我知道你最喜欢的人不是我。可我都跟我爸妈说你是我男朋友了，你不能丢下我不管。我嗓子里一句话憋着：可我那天晚上压根没碰你。但这句话永远没有从嗓子里说出来。

到了第五扇门，我爸头发灰白，毫无神智躺在床上，鼻子上插着根胃管，像时刻需要灌溉的植物。我妈头发已全白，瘦小身体佝偻着，换下我爸被屎尿染脏的裤子。我爸半边手脚瘦得枯树一般，很费力才能掰开。我妈看向我，虚弱的眼神里好像在说，如果当初……

门里的一切都在粉碎我。

我快步走过去，终于看到儿时的故居，还有对面马智飞的家。

我推开门，里面一切和当年一模一样。这二十多年的时光，仿佛从未度过。唯一不同的是没有蟋蟀的鸣叫。我缓步走到天井，往井里看去，亲眼见到里面没有水，只有许多灶马干枯的尸体层层叠叠。

我被惊得倒退几步，忽然听到背后有声音，回过头，看见一个少年背对着我，蹲在堂屋里哭泣。

我走过去，看见他身边放着几本书，《卡夫卡文集》《树上的男爵》《霍乱时期的爱情》，书上祭祀着一堆从无数灶马身上扯下的肢体。

我在梦里终于开了口，说："你在干什么？"

那个少年抬起头，面容不停变幻，最终，变成了马智飞十六岁的面容。他含着泪，手里还撕扯着最后一只灶马的大腿。瞬间，他消失了。

我听到家门口传来马达的声音，扭头看去，看到门框里慢慢出现一辆白色的边三轮。四十岁的马智飞骑在上面，而挎斗里坐着金婕妤。

我少年时最好的伙伴，还有我少年时最喜欢的……女孩，就这么出现在这个梦里。

马智飞拍拍车后座，喊了一声："骆驼，上来，咱们还有很多梦要做。"说完拧动油门，白色边三轮忽然变成了一匹高大的白马，他俩骑在上面，开始驰骋。

我赶忙追上去，却在出门时被门槛绊倒，等到在地上坐起，白马已消失在老街拐角，连马蹄的声音都渐远了。我发现我的右手，不知何时已从左胸里抽出，那是一个沾满血迹紧紧握着的拳头。打开它,掌心里是一只被时间遗弃的灶马,奄奄一息,肢体还健全。

这只突灶螽的眼睛还剩一点光芒,它忽然用尽最后力气一跳,跳进我的鼻子,不顾一切钻进去,往上爬行。瞬间,我的头颅里被响亮的鸣叫充满。这鸣叫在头颅的前后左右回荡,鼓荡着我体内残存的朝气。

我不由自主爬起来,开始向前追着马智飞的方向奔跑。跑不了几步,耳朵忽然传来手机铃声,在无数个憩息放松的时刻,这个铃声可以将我拉回到医院,不论何地,不论深夜还是黎明。

催命般的铃声和灶马的鸣叫,两种截然不同的声波在我的脑内撕扯。

终于,铃声停止了,仿佛听见有人在回答电话。我从老街的景象中回来,迷离眼睛看见的世界,是横着的。横立着的夜宵摊老板,两百多斤,压迫在我头顶,正拿着我的手机在说话,而马智飞已经不见了。我又闭上眼,在横着的世界瘫软如泥。

我再一次听见有人喊我名字,睁眼后,迷迷糊糊看见,是洪伟。

真巧,难得喝醉,能够见到初中两个最好的玩伴。

方才是洪伟打我电话,想问问儿子发热怎么处理。我时常给人做这种免费的咨询,有时候是上班时间,也有深夜三四点打来,我有时会建议他们去药店买什么药,但看不到病人,总会有风险。前几天就被人投诉了,说我漏诊,拿着微信发的五块钱红包当证据。

老板见我手机响了很久，就代接了，问洪伟和我什么关系。洪伟一听我醉了，就过来接我，把我带到横街的茶馆醒醒酒。这茶馆是他姐姐开的，是洪伟当年的家，古旧的外墙经过修缮后，隐隐还能见着几分工整的匠气。

洪伟高考后上了个本科，毕业后在县里事业单位上班。现世安稳，没什么大钱，但在松阳本地，还是有些社会能量的，我们之间也会相互帮个忙。

我喝了点松阳香茶，酒劲稍稍下去一点。

我问洪伟："刚才有没有看见马智飞。"

他说："我到了的时候，就看你一个人趴在那里。怎么喝了这么多？"

我说："心里烦。"

洪伟说："你一个大医生、大专家，有什么好烦心的。"

我平时很少抱怨，也找不到合适的人可以说。刚才和马智飞说了几句，就睡着了，陷入破碎而清醒的梦境。现在洪伟在，趁着酒意，就一股脑地倾诉出来。

我谈过两次恋爱，一次在学校，还有一次是在省城进修，是网恋，一个文员。见了几次面后，约到酒店。聊得好好的，快上床的时候，她挣扎了一下，说你得想好，要是发生了，你就得负责任。我一下子犹豫了，我就是想排解寂寞，哪晓得要负这么大的责。我趴在她身上，一下子硬一下子软，却感觉她胸口跳很快，仔细一听，有心脏杂音。

我让她去医院查查 B 超，果然是先天性心脏病，巨大房间隔缺损，不手术没几年能活。真是邪门，她把自己父母叫过来，也把我叫过去，说我是她男朋友。我糊里糊涂，安排她到我进修医院手术，还跟着她父母一起照顾她，再后来，她就成了我老婆，带回到市里。她的心脏虽然做了手术，能生娃，但经常胸闷。她这病发现太迟了，当初学校体检和医院检查，但凡有个儿科医生负点责，仔细听听心脏，查查心电图，都不会漏诊。

她不知道接下去还有几年好活，经常抱着孩子就掉眼泪。一天天睡不着觉，就吃安眠药，安眠药不管用，就吃氟西汀片。追着我，让我保证以后一定对孩子和她爸妈负责。孩子成绩不好，我得教。她爸妈身体不好，我负责全程安排，忙前忙后。

去年，我爸中风了，神经内科的同事拿着病危通知书让我签字，我知道救回来，也是个脑组织干涸的躯壳，但还是签字抢救了。如今，我爸不会应答，半边身子跟木头一样，一喝水就从嘴角漏下，大小便拉在床上。我妈一天到晚照顾，腰酸背痛，头发全白了。

工作太累，需要尽快吃下饭。什么东西都食不甘味。我们这一带的人本来不会吃辣，我吃。辣是痛觉，可以刺激出一点味觉。儿科病房永远是最吵的，哭声、大叫声、玩具声，时间久了耳朵都要聋了。医院里各种消毒液、屎尿味、血腥味混杂，鼻子常常堵住。儿科经常看到很多无奈和痛苦，看久了，想当个盲人。

如果一个医生过于善良，整个世界的人都想你来承担责任。

前两天，塔头街老房子漏雨了，租户说了几次，我过来找人修葺一下。一进房子，很多回忆就涌了出来。我去那口深井，看到里面已经一只灶马都没有了，井里青苔厚腻，好像已经隔了几千年。我有想过把老房子改造成民宿，摆满书。我自己住一间，平时写写小说，招待招待旅客，做做茶馆。但这两年行情不好，终究放弃了。

洪伟说："你不想当医生了？"

我停了一会儿才说："又能怎么办？我已经不会做其他的事情了。我爸妈和我孩子，都指着我担着。儿科医生的钱虽然不多，但好歹能苟活着。我想，我好好看病，也许就不会有另一个人和我老婆一样，身体被耽误。"

我最后说了一句："洪伟你说，如果一切重来，做不同的选择，我们三个的人生会不会更好？"

洪伟说："我习惯了，在老家这里，一辈子将就地活过去，也是好的。"

我看着洪伟两鬓几根白发，看得出他的心甘情愿，只是觉得，这时间过得太快了。

洪伟给我续茶，茶盏一口接一口。三十岁前，我们只喝汽水。四十岁，喝掉明前的香茶，就像一口喝掉我们三个人的整个春天。

我说："真羡慕马智飞，他走了一路，丢了一路，但好像始终是快乐的。"

洪伟终于耐不住问了："你说的马智飞到底是谁？我认识吗？"

我说："怎么会不认识？初中时，我们三个不是玩得最好的吗？"

洪伟回忆了一下，说："我们班没有叫马智飞的。"

我说："怎么可能？他和我同桌，家也住我家对面。"

洪伟笑了："你初中三年同桌是我。你喝糊涂了吧。"

他在茶室的角落里翻找，找出一个旧箱子，从里面拿出一张合照。

洪伟吹了吹上面的灰，说："我初中的东西一直放在这老房子里。你看，这是我们的毕业照，哪个是你说的马智飞？"

我拿过照片，一眼就看见了那张十六岁的脸。我指着说："这不就是马智飞吗？"

洪伟露出古怪的笑容，他把照片举到我脸旁边，两边打量，发出无奈轻笑说："你怎么连自己都认不出来了？"

我还看到那个旧箱子里，有个本子很眼熟，我想起来了，那是我的日记本。

我说："那金婕妤呢？金婕妤你总知道吧。"

洪伟说："金婕妤我当然知道，班花，你不是暗恋她很久吗？日记里都是她名字。她中考前家里出事，没考好。我听说，她妈带着她改嫁，去了很远的地方。前些年，有人说在某个夜总会见过她，也有消息说她好像杀了人，进了监狱。"

我脑子如同糨糊，搞不清状况。我下意识掏了掏裤袋里的手机，却带出一板药片。我捡起来，原来是我老婆吃的氟西汀片，治抑郁症的。

我忽然听到茶馆楼下传来马智飞的声音。

"你说，老街这条路的终点是哪里？"

一个声音回答，也像是马智飞的声音："老街和草原不一样，也许会有终点，但不会有尽头。"

我跟跟跄跄跑下去，却只看到茶馆一旁的棉花铺，正说话的是几个游客。里面老板在表演弹棉花，他用棉锤，一下一下敲击弹棉花的弓，发出那种标志性有节律的声音。

棉絮轻巧，在昏黄的白炽灯下面飞舞，整个棉花铺模糊得像一场大雾。

大雾之中，一声铃铛声传来，我看见棉花铺里面居然走出一头巨大的白色骆驼。

骆驼脑袋高高探出围观人群，眼神疲惫，和我很像，但所有人都好像看不见它。

它一步一步走出来，驼峰上满是白色的稻草。走一步，稻草掉落一根，掉在地上，变成棉絮。

等到它完全从棉花铺里走出来，已经变成了没有驼峰的白马。

我喃喃说："原来你就是马智飞说的那匹白马。"

我的手指触碰到它光洁躯体，肌肉散发着炽热的温度。我想爬上去，但没有马镫。它的马鬃划过我的手心，我却把握不住。

在狭窄的横街，白马跟着弹棉花的节奏，开始小跑，马蹄声和弹棉花的声音混在一起，在老街巷子里回响。我跟在它后面，不由自主加快了脚步。

周围人奇怪地看着一个中年男人，眼袋垂着，微凸的肚腩，穿着皮鞋在奔跑，嘚儿嘚儿，声音像马蹄。

我气喘吁吁，一路追着，久未活动的膝关节肩关节锈迹斑斑，在奔跑中发出异响，噼里啪啦，马在前面速度越来越快，我要追不上了。

小巷的狭窄，根本没有压低它的速度，眼瞅着它快要隐身在黑暗中了，我大喊一声。

"马智飞。"

白马停住了，就站在塔头街的街口，它回头望了我一眼，眼睛好亮。

它慢慢地拐进塔头街，也许重新隐藏进那口深井，彻底消失了。

四十岁之后，我再也没有见过马智飞。

液　态　猫

它来那一天，应该是阿娜达离开的同一天。

一年前，阿娜达第一次闪过路臻眼前，背双肩包，穿轮滑鞋。像街角蹿出的黑猫，一闪而过，撞在路臻身上。

任谁都不会想到这个像高中生的姑娘，大了路臻两岁，而更令人意想不到的是，她还有着一份很特殊的职业——情趣用品体验师。

它来的那一天，路臻下班回家，在租住的房间门口，先枯站了会，想掏钥匙，又寻摸出手机。他就这样面对着紧闭的门，打开微信看着。

他一一翻阅信息，那些在正方形头像后、长方形对话框里的内容，都在等着他垂怜。

阅读群常常会发起讨论，每个人分享喜欢的作家和书。有时会发生争论，幸而气氛热烈却始终友好。他们讨论的，是诺贝尔文学奖获得者彼得·汉德克的《骂观众》。

"自我与世界的格格不入，是贯穿汉德克创作的母题。他试图打破语言框框，告诉人们这是个普遍缺乏自我主体意识和反思能力的世界，异化的生存方式摧残人的生存。《骂观众》就是自我与他人的重新审视。"

路臻在阅读群里写了长长一条信息，在发送前一瞬间被打断。手机屏幕上方提示的，是经理的 QQ 信息："PPT（演示文稿）做好发我邮箱。"

他终究删了编辑许久的信息，打开了门。

阳光依旧透不进来，房间朝北，始终阴冷，虽然有横着的采光窗，但终年不开。如果路臻站在窗户前，眼睛刚好能平视这个城市的地平线，而阿娜达的头顶还够不到。

房租不贵，一室一厅一卫，两千八一个月，吵架的时候，路臻还能摊开被褥睡在客厅。有时候加班晚了，为了不打断阿娜达的规律睡眠，路臻也会自觉在客厅睡觉。然而朝阳初升时，阿娜达会准点从卧室出现去上厕所，然后一脚踩到他身上。大惊小怪之后，披头散发对他一阵咆哮。他眯着眼，听不清楚，也搞不懂她为什么发作。

路臻手脚无力，被动地被推到沙发上。阿娜达会一边嘴里念叨着，一边把地上的被褥整齐叠好，码入衣柜。这样的场景通常会突然结束。阿娜达也不上厕所了，反身重重地关上卧室的门。

路臻一个人沉浸在半暗不明的客厅中，身体在沙发上扭出一个舒服的姿势，无意识地将布艺沙发上的垫子弄出几处褶皱。什么都不能控制他破坏这片土地的规则，人体需要最大限度地舒展。

打开门，房间里闷闷的，有着她化妆品味道。他站在门口眩晕了那么一下，发现房间里一些固有的东西已然不见。

桌上的笔记本、直播专用摄像头、化妆品、粉色行李箱、原本叠放在椅子上的整整齐齐的女友衣服……

只有那双旧旱冰鞋，从床底露出一点点痕迹。

最重要的是，卧室内椅子和桌子的角度，不是平行的。这片空间一直以来的规整，没有了。

尽管时常吵架，路臻终于确定这次阿娜达说的要走，是真的。

他看着旱冰鞋，仔细回想是什么导致她真的离开。

片刻之后，路臻鬼使神差地俯下身子，费力将这双女式旱冰鞋套在自己宽厚的脚上。

他滑得很慢，轮滑缓缓在光滑的瓷砖上移动着，像手掌抚过阿娜达细腻的肉体。他快不起来，地下室的瓷砖终日潮湿，旱冰鞋里，他的脚后跟下面还空着，一快就必然要跌倒。

他从一个瓷砖格子，滑到另一个瓷砖格子，慢慢把这个正方形房间的每个格子滑过。一如阿娜达般严谨、中规中矩。

一个格子回忆一段往事，一段往事包含一次争吵。记忆的硬盘，分区严谨，CDEF 盘各司其职。只有学着这样，路臻才能最快回忆起他想要回忆的情节。尽管这种方式，是他深恶痛绝的。

这是他工作的教育培训公司教给他的，记忆宫殿。脑子里，也可以规整。

阿娜达准时起床、准时吃饭、准时直播、准时按部就班体验产品、准时写产品报告，甚至和他做爱，也要看看表，算算时间长短。

"你能别掐得这么准时吗？"路臻看到阿娜达做事的模样，

牙齿咯咯作响。他喜欢跳脱，做什么事情，都喜欢换个花样。然而他也明白，多在这城市待了几年的阿娜达，更适宜城市，只有这样，才能同时做两份工作。

她慢不下来。

路臻终于摔倒，他将脚拔出旱冰鞋，却发现床底一双眼睛正蓝汪汪地盯着自己。

路臻一声大叫。

床底那双眼睛滚了出来，一个不知道经历了几手租客的花瓶。那双眼睛就长在花瓶上，是一个毛茸茸的小脑袋。它慢慢从纤细的瓶口里流淌出来，在地面上延展，变成一摊。

这摊东西逐渐收拢，变成了球形。是一只猫啊。

路臻想起了刚刚在阅读群看到的一条消息。

有一年搞笑诺贝尔奖的主题是"不确定性"（Uncertainty），而物理奖获得者——来自法国里昂大学的研究者马克·安托万，他通过流变学中的"底波拉数"来证明"猫既可以是固体，又可以是液体"的理论。

路臻环顾了四周，房间窗户和门紧闭，绝无外界能进来的通道。客厅空调早被上任租客拆走，留下一个乒乓球大小的外机管道孔，那也不是它这拳头大的脑袋能自由进出的。

"你是从哪个世界来到我这个世界的啊。"路臻拎着猫的后颈，感叹着。猫，真的可以在固体和液体之间自由切换。

有人敲门，许是主人找来了。路臻赶忙打开门，却是房东。

他拎着一袋水果，应该也是下班回来。他嘴里啃着苹果，含糊不清说："你女朋友早上微信转了我这个月的一半房租，让我问你要另一半。"

路臻掏出钱包。房租也是 AA 制，阿娜达也算是有情有义。

房东很是客气，收了钱，还硬是塞给他一个苹果。送走了房东，路臻回头，却看不见它。

它去哪里了，难道又从某个神秘的通道回到它的世界了？又或者，它和阿娜达一样，是从没出现过的，一切都是自己在恍惚。

他四下张望，终于发现轮滑鞋里一双眼睛慢慢亮了起来。

它变成了鞋形。

路臻想起上个月，他吐槽阿娜达练瑜伽的事情。

阿娜达躺到地板上。电脑上放着一个瑜伽练习视频。瑜伽教练配着舒缓的音乐，将自己盘成一条蛇。

阿娜达似乎沉浸在教练的瑜伽动作之中。她开始慢慢地打开身体，打开想象，想象自己也是一条蛇。她侧过身子，前一摆，后一摆，一放，一收，期望像老师一样蜷起来，哪怕蜷不成首尾相接的一团，也起码有个盘蛇的样子。

练习瑜伽就是挑战人体肌肉、骨骼甚至精神的极限。将身体各个关节尽可能活动开。但这个极限，是为了让自己和其他人不同，还是让自己的肉体迎合某些神秘的需求，路臻不知道。他听说一些瑜伽高手，能把自己塞进一个坛子，甚至把身体揉捏成各种形状。

瑜伽舒缓的音乐让路臻浑身不自在，他半冷不热开着玩笑："你这是想把自己团成一团，以一个圆润的方式从这屋子滚出去吗？"

阿娜达白了他一眼，慢慢直起腰，匀匀实实卷起瑜伽垫，放入柜子，把各种东西收拾好，有条不紊得令人发指。接下来，阿娜达整整一天不和他说话。

她不会在那个时候就以为自己想要她走吧？

路臻看着猫，想着，阿娜达的瑜伽和它相比，差远了。

他轻声说："你是不是阿娜达变的，来让我刮目相看吗？"

猫舔舔鼻子，似乎是在同意。路臻想到它应该是饿了。手里房东送的苹果正好应急，不然还得去超市买点猫粮。

路臻将苹果切成小条，一根根喂着。

它一点也不怕人，专心啃着苹果，温顺乖巧。

它皮毛顺滑，闻上去还有点桂花的味道。"嗯，那条路上的桂花树开了。"

小区毗邻郊区，有一条路，通往高铁站。这条路，是世界上最好的路。阳光斜照，路边有两排桂花树，一到季节，来回高铁站的人，会迷醉在浓郁的桂花香中。高铁站，广播声声，人来人往。各方来客前来城市拜访，没一刻清闲。

有时，出差或接客户来这，将去未去之际，路臻就一直站在路边，看着火车一列列进站。来这的人，一下火车的时候，是不规则的。车门一开，人群呈一摊摊水淌开，又迅速在自动扶梯处不由自主组成长方形，最后进入一个个或大或小的方形车子里，迅速组成这个城市。

天空满是灰霾。几年了，他都没有回家，自从母亲去世后，他就一直待在这里，音乐喷泉响起，想起南方莲城的绵延群山，恍如隔世。

路臻不敢给它吃太多，据说猫吃多了苹果，会消化不良，而且苹果核里有氰化物，吃多了会中毒。

喂了半个苹果，它估摸着是吃饱了，抻了抻身子，将脊柱拉到最长，像一根绳子。然后，"绳子"像蛇一样在房间里四处游荡，像在巡视自己的领地。

路臻也不管它，自己坐在沙发上，继续在记忆宫殿里回想。

嗯，其实那天在路臻赔礼道歉后，阿娜达就原谅了他。蛇形瑜伽尽管不成功，但按时练瑜伽的习惯却保留下来。

那她的离开是因为上个月那次关于职业的吵嘴？

那天，他在网上看到一则"情趣测评师年薪超过 30 万"新闻报道。他打趣地对阿娜达说："以后我不上班了，你养我吧。"话一出口，他就后悔了。

阿娜达面沉如水，整理着粉色行李箱里的电动按摩棒和各式他闻所未闻的玩意。接着就是两人相处以来最严重的争吵。

争吵时，阿娜达将手里的东西砸到他身上："那你到底算什么？"

路臻其实真没什么恶意，他也知道，对她这样年纪轻轻没有太多专业技能的人来说，这份工作本质上和一般文员没有什么区别。对于阿娜达来说，重要的是，虽然这份工作关注度很高，但去公司面试的女孩子总共只有三个。学历、工作经验、人脉都不重要。不像其他公司，找个管打印机的都有一群本科在围着摊位扔简历。

阿娜达并非一开始就是做测评师的。她中学毕业后，到这个城市郊区的一家玩具厂工作。玩具厂内一条条流水线不停开动，女工们在流水线两旁组装零件，仿佛自己也是流水线上的零件。按时上班，按时喝水，按时如厕。一旦不按规定行动，线长会记录下来，到月底，财务会按每次十块扣掉工资。如此管理，公司的产量才高，残次品率才低。

她在这家玩具厂足足待了五年，周围的同事来了又走，回家的回家，生孩子的生孩子，她还在厂子里原地踏步。当最后一个熟悉的同事，也就是"线长"，来到她面前，告诉她，因为库存积压，厂子已经倒闭时，她才意识到，自己要换个活法了。

由于产业转型，很多劳动密集型的工厂都已外迁，而阿娜达又不想离开这个城市。刚开始的时候，工作并不好找。要么工资低，要么简历不合适，她很少应聘成功。后来，她应聘之前，都会去网上找攻略，努力将自己塑造成对方需要的员工，但专业能力毕竟是她的硬伤，试用一段时间后，常常会被礼貌拒绝。

路臻曾问她，为什么不干脆回老家？阿娜达笑笑，回不去了。

直到最后，她在网上看到一则情趣用品体验师的招聘广告：躺在床上玩玩具就能把钱赚了。

它慵懒地躺在沙发上，盘成了一个沙发靠垫的形状。

路臻坐在旁边，手指轻轻滑过它的脊梁。他惊讶于能变换成各种形状的它，居然还是有脊椎的。

他还是不知道它从哪里来。这有些诡异，从它的品种来看，不会太便宜。而一般有主的宠物丢失，主人会立即满大街贴满寻找启事。它就像阿娜达一样，凭空出现在他身边，不知道它父母亲朋，不知道来处，柔软肉体依偎着他，获取一点温柔触感。

是把它留下来，成为一名专业铲屎官？还是任它来去自由，然后同样在某个半暗不明的清晨，不告而别？

路臻认真考虑了许久，忽然自嘲地笑笑，留或不留，是它，而不是自己决定的。许是手上动作不知轻重，它毛发忽然变硬，似乎有些不悦，咧开了嘴，轻叫了两声。是的，猫和女人一样，常会出乎意料地发怒。

阿娜达开始测评前，都会先调整自己的状态，将他赶到客厅。路臻刚开始会有点不悦，后来也习以为常。

阿娜达通常一次需要测评三个产品甚至更多，花费两到四个小时。当然，把这个变成工作后，并没有一般人想象的那么爽。阿娜达测评时会在旁边放个笔记本，大致记一下测评体验的关键词。结束后，将用品清洗消毒，放入粉色行李箱，第二天拉回公司整理成文。粉色行李箱在水泥地面"咯吱咯吱"作响，拉回了另一批用品。

评测内容需严谨细致，比如：一档需要几分钟激发出快感，二档又要几分钟，什么动作会引起不适，什么动作会更加舒适，润滑剂要加多少。当来了感觉时，阿娜达会不得不停下来，做个记录。

路臻在外面的沙发上，翻看手机上的电子书，有时会犯困，卧室里面传来的"嗡嗡"声，像是自己在耳鸣。

客户体验要求越来越高，公司让她开直播，表达方式从文字变成视频，主要内容是介绍公司产品，并普及一些两性知识。有时会把这些录下来，放在公司的天猫旗舰店及公众号上。还根据日语"亲爱的"，给她起了个"阿娜达"的昵称。

场面上来说，这毫不色情。在阿娜达看来，别人看直播时问的问题，自动会变成酬劳。然而弹幕上不堪入目的留言太多。一次路臻看着这些，直接在摄像头前和网友呛了起来。

"你做这个还不如直接做'小姐'，这名声又毁了，钱也没赚到。"和网友争吵之后，路臻余怒未消，回头对阿娜达说了一句。

阿娜达离开的前一天，是他催促她去一家财会公司面试。

路臻在外卖软件上订了比萨，摆出淘宝上买的 38 元一瓶的法国红酒。

这只是一个暗语，可以预祝面试成功，也可以以美食安慰失败的心情，同时表示两个人该好好亲密一次了。

他对性其实已经没有太多的兴趣了，就像时针隔一个小时就要和分针交会，一切都是自然发生的，有就有，没有也不会有太大的所谓。

阿娜达没有兴趣是正常的，性仿佛是她工作的一部分，是可以管理计算的东西。而路臻没兴趣，取决于阿娜达的兴趣。

快感太容易获得，就不容易珍惜。当肉体被测试出规律，就丧失了兴趣。

在这件事情上，路臻原本觉得这是一种相互需要。作为男人，告诉对方，是一种尊重，就像辞职，总得提前和老板说一声，让他准备好人手交接自己手上的事宜。然而奇怪的是，自从和阿娜达成为正式的男女朋友之后，他的需求反而少了。

常常是两个人并排躺着，手机看着看着就睡着了。

比萨下单是六点，送到是六点四十五，软件上有时间提示，可以让你把握你的餐品正处在哪个环节，外卖小哥像在齿轮上行走，他也慢不得。

比萨送到的时候，路臻给阿娜达打了个电话，她说前面还有三十个人在排队。八点的时候，阿娜达说还有十六个。九点的时候，路臻担心再打电话发信息，对方可能刚好在面试，就没打扰。九点半路臻扛不住饿，就先吃了一片。吃了一片的比萨就像找了零的一百元整钞。十一点阿娜达耷拉着脸回来的时候，比萨已经只剩两块了。

"我帮你微波炉热一下。"

路臻把碗端出来的时候，阿娜达已经侧着身子躺在床上了，衣服整齐叠好放在椅子上。

"不吃了，我今天的卡路里已经够了。"阿娜达对饮食也苛刻而精准，她容不得身上有任何一处赘肉存在。对口腹之欲的不放纵，造就了她完美的身材。

她肩部和臀部勾勒出一个优美的弧度，像莫比乌斯环，可以让路臻的手在上面永远游动而不离开。

阿娜达的体毛稀疏，整齐地指着一个方向。

连这个你也要给我看规矩。路臻恨恨想道。

他们之间已经很少说情话，甚至连对话都很少，动作就是信号。而话多的时候，一般是在吵架。

两人躺在一张床上，路臻看着阿娜达的背影，来了感觉。他听到阿娜达的呼吸声，有些散乱，感觉到她也想。

阿娜达转过身来，一看路臻正看着她。

"看什么？"

"没什么。"

看着阿娜达精致而熟悉的小脸，感觉烟消云散。

可今天路臻想说点什么，他一直都想对阿娜达说点什么，比如跟她讲换个工作环境的好处，还有自己正在构思的小说，也许……可能，以后自己也会成为一位名作家。可惜，一直没什么机会。

阿娜达背朝着路臻，声音几不可闻："要不，我还是回公司吧。"

回去，永远是一个选项。

今年的自己，回到2013年刚毕业的时候。

2013年，路臻也曾经在老家莲城工作过半年。在父亲一个亲戚所在的事业单位里上班。老家三步一熟人，迎面的大妈拉着你，热情地问候为什么不结婚，热情地给你介绍对象，仿佛在他们眼中，自己只是一款性价比还不错的电动按摩棒。

单位办公室在四楼，财务科，门口阳台走廊能看清南边，爬山虎铺满了墙面，阴阴的，能嗅到久远年代的尘埃味，这里的尘埃有暮气。所幸走廊对面是一家小学，有孩子们的稚嫩声音。

当路臻每天面无表情走进办公室，会看见对面的同事正一脸冷漠地看报纸，那是自己二十年后的样子。路臻看到过他年轻时的照片，面容棱角分明，但现在脸庞圆润饱满，身体坚硬毫无弹性。同事自嘲：被岁月磨平了棱角。

看过同事的工资单，比路臻多一千。他是用一年一年在办公桌前端坐的岁月，来增加工资单那点数字。

有时候一辈子也就这么过去了，也许会来一场意外，被毫无意外地击倒。

有天上班，一进门，路臻看到同事趴在办公桌上哭，桌上有几张检查报告单。

路臻惊慌失措地退出门外，不敢进去，不知怎么面对。

走廊对面的小学，传来整齐的晨读声。孩子们在一个个格子窗户内整齐端坐，有个孩子可能读不齐，站在教室门外，双肩有规律地耸动。

路臻和孩子一高一低地对望，突然毫无来由地泪流满面。

路臻是走过那条满是桂花树的路，来到了这个城市。

父亲来看过他，父亲怎么也想不通，为什么宝贝儿子宁可在这里活得跟狗一样，也不愿意回去。

在苦口婆心地劝解后，父亲一个人离开，背影孤独落寞，还微微抖动。

这么多年，路臻很想证明，父亲说的话是错的，尽管大多数时候失败。

他的人生，已经无用又无趣地过了三分之一，剩下三分之一，衰败的肉体会自然地限制灵魂，而在中间这两者都在的三分之一，就算一个人在高速公路上逆行，又有什么所谓。

路臻满头大汗，将沙发搬到客厅另一个角落，又将卧室的床和桌椅来来回回地搬来搬去，在这往复中，获得极大的快感。

它蓝汪汪的眼睛盯着路臻奔走。"嗯，你也喜欢看我破坏。"

路臻折腾累了，抱着它在沙发上，它打个哈欠，露出细小尖锐的牙齿。

路臻将猫碗放在它面前。猫粮、猫碗、猫砂盆、铲子、牵引绳，都是他特地从宠物店购买的。

它比刚来的时候已经胖了一圈，摸上去，关节处，终于有了固体的感觉。路臻有意无意地做过实验，初来时，它的身体能像皮筋一样有两倍的伸缩度，如今，只有一倍半。

路臻轻声说："你知道，我有多希望变成你，又有多希望不要变成你。"

今天回来的时候，他发现旧旱冰鞋已经不见了，房间里的桌子和椅子的角度，是平行的。

他瞪着它："你干的?"它用无辜的眼神回瞪了一下他，高冷地走开。

他摸出手机，想打电话，却被微信消息所吸引。阅读群群主海萝米发了一大串图片，是世界各地的风景。最后一句话是："我回来了，诸君周末见。"

阅读群通常会在每月第一周的周末，举办读书沙龙。路臻自加入群后，从未缺席。他常被海萝米广博的阅读面所震惊。他不知道马塞尔·埃梅，不知道《尤利西斯》，每次在群里或沙龙上听到别人看来稀松平常的书籍时，他会悄悄记录下来。然后躲起来，像个小偷一样，在无人知晓的角落里，偷偷读掉这些"赃物"。

尽管在追赶，但他仍看不清海萝米。只是从她那天南地北的朋友圈中，推算出她大约是个自由撰稿人或酒店测评师之类的。

路臻还是不习惯系领带，但偏偏公司要求上班时着装一定要正式。他只能在公司楼下系好。如果在家里系好出来，可能会遇见小区里牵着牵引绳遛宠物的居民，会让他无比尴尬。

地铁是这城市上班最快的方式，也是最拥挤的方式。

地铁站内人流涌动，人们一下子在楼梯和自动扶梯上组成方形，一下子在安检口组成线形。地铁到了，不规则的人流涌进车厢，用自己或柔软或坚实的肉体塞满那长条形车厢的每一个缝隙。

想快，就必须得承受。

路臻被挤在车壁上，五官扭曲，想着家乡，想着城市，感觉已无路可逃。

公司在市中心写字楼，离地铁口不远，步行不过几分钟时间。

他们教育培训公司，是这幢写字楼数以百计的公司之一。每个公司是集装箱，占据大小相似的地盘，叠在一起，成了写字楼。

路臻今天来得早。他有时迟，有时早，取决于心情，但幸运的是从未迟到。

半小时后，经理来了："你的 PPT 我看了，还凑合，你消化整理一下资料，准备下午的竞标。"经理说时，定睛看着路臻的鼻子。

经理的眼神总是奇怪，想探询什么，不多说，就会用眼神牢牢地锁住什么，又意味深长。

有人说，男人鼻子的大小等比于阳具的大小。路臻被看得有些发毛，摸了摸鼻子。

经理问："最近家里好吗？"

路臻："还好吧。不过好久没回去了，想去看看。"他想，那天早上阿娜达离开的时候，没有摸自己的鼻子吧？

他已经想不起来了。

公司里，大家上班是同事，下班后却绝不搭理，身旁相处八小时的搭档，路臻也不知道他是否结婚，有无女友。只能从未被屏蔽的朋友圈照片及只言片语，推断别人的家庭和生活。今天经理的关心，令他意外。

"总公司最近有个外派名额，要去莲城。你刚好是那边人，我推荐了你。"经理若无其事。

路臻嘴角一抽："我……一点心理准备都没有。"

经理拍拍他肩膀："你是那里人，最合适不过。"

路臻想着它，觉得自己终于变成长方体。

据说，有一家宠物店，进门一排货架。每个货架上都是方玻璃罐子装好的猫，每个猫的脑袋对着你，整整齐齐，煞是可爱。人们走进店里，连猫带罐子端走，极其方便。

竞标完毕，标准化程度极高的公司，毫无意外地战胜了竞争对手。他们的培训方案，能更好地激发出企业员工的统一性。

竞标结束后，路臻没有参加庆功宴，已经没有了必要性。让他更在意的，反而是今天晚上的读书沙龙，也许，他会很久很久不再参加。

这是他的最后一次必修课，怠慢不得。

有些人能感觉到自己和别人的不同，但外在已经被修饰成普通人的形状，只有在某些时刻某些机缘，才会遇到另一些人，发现自己原来不孤单，然后和他们抱团取暖。

书上的字，大小统一，但每个方块内的勾勒，都是不同的，千万个不同的方块组在一起，就变成了文章。

读书沙龙在海萝米开的咖啡屋内。

海萝米长发披肩，穿中国风亚麻服饰。她像公元前2017年的华夏人，却捧着卢梭的《论人类不平等的起源和基础》。

她语调清淡，念着书中的句子："人们已经习惯于依附、舒适、安乐的生活，再也没有能力打碎身上的枷锁，为了维护自己的安宁，他们宁愿带上更沉重的枷锁。"

一位戴眼镜的书生第二个发言："《树上的男爵》相对于《百年孤独》，同是虚幻的，但后者越看越像现实，而前者像另一个平行世界发生的真实，卡尔维诺用传统叙事手法来隐喻现代人迷失自我的状态……"

一个人一本书，读一段句子，说一些感想。

轮到路臻发言："我最近在读村上春树。"场面瞬间冷了下来，路臻看到对面有两个人窃窃私语，眼神中带着戏谑。

文艺青年们开始把看村上春树当作伪文青的标志。在他们眼里，真正的文艺青年应该读托尔斯泰、卡尔维诺，文艺青年也应该有固定的形状。路臻想起了猫的关节。

路臻接了一句："因为最近读了他写的《1963/1982 年的伊帕内玛姑娘》，觉得很喜欢。"

大家马上又有了兴趣："我没读过这个，你读过吗？""我也没有，回去看看。"

海萝米望着他，若有所思。

路臻念着这篇小说的句子："'从前、从前'，一个哲学家这样写道，'有一个时代，物质和记忆被形而上学的深渊所隔开。'1963/1982 年的伊帕内玛姑娘无声地继续走在形而上学的热沙滩上。"

…………

沙龙后，海萝米端着咖啡，坐到路臻对面的沙发。

一首爵士乐适时响起，轻盈乐调绸带般穿绕路臻四肢，像挑逗，像引领，像束缚。

"嗯，是《伊帕内玛姑娘》。"路臻意识到，村上春树的这篇作品，本就是根据这首歌而来。

"你好，"她说，"形而上学的男孩。"

路臻看着她，看见她眼中蓝色美瞳："你好，伊帕内玛姑娘。"

"你觉得我是 1963 的，还是 1982 年的伊帕内玛姑娘？"

"1963 和 1982，都是时间给伊帕内玛姑娘贴上的标签。伊帕内玛姑娘不需要有标签，她就像沙滩边有大海一样自然。"

海萝米抿了口咖啡："沙滩边自然有大海，咖啡自然有杯子装着。液体需要容器来赋予它形状，人类需要标签赋予他存在的价值。如果有一天，大海翻涌上平流层，人体可以变化任意形状，那世界又会怎么样？"

她笑笑，故意把苗条的腿伸直，和《伊帕内玛姑娘》里写的一样，露出脚底。那确实是美妙的形而上学的脚底。

她的脚是形而上学的，她能走到任何一个角落，可以在城市、乡村、山林的上空飘浮。

他终于回想起，阿娜达在临走那夜睡前，在他耳边说的那句话："我们什么时候结婚？"而他"嗯嗯"应了声，像电动按摩棒"嗡嗡"声，然后鼾声响起。

从沙龙咖啡屋出来，路臻整个人都是恍惚的，他习惯性地坐地铁回家，酒醉的人总能找到回家的路。

地铁 1 号线，高铁站再过去一站就是那间地下室的房子。

桂花开的时候，出行的人会异常地多，高速公路免费也并不能使坐火车的人减少。

地铁上会有很多人在高铁站下车，熟练地组成各种形状，进入闸机口、进入站台、进入那子弹头形状的列车。列车会长鸣，符合空气流体力学的车头将破开空气，载着他们在整齐规整的轨道上开向远方。

地铁的广播响起，高铁站到了，车门打开，人流涌出，车厢一下空了。路臻仿佛在车厢里都能闻到外面涌来桂花的味道。

在那一瞬间，路臻看见，阿娜达在人群中拖着那个粉色行李箱闪过，行李箱万向轮"咯吱咯吱"的声音，像魔咒，在地铁整个地下空间回荡，在他身边穿绕。

路臻匆忙下车。他扯开脖子上的领带，深吸一口气，叼住公文包，里面有他的地铁公交卡。他双手一撑两边检票口的闸机，一跃而过。工作人员大声呵斥，有保安如临大敌追来。

路臻紧锁的房间内，它抬头望着墙上那个空调外机孔道，蓝色眼睛一闪一闪。片刻后，踱着四方步，来到猫碗旁，吃起猫粮。最后，安心地将自己身子缓缓塞进正方形的猫窝。

路臻在人流中狂奔突进，他必须比所有人快；有时又闯入逆行的人流，他比所有人都慢。他追着感觉中的阿娜达，却又像是在逃避她。他竭尽全力躲避着保安的追捕，像在森林里躲避猎人的动物。他想起莲城老家那绵延的群山，鸟叫、虫鸣、兽语，那本是大型猫科动物所存在的乐园。

他终于冲出了地铁口，外面太阳就要沉浸入桂花树丛中，阳光依旧拥有着热量。路臻面对着阳光，面对着桂花，高高举起双手。

他就要蒸发了。

蜻蜓飞过椅背岭

哮天不说话，一瘸一拐在山道前面走，叼着书袋，尾巴摇得不紧不慢。

我想和它说话，它只顾低头往上爬，嘴里叼着书袋也发不了声，狗鼻子喘出的热气被寒风具体成一蓬蓬白雾。

它没空理我，偶尔回头，盯我一眼，确定我跟上了，扭头继续攀爬。

它深一脚浅一脚在积雪之间走出一条小道，像白色肌肤下蜿蜒行走的青色血脉。

每次学校放假前，哮天只要听到母亲念叨我该放假了，就会一连好几天爬下山等我，一等就是一下午，今天终于等到我了。要是早几年，它会不停围着我跳，如今跳不动了，只是习惯性叼起我的书袋，开始爬山。

哮天爬了十二年，老得爬不快了。

第一次见面时，它比我小两岁，如今，它显得比父亲还老。一个学期没见，哮天的眼神垂暮，我不确定暑假再回椅背岭，它还在不在。

我家在椅背岭，山如其名。它就像毛糙木工没做完的一把椅子，扔在了在我们陕北一座没什么名气的山脉中。山道是经年累月蹚出来的，从山底往上爬，腿脚麻利的山民也要一个多小时才能回到村子，遇到雨雪，泥泞不堪，更耗时间，

村子十几户窑洞人家，深深凿进椅背岭的山背。椅背岭是山民的天堂，半山腰这椅面般平整土地，可以种小米土豆玉米番薯黑豆，哪怕粮食不够吃，还能在山上采些苜蓿苦菜榆钱。

山民们觉得不会有比这更好的地方了。上下山不方便？不是更好吗？免得外乡人来分这椅面上的土地。村里老人说，椅背岭是龙椅，风水好得很，我们都是皇帝一样坐龙椅，就算县城里给个公家铁饭碗也不换。

而哮天是我三岁的时候来到椅背岭的。

我出生的 1981 年，陕西省一八五煤田地质勘探队在我们这陆陆续续勘测出很多煤矿，并说发现了特大优质煤田。紧接着，山沟沟里逐渐开始出现大大小小的矿窑，有国家的，有私人偷挖的。

机器轰鸣中，树木被砍去做坑木，矿场的淋溶水把清冽溪水变得不能直接饮用。

开矿要电，电力局倒腾送电线路，一来二去，椅背岭也沾光，终于有了电灯，不用再点煤油灯。

矿工和外来人多了起来，人气旺了，慢慢形成小集市。

父亲有手艺，会用木头做些家具。背下椅背岭，拿到集市上卖给矿工，有时会带上母亲和我。

书上说，人是不记得三岁前的事情的。我不一样，到今天还记得两岁半第一次见哮天的情形。

虽然断断续续，但几个画面清晰无比。

…………

那天天气很干燥，吹来的风把黄泥路面的泥尘卷得一幕一幕，我的父亲母亲蹲在路边吆喝着。

路对面拴着一条青色的小土狗，刚能乱跑的我在摸它。

几辆自行车涌了过来，卷起的风沙像是黑夜一样，笼罩了父亲的小摊，父亲眯着眼睛和他们讲话。

有一个胡子拉碴的男人走过来，枯瘦身影遮盖了我和哮天。

他用一个袋子套走了哮天。

隔了一会，他又走回来，用另一个麻袋套走了我。

麻袋笼罩的混沌裹挟着我颠簸，外面传来的声音嘈杂难辨，回忆不起内容。

良久，在听到一声小狗的惨叫后，麻袋里的我感觉飞了起来，又重重落地。

我疼得叫了一声，有人在麻袋外面也"呀"了一声。

我父亲抱着我，不停跑，我的左脚是歪歪扭扭长在他怀里的。父亲眼睛应该还被风沙迷着，不停流眼泪，他嘴巴应该吆喝累了，张着嘴不知道是在喘气还是喊不出话。直到他跑了很久很久以后，我才看到一栋白色房子，上面还有个红色"十"字。

这事我父亲从没有和我说，我还是听村民说了大概。有人偷了哮天卖给路边饭店，饭店老板嫌狗小，就给了两角钱粮票。那人又逛回来，趁我父母没注意，又把我套走，用麻袋包得严严实实。那男人和老板说这狗大，凶，还咬了他一口。饭店老板笑笑，抱着麻袋掂了掂，给了他一块钱粮票，说再凶的狗，摔晕了就不咬人了。等老板先后抡起两个袋子摔了一下，觉得第二声狗叫声音不对。打开一看，吓得半死，再找那个男人，已经不知道跑到哪去了。

今天，我十四岁，初二寒假回来。我瘸着左腿，跟在同样瘸着一条前腿的哮天往家走。

那天过后，父亲说我和哮天有缘分，就把它也带回了椅背岭，陪着我一起长大。

三条腿的小狗，在有饭店的地方，绝长不大。但到了椅背岭，它是唯一的三条腿，比想欺负我的孩子多一条。村子里那几头四条腿的猪，也不是它的对手。它对一切敢于嘲讽我的男孩龇牙，对眼神不友好的大人吠叫。只有面对飞鸟与蜻蜓，才会艳羡地看着它们，羡慕它们在山上山下来去自如。

等到我下山去读小学，它不能跟着我。学校里有些调皮捣蛋的同学，不会放过我。有的人在我面前故意模仿我走路的样子。有的人会故意把毛毛虫、甲虫、死老鼠放到我的课桌盖里，或是打开书包，或是在背上忽然传来一阵麻痒时，这些怕人的东西就会出现。我会踉踉跄跄小跑几步，激起他们的哄笑。他们想尽办法让我奔跑，从而嘲笑。有人还故意把我的板凳一条腿弄折，意思是跛子坐三条腿的跛凳。

他们叫我孙悟空，不是夸奖我是斗战胜佛，而是说从椅背岭下来的我，跑步的样子，像极了猴子。我时常脸色煞白，气得发抖。不过我从来没有说不肯上学，一次也没有。我知道，像我这样的人，就算在椅背岭，种地也种不出嚼一辈子的粮食，受了欺负也没有反抗的速度。我只有读书，把书本变成铁饭碗，才能一辈子吃上饱饭。

我和我姐都要读书，学费开销大。椅背岭那点地以及父亲的手艺根本支撑不了开销。父亲也下了山，去了私窑。就在椅背岭附近的深山里，是一个小老板偷采的。

从椅背岭到窑里，得三四个小时。他索性就住在老板搭的窝棚里。私窑开采方式很简单粗暴，挖一条仅半人多高的巷道，一路挖，挖到煤脉后，一人握着钎，一人砸锤，砸锤的人必须跪着，不然使不上力气，等煤壁凿出洞，再用雷管炸药，把煤块炸开，把碎煤块一筐一筐用人工运到一个固定点，再由机器沿着滑轨拉上去。他弓着背，负着麻袋，尽可能在巷道高度、身高，以及运煤速度三者之间，找出一个微妙的平衡点。

有时候他来看我，满脸煤灰的他，看到鼻青脸肿的我。他做了一些木蜻蜓，让我送给同学。那天操场，几十个蜻蜓一起起飞，像散开的蒲公英，久久不落地。他们开始比谁的木蜻蜓飞得更高，飞得更远。到后来，他们就会开始一个个找我做。做完木蜻蜓，开始做木哨子，做草编蚂蚱。以前带头欺负我的同学，天天求着我，最终，我给他做了一把能发射纸子弹的木手枪。

我一年级寒假回家，给它改名叫哮天。哮天曾经被我叫过很多名字，就这一天开始，正式改名哮天，因为它可是连孙悟空都能咬的狗。

哮天喜欢朝着天空吠叫，叫声一年比一年低沉，任风带来沙尘，弄得尘土满面。在它的叫声中，我一年一年长大。

初二这年的寒假，父亲比往年回来早一些，脸被浸渍得愈发灰黑。常年在低窄幽暗的矿道里穿行，使得他成了一只拥有黑夜颜色的夜行动物。

进窑，是吃阳间饭，干阴间活。窑里矿工，只有老实人才干得长久。矿工们最亲近的动物，是老鼠。它们偷吃矿工带到窑里的食物，但矿工们从不恼怒，只是把吃的锁在食品箱内，或者用一根一米以上长的细铁丝直接挂在坑道顶板垂下来。老一辈矿工口口相传的文化，说老鼠和矿工一样，都是在地下讨生活，挺不容易的。

我慢慢地，也不那么怕老鼠了。

他今年没有和往常一样，带回来年货和工钱，却扛回来一个机器，是个半人高的铁疙瘩，上面还有铁锈和煤渣。背上来后，他坐倒在地上半天没喘过来气。

快过年了，父亲没有帮忙打扫，也没帮母亲和姐姐一起做抿节。他痴迷于那个据说是抵了今年工钱的机器，一手拿着手电，一手拿着张写满字的纸，还不停往机器内部看。他的行动充满了神秘感，这使我相信，那台机器有着不俗的用途，它是父亲跪着一锤一锤积攒了一年的力量。

父亲这几天沿着椅背岭山道来来回回走动，像那些去矿上勘探的地质队员。这激发了山民们的兴趣，纷纷说椅背岭可能也有煤矿，搞不好大家也要发达了。只有那位说坐龙椅的老人叨咕着：不能挖，不能破了椅背岭的风水。

父亲是个沉默的人，说得最多的只有两句话，"好的"，或者"不"。确切来说，他一生中需要回答的其实大多数就是"好的"。在私窑，他几乎不会回答"不"。这几天，他说了好几年积攒下来的"不"。

——否认别人对他行为以及那台机器的所有猜想。

父亲年前最后一次下山后，那台机器长出了两条铁辫子。

机器像个铁葫芦，用底座螺钉牢牢固定在晒场旁的小棚里。葫芦嘴里伸出两条铁辫子，沿着山道，一路垂下椅背岭，还特意在几株根深蒂固的大树上绕了一圈。

那天，父亲摁下了开关，铁葫芦像《西游记》金角银角大王手里的葫芦，瞬间发出声响，铁辫子滴溜溜抽动，把山下一个铁筐带了上来。我看着机器，哮天终于不用再帮我叼书袋了。

父亲第一次在村子里拥有了威望。山民们的东西随着铁葫芦的轰鸣声一筐一筐被带上来。先是摘好的野菜土豆，再是腊肉，连几十斤重的米面，铁葫芦也能吭哧吭哧地扯上岭来。

父亲眼神习以为常，就像当初看着铁葫芦在煤矿巷道里吞吐无尽的煤块。

年很快过去，眼瞅要到元宵，我马上也要去上学。

这天下午，父亲拉着我，到了铁葫芦面前，指着开关说："会开吗？"

我说："简单，这几天看你开了八百遍了。"

父亲说："等下我举手，你就关。"

我点点头，莫名其妙地看着他摆正铁筐，然后小心翼翼一点一点把整个身子蜷缩着，塞进里面。

我有些担心地问父亲："大大，行不行？"

父亲不说话，眼神坚定望着山下。他仿佛坚信，顺着这个铁葫芦，能直达椅背岭下，穿过乡道，能抵达县城，还能去向我从未去过的西安上海北京深圳……

开关一开，铁筐顺着铁辫子滑行，滑不多远，忽然在半空开始不受控地晃荡，我依稀看到一只手从铁筐里探出来，忙关了开关。铁筐骤停，半空猛地一抖，一道影子从铁筐里掉下来。

等到我一瘸一拐，带着人跑到我爸身边时，父亲气息微弱，常年被煤熏染的面色看不出血色，左脚已经拧成麻花，裤子被断掉的骨头顶得老高。

我忙喊："乡党，赶紧帮忙送医院吧。"

说完我才想到，椅背岭这山道，这天气，一个人走路都怕摔跤，更别说我父亲起码要两个人扛着才能行动。

椅背岭，生老病死，最怕一个病。离医院和医生远，路还难。就算坐龙椅的皇帝在这生病，也无能为力。

我们只能背着父亲回到了家里。母亲见了问怎么回事。

父亲不说话。乡党说他是贪省力，想坐着铁筐下山，结果人太重，铁葫芦吃不住力，就晃荡起来，他一慌，加上我又关了机器，就被刹力给抖了下来。

大家说只能请郎中上门了，镇上有个赤脚医生，会正骨，可以接骨头。

我母亲抹着眼泪，瞅了一眼外面那个装着铁葫芦的小棚，问大过年的，请他上家里要多少钱。

一位村民说："去求求看吧。你这腿不医，可能连命都没了。"

母亲翻箱倒柜，往他手里塞了几张钞票，想了想，觉得实在拿不出手，又跟他说了几句话。

那人听了，点点头，就出门下山了。

半夜的时候，赤脚医生才到。他看了看父亲的腿，摇了摇头。

父亲此时精神有好转，能说几句话了。

赤脚医生问他还有没有力气。父亲说："好的。"

赤脚医生问他脚会不会麻。父亲说："不。"

赤脚医生说赶紧吃碗抿节下去，不然等下接骨头没力气。父亲说："好。"

等父亲忍着痛，努力把一大碗抿节吞下去。赤脚医生往手心吐了两口唾沫，抓住父亲的左踝，让乡党把父亲按住。

母亲捂住了我眼睛。惨叫被紧咬的牙关挡住，变得无力又绵长。

声音持续了很久，才听到赤脚医生说了一声："好了。"

母亲对赤脚医生千恩万谢，请他吃抿节。

我和姐姐守在父亲身边，给他伤口换药。还好，没多久，腿上骨头刺出来的地方，血就止住了。

血的颜色紫黑，像是溶解了无数的煤。

母亲对我说："好好在房里看着，不论听到什么声音都不要出来。"我应了。

母亲出去了，过了一会，隐隐约约听到远处传来哮天的轻声叫唤。

赤脚医生当晚没回，天黑山道太危险。

而我趴在父亲床边，听着他的呼吸，闻着他身上的血腥味，慢慢开始打盹，迷迷糊糊还听见哮天在叫。

第二天早上，母亲给赤脚医生一个背篓，他要回去，我说我送送医生。

赤脚医生盯着我的左腿，若有所思。

我们二人沿着山道往下走，两人身上都沾上了父亲的血迹和血腥味。我背着那个背篓，小心翼翼走。感觉血腥味隐隐约约散布在整条山道。

路不好走。少有人迹的寂静山中，我听见后面哮天悠长的吠叫，我听见自己的心怦怦跳，这一声声吠叫仿佛在我心上敲锣打鼓。

回声良好的椅背岭，哮天的叫声来自四面八方，一下子在背后，一下子到了前方。它从昨晚到现在都没有出现，但好像始终在给我引路。

父亲在那几天依旧在发热，天天说胡话。

我听到他断断续续说很多事情，这真的可能是他这辈子话最多的几天。过去很多年，很多话我都忘记了，就还记得一句："我娃命苦，刚学会走，就断了腿。"

家里越来越没吃的，我十八岁的姐姐，在一个月后，扁着嘴巴跟着个男人下了椅背岭，家里多了几筐盖红布的红薯。

父亲熬过来了，但也变成和我一样走路了。我知道肯定会有人说，这爷俩走路真是一模一样。

后来，父亲又找了另一个私窑去挖煤。先前那个私窑，据说挖到公家煤矿的煤壁，被发现了，什么都被没收了，除了一个电机被父亲提前藏走。这铁葫芦如今还在晒场那个小棚里，父亲偶尔目光闪烁，看过去，能依稀看到那几天的荣光。

父亲后来去的私窑，挖的巷道更矮，但却给了父亲最大的扬长避短机会。他跪在巷道里，用筐背煤，一路跪着往窑洞口爬，根本不需要用到他那有些畸形的小腿。他比谁都快，更像一只在地里无声穿行的动物。他终于从那个在椅背岭天空掠过的飞鸟，彻底变成地底潜行的鼠。

我也顺利读完了中学，直到上了医学院。成为我们椅背岭有史以来第一个大学生。

毕业后，我辗转到深圳大鹏新区的一家社区街道医院工作，不是赤脚医生，而是跛脚医生。

这里位于深圳东南部，三面环海，东临大亚湾，西抱大鹏湾，遥望香港新界，是粤港澳大湾区的重要节点。

我从深山走来，用一条好腿和一条坏腿，慢慢走到中国最发达的海湾。

日子慢慢好过起来，大鹏新区里有人才分房。我分了套电梯房，把父母接到城里。上下楼很方便，摁个开关就能上下。

第一次来看新房，父亲在电梯门口发呆，半天不进去。我知道，他是担心这电梯轿厢和当年那个铁筐一样，会不小心晃荡起来。

我先走进去，笑着说："爸，这电梯稳，带十几个人都没问题。你看，我进来，一点都不晃。"

父亲发呆了很久，打量了我的身形，才说了一句："是啊，你能进，我也就能进了。"

说完，才一步一步挪进来，就像当年一点一点将身子塞进铁筐一样。

我联想到当年十四岁的我和父亲的身形，又看了看如今的我和父亲的身形。

那一瞬间，终于明白为什么在当年，父亲会自己先坐进那个铁筐。

父亲自从到了深圳，话就开始慢慢多了起来，不再只能说那两个词。

他会趴在阳台上，远远看向远处一座小山，小山边上是碧波荡漾的大海。他一看一下午，眼神和当年哮天看蜻蜓的目光，恍恍惚惚重合。

我和他说，那座小山，原来是一座垃圾山，经过无害化改造，变成了生态公园，治污的同时创造了新风景。海滩上本来有不少垃圾，海水也脏，但如今海天如画，游客纷至沓来，一年能来近百万人。

有一天他忽然说："要是给椅背岭装个电梯怎么样？"

我笑笑："椅背岭那么高，装个电梯搞不好要上千万，还不如买辆直升机，从县城可以直接飞过去。你看我们医疗集团，都有医疗直升机了，半个小时能把任何地点的病人接到医院来抢救。"

父亲常年在煤矿，都是在地上攀爬，煤末扬起，会被毫不浪费地吸入肺中。所以他喘气和说话都尽可能简短，就算如此，尘肺病还是理所当然找上他，他如今走一段路就会喘。

今年夏天，他闹着一定要再上一次椅背岭。说再不回去可能这辈子就回不去了。

我开车带着他，从深圳一路开，开开停停，看尽南方到北方路边的风景，花了两天，才开到椅背岭山下。

父亲不说话，一瘸一拐在山道前面走，身子晃得不紧不慢，有点像当年的哮天。

自从父亲摔断腿那天，我再也没见过哮天。但我老是能听到它的叫声在椅背岭回荡。就算今天，风吹过树冠，也夹杂着几声犬吠。

风声中，我们花了两个小时，才爬到家。

椅背岭上的乡民们，这几年下山脱贫，都离开了这片坐龙椅的土地。年轻人不愿回来，老人越来越老，毛病越来越多，在山上看病太不方便，都被政府接到县城养老院了。

村子荒废了，父亲在家里逛了圈，东摸摸西摸摸，还想拿块布打扫，被我制止了。

晒场杂草滋长，但还算平整。

父亲到了那个装铁葫芦的小棚，坐在里面看着那个早已锈成废铁的铁葫芦发呆。

有病人打我电话，我正叮嘱他疾病的注意事项。忽然一声巨响，我扭头一看，那个小棚已经坍塌下来，露出腐朽的木条。

等我把父亲拉出来，看到一块木条插进了他的喉管。

我不敢拔，惊慌失措，只能颤抖着手打 120 呼救。

120 接线员问我在哪，我说在椅背岭，他没听清，说了几遍才大致知道地点。我说这里救护车开不上来，我腿不好，一个人也背不下去。接线员应该是和领导汇报什么，然后让我注意父亲的生命体征情况，耐心等待，说马上会派出医疗直升机来救援，免费。

我抱着父亲，安慰着他，用衣服擦去喉管偶尔渗出的血沫。

过了半小时，我隐隐约约听到呼呼风声，夹杂着类似哮天的吠声。

我看向天空，远处一只红白条纹的巨型蜻蜓，往我这边飞过来。

豚在潮中央

　　周一航从那破碎反复的梦境里突然醒转，这一次抽离过于快速，夹带着一种梦魇后的心悸，以及血肉撕裂的疼痛。醒来后，他知道那不是噩梦，但无法言表的忧伤依旧袭击了每一根神经。

　　梦中，他赤身裸体站在沙滩上。天色昏沉，浓稠的海雾覆盖水面，和浪花泛起的白色泡沫混合，分不清彼此。他想看清楚周围，却只能看见小腿被松软的沙滩吞没，像每一株在围垦滩涂上生长的高秆作物。

　　一道潮水簇拥而至，他又能诡异地透过海雾和浪潮，发现潮水中有条蓝灰色大鱼。潮水汹涌，裹挟着它前行，这条鱼在浪潮中翻滚，却努力逆着浪头挣扎前行。周一航注意到它居然长着一张人脸，一回头，正对着自己微笑。

　　他感觉一阵莫名痛楚，从背后脊柱升起，沿脊髓侵入脑海，让他从梦中惊醒。

　　海豚？但它又没有背鳍，吻部也很短，以至于嘴张开，露出和人类一样的微笑。

是江豚吧。

惊醒的一瞬间，他终于分辨出潮水中那条生物。他伸展了身体，狭窄的医院陪客躺椅发出不堪重负的嘎吱声响。方才梦中的痛楚，是和睡医院躺椅而来的腰痛混淆了。

他起身看了一眼病床上的父亲，父亲睡得正沉，鼾声和氧气湿化瓶的咕噜咕噜声相互应和，心电监护仪上各项指标都还正常。

机械维持着一条生命。

他躺回躺椅，手机屏幕亮起的光，映出他疲惫的脸。

昨天通过密保问题找回来的QQ，上面一堆乱七八糟链接，引诱投资的、刷单的、论文包发表的。只有钱晓棠的聊天窗口，是一张沙滩的照片，沙滩上躺着一条蓝灰色的生物。如今他知道了，那是搁浅的江豚。

"你QQ不用了?"钱晓棠昨天好像是不经意间问出来的。

"早就被盗了，大家工作聊天都用微信。"周一航感觉到了语气中的一丝异样，在等候父亲心脏装支架手术的间歇，他终于通过密保问题和邮箱，找回了QQ，看到了半年前钱晓棠就发给他的图片。

他们分手已经十五年了，当初他确实难过了两年，毕竟，他们是初恋加校园恋，从高中的暗恋，到大学在一起。分手后那种感觉，就像是胸椎被硬生生剜去两节。

分手原因也简单，毕业后两地分居，他回老家当小医生，而钱晓棠继续读研、读博，后来听说去美国留学。这次父亲心脏病发作，他通过医院心内科同事辗转求医，才偶然发现钱晓棠就在省城某三甲大医院心内科工作，并成了父亲的管床医生。

他俩是高中同学，家又离得近，高考后又同在省城读大学，虽然一个中医学院，一个是医科大学，但一来二去，从高二就开始暗恋的周一航终于得偿所望。

他们周末见面，平日里就用诺基亚发短信联系，由于内存小，不得不经常删掉信息，他就把两人聊天记录抄在本子上。如今见到钱晓棠，周一航闭上眼睛，那些年的情话和发黄的纸张仿佛又回到眼前。本子和一些合照，在多年前和前妻的一次吵架中，被撕毁烧掉。就这样，他连最后一点青春的记忆也没有了。青春缺失了最重要的证人证物，因而他一下子变成了中年。生活琐碎滞重，如泥淖一般，让人不停沉陷下去，沉陷下去，身体负荷了千斤重担，不再有跳跃的能力。

他想起来了，那片沙滩，是刚确定恋爱关系时，他约钱晓棠去钱塘观潮的地点。

那日潮水异乎寻常地大，一个浪头过来，在防波堤上撞击出三四米高的水幕墙。雨伞完全抵挡不住，两人衣服被淋得湿透。

他俩找了处没人的角落，从塑料袋里拿出准备好的衣物。周一航用雨伞和外套构建了一个屏风，回头看见钱晓棠湿透的衣服下，两道弧线的大致形状。钱晓棠羞赧地拉拢领口，像是一只瑟瑟发抖的小动物，又像被人触碰到的含羞草。他鬼使神差地搂住她，吻住她，趁她僵硬得来不及反应时，一手拉开了她的领口。

他看到了这辈子能见到的最美乳房。

周一航再也睡不着了，他起身，出了病房。走廊上电子时钟显示时间是半夜两点。护士站里护士看到他，问他有什么事。他说房间里吵，随便走走。

他看到医生办公室里，钱晓棠还在电脑前工作。她留着短发，透着一股干练和果决，她当年是喜欢留披肩发的吧。时间让过去的一切模糊褪色，他本来快记不起她的模样，今日的钱晓棠和他记忆里的她模糊重叠成一体。

在走廊来回溜达几趟后，他先低声清了清嗓子，让声音尽量醇厚磁性，才走进去。

"还没睡？"

"嗯，刚收了一个新病人，急性心肌梗死。一个三十来岁的沙民，AI 工程师，熬夜赶项目突然心搏骤停，还好抢救及时。"

"沙民？"

她解释道："哦，是这边本地人对自己的称呼。以前这里到处都是滩涂，是几代沙民一担一担围垦出来的。而我，算新沙民了。"

"我……会打搅你吗？"

"没事，处理好了。"

"那？聊聊？"

钱晓棠点点头："聊聊。"

"我找回 QQ 了，看到你给我发的江豚图片。"他观察着钱晓棠的神态。

"你眼睛够尖的，还知道是江豚。"

"没有背鳍，嘴短，是江豚和海豚的区别。"

"你知识面还是这么广。"

"陪女儿看纪录片学的，她很喜欢动物。"

"我是看不出来，那天在钱塘江边散心，看到它，拍了照，打了救援电话。"

"后来呢？放回水里了吗？"

"应该吧。我看到有渔政部门的人过去才走的。"

"其实，江豚和鲸鱼海豚一样，搁浅原因，除了误闯和船只声呐干扰，很多是自杀。"

钱晓棠沉默一会儿："你说，海豚和鲸鱼冲上沙滩的时候，它们在想什么？"

他很默契地没有问钱晓棠为什么会把照片莫名其妙发给自己，只是语气故作平淡地问："你还好吗？孩子多大了？"

"没结婚哪来的孩子。读书，留学，发论文，带学生，做国自然课题，忙得跟陀螺一样。一转眼的工夫，四十了。前几年爸妈还催，现在他们懒得说，说了也生气。"

"是啊，一下子四十了。"他感叹，十五年了，同样的生命长度，他和钱晓棠画出了迥异的上升线。他每次去省里参加医学会年会，会看到很多大医院的专家站在台上讲课，简历上都是博导、学会理事或委员，论文几十篇课题好几项，这些证书垫高了他们的讲台。这几年，上台讲课的同龄医生越来越多，而自己始终在台下，恍惚间，他看到站在台上讲课的，是无数个钱晓棠。

"你呢？听我妈说你老婆也是医院的。"

"结了，又离了。孩子跟我，这次我和我爸出来，我妈在家里带。"他并不想多说之前那段婚姻。

每一次吵架的原因，他已经想不起来了，但可以肯定都是无足轻重的琐事，不是自己把袜子扔进洗衣机，就是她买了昂贵又没用的东西。离婚那次，一开始是尖刻的讽刺，接着是人身攻击的谩骂，继而诅咒延展到周一航父母，最后是杯碗碎裂的声音。狭窄而没有隔音效果的房子容纳了两人的爱情，却容纳不了扩展开的婚姻。

周一航观察到，在说到自己离婚时，她眼神有细微变化。

"有男朋友吗？"

"也可以算没有吧。"她露出玩味的微笑。

"这么多年，总是谈过的吧。"

"那是自然。刚到美国的时候，认识一个东北的学长。我们住的街区治安比较乱，留学生又不能考持枪牌照，很容易出事。他会送我回家，后来干脆住一起了。他和我说他单身，但我慢慢不信了。他有时候接电话会背着我，所以我和他在一起时几乎不说中文，只有这样我才能创造一种这不是真正的我的假象。有一天，他和我说，他和国内女朋友分手了。我没接茬，第二天就另外找了房子搬走了。"

"为什么？"

"有些窗户纸是不能捅破的。捅破了，窗里窗外就混在一起了，也没了点到为止的余地。回国后，我工作忙，心思也不在这上。相亲过几次，短暂接触过几个，都很淡，不值一提。最近一次谈恋爱，还是半年前，一个小我十几岁的外卖员。"

他哑然，过一会才勉强说出一句："你好有魅力。"

类似的几句话说完，似乎完成了一个必要的仪式，相互展示了自己的情感经历，也缓解了十几年后初次对面而坐的尴尬。仿佛两个穿过火线相遇的士兵，看着对方身上的硝烟相视而笑。

他看着钱晓棠依旧挺拔的身材，忽然脱口而出："明天有空吗？我想请你吃饭，后天我爸出院了，感谢你对他的照顾。"

话刚出口，就意识到她明天刚值完班，忙补上一句："你要是累，就算了。"

钱晓棠笑了笑："这么快就反悔了？"

"不不不，你要是有空，那是求之不得。"

"行吧，择日不如撞日，就明天晚上。我知道有个江边的餐厅，还不错。"

这时，护士忽然跑过来："钱医生，38 床喊胸闷，心跳两百多次。"

"可能阵发性室上性心动过速发作了，维拉帕米先准备，我去看看。"

第二天下午，他拨通了钱晓棠的电话，铃声响了一会她才接起来，声音压低着。

"我还在给规培医生讲课。等会五点见，停车场门口。"不等周一航回答，就挂掉了电话。

五点，他站在停车场门口，想着的是钱晓棠的手机彩铃，周杰伦的《珊瑚海》。刚才接通之前，旋律一直响着，往日回忆伴随着伤感袭来。他好像重新回到当初，在她学校门口，听着周杰伦的歌，等着她出现。

一辆奔驰 C 级开出来，他看到钱晓棠，她戴着墨镜，穿着米色的西装裙。他低头看看自己一年穿三季的牛仔裤，取下挂在腰间的那串钥匙。尽管方便，顺手可及，但听说腰间挂钥匙，是中年土气男人的标签。

坐上副驾，和钱晓棠并排而坐。他想起以往两人一起坐公交车出去游玩，那个时候，钱晓棠常靠在他肩头。十五年后的今天，他们座位之间只隔了三十厘米的扶手箱，却被安全带紧紧缚住，不能多接近一厘米。

他偷眼看着在专注开车的钱晓棠，恍如隔世。

"有条快速路在建，还没有通车。不然半小时就到江对岸了，不用堵这么久。"

"那还得好几年吧。"

"不用，亚运会前肯定会通车的。前段时间，下沙和大江东合并，变成钱塘新区，为了连接两地，肯定会加快进程。"钱晓棠对这块土地的一切了如指掌，仿佛是在这里土生土长的。

去餐厅路上，经过跨钱塘江的大桥，周一航望着两岸没有尽头的高楼，玻璃幕墙反射着晃眼的光芒，像一条星光大道。如果自己是一条江豚，沿着钱塘江一直游下去，会到达未来吗？

周一航曾以为在省城读大学，就自动获得了都市人的身份。但如今，他和都市的联系，只是网络和抖音视频的窥探，他是都市的旁观者，而钱晓棠是参与者。他有些不甘心被时代甩开的现实。

一个小时过去，天色稍暗，一抹暖橙色夕阳挂在江上，让黄昏有了情调。钱晓棠带着周一航来到一家江边的餐厅。

穿藏青色小马甲的年轻侍者，引导他们坐在临窗望江的位置，双手递过来平板电脑菜谱，语气温柔地问他们想吃点儿什么。周一航随手划拉几下屏幕，价格还算能承受，在桌上向右旋转了九十度，邀请钱晓棠一起研究。

他们扭着头翻阅着菜谱，靠得很近，周一航甚至能闻到钱晓棠身上的香味。周一航有种当年大学时，一起在自习室备考的感觉，在吃东西这一领域，他和她达到了平等。

"其实，有件事，我一直在犹豫，要不要和你说。半年前，给你 QQ 发那张图片的时候，我就想说了，可是你一直没有回复。"等上菜的时候，钱晓棠喝了口柠檬水，忽然说出了这样的话。

他有些措手不及，他预感到，两人之间会有一些新的情况。她未婚，自己单身，分手多年从不联系，但毕竟两人不像其他情侣那般，分手时撕破了脸。他隐隐期待着那一刻的到来，但没想到来得这么快，而且是她主动。

这时，送餐机器人过来，端上两碟凉菜，用 AI 语音报上菜名，给温州鸭舌和西湖糖藕平添一分未来感。

"先吃点东西，慢慢聊，当年你最爱吃这个。"他夹了个鸭舌，放在她盘里。

钱晓棠笑了笑，只好吃起来，但脸上表情，分明还憋着说话的欲望。他知道，她还会继续刚才的话题。那会是一件什么样的事情？关于她这几年的经历？还是有一些个人的情感，要向他这个前男友吐露？

他心跳加速，有种荷尔蒙升上来的感觉。

"我得了乳腺癌，五年了。"钱晓棠吃完鸭舌，干脆利落地说。

他没有反应过来，眼神停滞在她领口处那抹白皙上。

"三阴乳腺癌，恶性程度最高的那种。"

他看着钱晓棠，她脸上没有什么表情，比如悲伤，或是恶作剧的顽皮，都没有，她的脸上带着一种难以捉摸的平静，眼睛镇定地望着他，没有丝毫回避。

"你别开玩笑了。"他勉强笑了下，但又觉得不合适，嘴角抽动几下，脊背感受到一丝凉意，此刻没有风，凉意不知来自哪里，许是空调温度太低了。

"不，我没有开玩笑。"钱晓棠还是那样的表情，"半年前想联系你，给你发照片那个时候，就已经转移了。"

一切的豁然开朗，却让周一航陷入良久的沉寂。

当一个女人得了乳腺癌，她会想什么？会做什么？

周一航不敢对视钱晓棠的目光，他端起柠檬水，强迫自己喝了口，却呛到气管，一阵剧烈的咳嗽。他扯过几张纸巾，捂住嘴，但咳嗽丝毫没有停止，甚至眼泪都咳了出来。

从吃饭的地方走出来，钱晓棠带着他来到了那片沙滩，周围一个人都没有。

天色很暗了，江风吹过，伴随着潮声，像生命粗重的喘息。靠着栏杆远望，远方像墨汁一样黑暗，什么也看不清。这是个没有月亮也没有星星的夜晚。有飞机飞过，朝着机场方向降落，航灯一亮一亮，像微弱的流星。

"医生也是会生病的，也是会死的。小时候我怕黑，喜欢开灯睡觉。黑暗就像泥浆，可以越来越浓稠，让人在里面越来越动不了。死亡就是这样吧。现在，我接受了黑暗，也就不再怕死亡了。"

"你会好的。"

"我们医院乳腺外科这一块也是省内顶尖的，我已经有数了。"

周一航想说些什么来回应，但始终想不出来，干脆深深叹了一口气，什么也不说了，任由江风在耳边呼呼作响。夜是最令人恐惧的虚无，在虚无面前，什么都会失去重量。

他们不再言语，陷入了各自的沉默。他们站了很久，一动不动，黑暗中，绘出两个更黑暗的剪影。

周一航注意到江面上开始蒸腾起一层薄薄的白雾，不知道是江水生成的，还是海上蔓延过来的。

他脱下外套，给她披上。他忽然想起那个被潮水打湿的时刻，他也是用外套挡住她的身体，以及那柔软的乳房。

周一航绷不住了，突然紧紧抱住了钱晓棠。十五年过去，她熟悉的气息和身体依旧笼罩了他。她好瘦，比当年瘦得更多了，皮肤是冰凉而光滑的。

钱晓棠伸出了手，轻轻抚摸他的耳垂。

当年，在他每次伤心的时候，钱晓棠就会这样抚慰他，一想到这，他就更加难过。但他不会哭，这个年纪很难再哭了。

他声音几不可闻，仿佛是说给自己听的："晓棠，我们结婚吧。"

她还是听清了："你犯什么傻。"

"你不是要我帮忙照顾你爸妈吗？如果我们结了婚，一旦他们知道你有事，我就更有理由在他们身边。"

"十五年前我提分手，就是不想耽误你。十五年后的今天，我更不会再耽误你。我一个人挺好的，什么都能承受。"

"你真的，真的没有必要这样苦自己。"他也是医生，知道每个癌症病人在最后时刻，都想亲人陪在身边。

"我回家看他们太少了。读书，留学，工作。我对谁都不亏欠，单位也好，病人也好，也算是很称职的医生了。我就亏欠我爸妈，尤其这几年，太忙了，过年都回不去。真想多陪陪他们。"

"这样，你又能瞒多久。"

"能瞒多久是多久，既然他们免不了伤心，那么我就想办法让伤心的时刻越晚到来越好。"她说着，像在出门前，有条不紊地整理行李箱。

周一航感觉无法承受这话题继续延续，尝试着岔开："你拍的那条江豚，是活着的。我找过新闻，那段时间，钱塘江有江豚被救援成功的新闻。"

"希望能看到江豚，我还没见过在水里游的江豚呢。"钱晓棠将将头发，"不是电视上那种，我指的是现实中。"

"那我们可以去海洋馆看看。"

"算了，我没有时间。你了解它吗？给我讲讲。"

"我也是陪女儿看纪录片知道的。江豚性情温和，因为嘴部弧线天然上扬呈微笑状，被称为微笑精灵。它的乳腺藏在皮肤的褶皱里，身体是流线型，在水里很美。"

"是真的好美。那天我拿到了肝穿刺的病理报告单，走在这里，看到那条搁浅的江豚。我想它离开了水，能活多久呢？我以为它已经死了，觉得一切都无所谓了，结果看到它挣扎了，想游回水里，它不是自杀，它想活。于是，我打了救援电话，还莫名其妙拍了照片发给你。"

周一航像梦游者一般抬起头，再次打量身边这个真实的女人，只觉得亦真亦幻。

钱晓棠轻轻挣开周一航的怀抱："你站在这里。"

她脱下鞋袜，吃力地翻过防护网。

"你干什么？"他惊慌失措。

"放心，我不会干蠢事的。"她笑着。

周一航就这样看着她在沙滩上慢慢走着，离自己越来越远。这时，江面上有一艘船经过，航灯把她的背影，照成了与钱塘江相依的一道风景。

她站住，转过身来："一航，再看看我。"

他诧异地看着她放下了自己的外套，脱下了西装，扔在地上，解开了裙子，抬脚从里面跨出来，只穿着内衣站在沙滩上。

周一航呆呆地看着她，屏住呼吸，不发出一点声音。

她没有停止，解开了文胸，一只手挡住了左乳，缓缓侧身，让饱满的右乳在后面航灯的照射下，形成完美的弧线。

周一航感觉到，背光里，钱晓棠在对着自己微笑，像梦中那条江豚。

两年后的一个早晨，周一航开车带着钱晓棠父母来到钱晓棠的医院。

太阳煌煌，透过医院大楼的玻璃幕墙，照进大厅内如钱江潮般汹涌的人流。

周一航忙前忙后，一会专家门诊，一会门诊收费处，一会住院部。他就像潮水中跳跃的鱼，和人潮相互冲击妥协。

等办完了住院手续，刚把钱晓棠父亲安顿到床位上，科主任就带着一群医生浩浩荡荡过来，说是给钱父来个教学查房。在管床医师汇报完病史后，科主任亲手做了极其规范的体格检查，并安慰两位老人无须担心病情。科主任制定好治疗方案刚走，医院工会主席就拎着慰问品过来，拉着钱父嘘寒问暖，说有什么要求放心大胆地提。之后医院的一位副院长也来了，把钱晓棠一顿夸，说是重点培养骨干，并表示医院工作安排不周，没有详细了解钱晓棠的家庭情况。趁今年疫情刚放开，就把钱晓棠派去美国麻省总医院当交流学者。

副院长还在和二老拉家常的时候，科主任又带着几个人过来，说是钱晓棠救治过的患者家属，过来送锦旗。钱晓棠远在美国，刚好二老在医院，由他们代领最为合适不过。家属送上锦旗，紧紧握着钱母双手，说他们家教好，培养出这么优秀且医德好的女儿。说得二老两颊绯红，满心安慰。

隔壁那张床的病人和家属看得一愣一愣。等人都走了，家属客客气气问周一航有没有办饭卡，并自告奋勇带周一航去食堂办卡打中饭。

周一航回到病房时，钱母正在打电话，因为耳背，音量开得很大，能清楚听见听筒里的声音，这让周一航不由自主聆听。

"晓棠，这次多亏了人家一航，跑前跑后。你可真的得好好谢谢他。"

"妈，我知道啦。"

"你别光说知道。这么大人了，一点人情世故不懂。天天就知道忙工作，你爸来住院，你倒好，又跑去美国了。"

"机会难得嘛。"

"你对自己的事有这么上心，就不会还单身一个人了。我看一航就不错，他也还单着，你俩知根知底的，以前就谈过，要不是你出国，搞不好已经二胎了。就冲他带你爸来省城看病这情分，如果你们俩真成了，我肯定拿他女儿当亲外孙女。"

"妈，你别，我不想异地。"

"这倒是，两个地方隔得太远，就算你一个人在省城习惯了，一航也需要个女人照顾家庭，也不能太委屈他。"

和她母亲相比，钱晓棠的回答显得过于简短。

钱母又絮叨一阵，不经意间回头，看见周一航，就说："晓棠，一航回来了，你接下视频，好好谢谢人家。"

周一航赶忙制止，却没来得及，钱母摆摆手，就点开了视频通话。

隔了几秒，视频接通，钱晓棠在手机屏幕里朝周一航挥手。

周一航看着她熟悉面容，有些尴尬，一时竟不知说些什么。倒是钱晓棠打了声招呼，寒暄几句。可能是跨国的关系，信号有些卡顿，两人说不了几句，也就挂了。

安顿好钱晓棠父母后，周一航开着车去了那片沙滩。上回钱晓棠说的没有通车的快速路，已经建成了，导航与时俱进地让他更快到达了目的地。

钱塘江畔这块由水面变成的地面，一直在被改造，从滩涂变为田地，从田地变为厂房，从厂房变为办公室。农人变成工人，在流水线上耕种，工人换成职员，在格子间生产。

一想到钱晓棠也在这片土地上挥洒血汗，他再次感受到脊髓传来的痛楚。

潮水是黄色的。人们围垦海洋，也许是发现蓝色海水也会变成泥土一般的黄色，就尝试用手将大海也变成坚实的土地。

　　不是观潮的时节，这里人迹罕至，一个人影也没有。他把车停好，翻过了防护网，脱下了鞋袜，在粗糙的沙滩上慢慢走着。

　　沙滩下常有些许碎石和贝壳，赤脚踩上去，很疼。他想起高中时候和同学一起去溪边抓螃蟹的感觉，那天，钱晓棠也在。

　　站在一块礁石上，远远眺望，钱塘江一层层波浪像一层层坚实的阶梯，邀请着人踏上去。向前向前，直到进入无垠大海。

　　他掏出手机，对着远方拍了几张照片，和钱晓棠那张照片比对，发现两人是在同一个地方拍的。潮水大的时候，再往前几步，会没入江水。比对时候，他猛然看见沙滩上隐隐约约有个蓝灰色的物体。

　　"江豚！"他一个人惊呼起来，笨拙得像螃蟹一般，赤脚在沙砾上狂奔。跑到近前，看清了，他脚下一软，跪倒在沙滩上，他双手紧紧攥住那个蓝灰色的物体，凝聚了无尽的失望。

　　这不是江豚，而是一只毛绒海豚玩具。原本是蓝色的，经过泥沙和油污长时间的混合，变成了蓝灰色。它没有生命特征，只是一堆化纤制品，被某个不懂事的孩子扔下了钱塘江。

　　他落寞地爬回防波堤，看到一个二十来岁的年轻人也站在栏杆边。他穿着外卖的制服，旁边是一辆电动车，依旧神情严肃看着沙滩，他应该注意到自己的一举一动。

　　周一航冲他点点头："来看潮水？"

　　"不是，逛逛。我以前的女朋友带我来过这里。"

　　"想她？"

"嗯，想她。"

周一航看着年轻人的面容，感觉像在哪里见过。

他走回车边，忽然想起来，这年轻人和自己二十来岁的时候，面容有几分相似。

他想到了什么，迟疑地打开手机，拨通了钱晓棠的电话。

彩铃声响起，还是周杰伦的《珊瑚海》

"喂。"电话接通了，钱晓棠的声音从听筒里传出来，柔美依旧。

周一航看到那个年轻人正举着手机说话，他"喂"了几声，正要挂电话。

周一航走了过来说："我是周一航。"

年轻人讶然，随即一笑："我想到了。"声音变成了男声。

周一航和他两个人并排倚在栏杆上，从未谋面，却像多年未见的老友。

"其实，我比她以为的还要爱她。"年轻人说。

"她，是很好，很好。"

年轻人又说了一句："她只和我说起过你，别的男人她从没提过。"

周一航侧头看着年轻人，沉默不语。

"她真的是很好的人。两年前我音乐学院刚毕业，找不到工作只能送外卖。为了生活，没日没夜，结果得了暴发性心肌炎，差点死了，被送进她的科室。她救了我，还帮我募捐解决医药费。知道我出院后没地方住，还让我住她的公寓，租金也收得很低。住得久了，我还傻乎乎以为她喜欢我，甚至想包养我。但后来，我发现我想错了。我说什么，她都微笑着看着我，就算我发脾气，她也像对弟弟似的哄我。我真的喜欢上她了，尽管她比我大那么多。跟她在一起，我觉得生活变得可以忍受了。我以为自己是很坚强的人，哪怕一辈子送外卖也无所谓，但实际上那年我快要崩溃了，是她救了我。可是人太脆弱了，她病倒了，乳腺癌转移了。她太忙了，根本关注不到自己身体，她把全部的精力都燃烧给了病人。她说，她最满意自己的乳房，因为你说过她的乳房是世上最美的。转移后，她很伤心，把我赶走了，说这是她一个人的事。这个傻女人，化疗头发掉光了，还要上班，经常呕吐，吐完了一抹嘴巴就继续做没做完的课题。所有同事都不忍心看了。他们医院领导找她谈话，她只要求在必要的时候，医院帮忙安排她父母的医疗。我常跑去她家照顾她。她知道我做过配音，会学人说话，让我冒充她回她父母的电话。还有个她以前的病人，是个 AI 工程师，做虚拟人物直播卖货。当她父母要微信视频的时候，会用她的换脸视频和声音，和他们交流。"

年轻人的眼睛里闪着泪花，声音开始哽咽。

"好了，后面的事我都知道，你不用再说了。"

周一航鼻子酸了，这些事情，钱晓棠从来没对他说过。她有条不紊地布置好一切，设计了一场宏大的骗局，医院同事、病人家属、快递小哥、周一航，包括近来兴起的 AI 换脸和虚拟人物模拟技术，都成为其中一环。

钱晓棠最后坦然消失，却成为虚拟存在的人，存在于她父母的生活里，也许，还存在于周一航的世界里。

"你做得很好了。她父母到今天，都以为她还在。欺骗，有时候很困难，也很伟大的。"

　　"我也不知道还能瞒多久。我只能学她的声音说几句，太长了，就容易被听出来，希望那个工程师把软件做得更强大一点。"

　　周一航闭着眼说："你可以再用她的声音跟我说说话吗？"

　　年轻人点点头，捏了捏嗓子："我给你唱她最喜欢唱的一首歌吧。"

　　"海平面远方开始阴霾，悲伤要怎么平静纯白，我的脸上，始终挟带，一抹浅浅的无奈。"

　　远处的钱塘江，出现了两道罕见的交叉潮。

　　周一航听说过，这种交叉潮叫海豚之吻，或者，也可以叫江豚之吻。

十万八千梦

一

醒来。

耳边传来的，是巨大的呼啸声，以及发动机的轰鸣声。胸膛和双臂，感受到疾速推开空气的均匀的反作用力。

我缓缓睁眼，映入眼帘的，是一个仪表盘，上面的指针正从 80 开始往左侧下落。而我双手戴着手套，正搭在摩托车把手上。

抬头，眼前的公路、树木、路边的房屋，在我的瞳孔中急剧放大，并闪现到身后。正前方突现两辆轿车，歪歪斜斜停在路正中亲吻着，同时等着和我坐着的摩托车来个亲密接触。

我心里大喊一声，双手一起握住前后刹车，前刹力度稍大，往右侧来了个精确到毫米的贴弯漂移。真空轮胎发出刺耳摩擦声，稳稳地停在路边的公交车站边，吓得几个等公交车的人一阵惊呼。

我吓出一身冷汗，心脏扑通扑通乱跳。什么情况，打瞌睡了？

我惊魂未定，刚才若以那么快的速度撞上，足够在空中来个体操转体动作接头朝下落地。我敲了敲头盔，懊恼自己不该疲劳驾驶，但仔细回想，却不记得是怎么骑上这辆摩托车的。在这之前的事情，居然一点印象都没有。

我不但疲劳驾驶，还断片醉驾了？

我摘下头盔，哈了口气在手上，闻一闻，从简易的酒精测试来看，够不上吃牢饭的标准。

松了口气的同时，忽然想到一件事。那就是，我不但忘了骑上摩托车的事，还对自己所有事都毫无印象。

我是谁？我在哪？我是干什么的？

简单来说，我失忆了。

眼前与我有关系的，就是这辆 ADV 冒险型摩托车，蓝天白云标的 F800GS。翻遍车的尾箱，找不到任何有用的信息，钱包证件手机一个都没有。但有件事能确定，从刚才人车合一的紧急救险来看，我骑车技术不错，难道我是个赛车手？

"师傅，我赶时间，火车站十块钱去不去？"公交站台上，有人凑上来问。

"你见过有谁拿这种车开摩的？"

发生事故的两辆轿车那，已聚拢一群人。众人七手八脚从车头严重变形的那辆车里抬出一男一女，放平在地上，有人在给其中的男人做心肺复苏，动作熟练规范，应是凑巧路过的医生。

我刚想走过去，却看见一件诡异的事情。

躺着的男人头上，闪烁着数字：10，9，8，7……

这数字闪烁的频率，和秒钟一样。更离奇的是，这些数字自动适应后面的背景，哪怕背光，也能凸显在空中，似乎是为了让我看得更清楚。

很快，那个闪烁的数字跳到了"0"。做心肺复苏的人站起身，喊着："不行了，这人没了。"

我走近前去，那人又到女人身边开始抢救。同样，女人头顶上也有数字闪烁：60，59，58……

我擦了擦眼睛，确定不是我眼花，这些数字真实存在的。

中年女人随着按压，嘴角不停有血液流出，无神的双眼睁着，看着我。

我心跳加快，耳边能听见心脏在体内剧烈跳动的声音，一股寒气从后面脊背升上来。

这对男女的面容，有说不出的熟悉感，但却想不出在哪里见过。

终于，中年女人头顶的数字也归零，那双眼睛彻底失去了神采。

我忙四处看去，周围一切正常，其他人头顶上并没有出现数字。难道我只能看见濒死之人的倒计时？

我眼前的世界突然变成了黑白，闭上眼，脑海中也浮现出那串诡异的数字，如同定时炸弹的倒计时，血红血红。

一阵剧烈的烧灼感伴随而来，仿佛有人在拿着电焊，用刺目的电火花，在我的眼睑上烫字。

我不由得惨叫起来，等到疼痛逐渐过去，睁开眼，有一串数字正在眼前，开始闪烁："108000，107999，107998……"

它悬浮在半空，坚定地流逝着，带给我莫名的无限恐慌。

这——是我的倒计时？

我看向蓝天，看向地面，无论湛蓝的天空、灰黑的水泥路，这倒计时在什么背景都清晰显现，仿佛电影画面上的字幕。

我忙凑到摩托车的后视镜前，镜子中自己的头顶，也赫然闪烁着同样的数字。

我不但失忆，连生命也只剩下不到三十个小时。就像一条七秒钟记忆的鱼，一睁眼，发现正被人往油锅里放。

正在慌乱间，听到一声"喂"，声音清亮。

随即，一辆同款的 ADV 摩托车在我身边，一个刹停，上面骑手体型娇小，紧身的骑行服黑绿相间，脚不沾地，直接右腿一抬，以骑二八大杠下车的方式落地。窈窕身形在巨大威猛的摩托车映衬下，像是靠在雄狮边上的小猫。

"你这家伙骑得还挺快，害得我一路追。你包掉了都不知道？"她扔过来一个双肩包。

我讶然接过，这是老式牛仔布做成的，正面绣着一个"夏"字。打开一看，里面杂乱放着一沓钱、一把工兵铲、一个手电、一捆绳索，还有一本工作笔记。我满怀希望翻开，全是空白，里面只是夹着三张照片。

第一张照片是一位穿 T 恤的少年站在山顶，咧嘴开心笑着，虽一脸稚气，但能认得出是我年少时模样。在身后山下，能看到一个沿着溪流而建的城镇。溪流拐弯，路也跟着拐弯，像溪流的影子，而城镇也依附溪流，如同树叶与叶柄脉络。照片泛黄，右下角打印着时间 2002-07-05。

第二张照片是位精神矍铄的老人，一脸慈祥，正在一座农村老房子前打拳，房子后面是座高耸的峭壁。

第三张照片拍得很模糊，光线很暗，是一个隧道，深不见底，洞壁满是人工开凿痕迹，有个人影拿着手电往里照，前方有人影在往里走，但照片模糊，看不太清多少人。背面是两组数字，"119.45098""28.63781"，不像日期也不像电话，不知道含义。

我抬头，想问那女骑手是不是认识自己，却看到她的头顶，赫然也有数字："107777。"

和我眼帘前悬浮的数字一模一样，叠加在一起，像是重影。

这时，我注意到，它们此时不知什么原因，停止了。

"下次小心点，别再丢东西了。骑车这么快，有些东西丢了就找不回来了。"女骑手吃力地将车头掉转方向，一拧把手，左脚踩在脚撑上，右脚在地上助力，一踮一踮，又以上二八大杠方式上了摩托车。

在她驶离十米左右时，刚松了口气的我发现，方才停止的两串数字竟又开始跳动。

我一时间来不及多想，忙骑车追上去。果然，在距离她十米范围内的时候，数字又静止下来。

很明显，有某种未知的力量给我预示，与这个女骑手保持在一定范围内。

但她误解了，以为我想和她 battle（对战）。伴随着摩托车引擎富有节奏感的轰鸣声，加速、压弯、疾驰，我们两辆同款不同色的摩托车一前一后，在这条公路的限速之内疯狂"逮虾户"。

路口红灯亮起，我们停了下来。坐在摩托车上，她的双脚无法踩到地面，又以骑二八大杠的方式下了车，站在斑马线前。

"车技不错。"她掀开面盔，露出清秀脸庞。

我怕红灯之后她又跑了，忙说："能不能借一步说话？实不相瞒，我失忆了，你认识我吗？"

她一翻白眼："大叔，太老套了吧。就你这车技，说失忆谁信。"

我急中生智说："你听说过肌肉记忆吗？我大脑失忆了，但身体的肌肉对走路、骑车都有本能反应，就像你学会骑自行车后，不管隔了多久没骑，再一次骑上去都不会摔倒。"

她说："这就是所谓的脑子不行，但身体还很诚实？"

费了一番唇舌后，女骑手总算相信我是真的失忆。旋即，她带着我去了最近的派出所。

我就像个走失儿童，在警察叔叔面前手足无措。

一个年轻警察让我对着摄像头："放松点。"我努力挤出比哭还难看的笑容。

照片上传后，警察开始皱眉，凝视着屏幕，抬头看看我，起身去了里面，呼啦啦跟着过来三个年长的警察，都神色紧张看着屏幕，在上面指指点点。场面上，有说不出的压迫感。感觉我身上背了好几条人命或者欠了几千万的债务。

在死亡倒计时的威胁下，不管我是不是冤枉的，都不能在看守所浪费时间。

趁他们不注意，我蹑手蹑脚溜了出来，在派出所对面树旁躲着，救命稻草还在里面呢。

等她出来，我忙跟上去，看到头顶数字同时静止，才松了口气。

她说："你怎么出来这么快？警察还在找你。"

我心又提到了嗓子眼。

"也不知道是长相问题还是人品问题，你一张照片，把我们所的人脸识别系统全搞崩了，据说修复起码要一两天。"

一听我不是网上在逃人员，心又落回到胸口："等等，我们所？"

她点点头："对不起，我是警察。刚才你在公路上飙车，涉嫌超速、以危险方法危害公共安全……"

我呆住了，口中嗫嚅："刚才你不也……"

"吓唬你呢，咱俩都没超速。再说我不是交警，这不归我管。"她上下又打量了我一眼，加了一句，"嫖娼也不归我管。"

我一头黑线："我长相有那么龌龊吗？我以前没得选，现在失忆了，我只想做个好人。"

我没有把头顶倒计时的秘密告诉她，这事解释起来，会更加浪费时间和让我显得不可信。

我失去的，是和我身份有关的信息和回忆，庆幸的是很多技能和知识储备，却留存脑中。我猜测，我和她倒计时一直同步，很有可能是冥冥中有什么让我来拯救她，或者，相互拯救。

"我叫陈怡风，请了年假，准备骑行旅游，还没想好去哪里。在路上随便骑着，就看到你嗖的一下过去，包掉了也不捡。"

"我叫……"我看了看背包上的"夏"字，应该是对我有特殊意义。

"就叫我阿夏吧。因为最美好的事，都发生在夏天。"

二

"你这包里，也就这三张照片有线索，离现在虽然有二十年了，但还可以试试查出你的身份。"我们在咖啡厅坐着，翻看我那个背包。

"这怎么查？你也说了，二十年，物是人非啊。"

陈怡风笑笑："那就让你见识见识真正的技术。"她低头认认真真看起照片，对那张我站在山顶，后面有城镇的照片，看得尤为仔细。之后就打开笔记本电脑，开始"百度"。

时过境迁，二十年前的城镇早已不复当年模样，我并不抱什么希望。但见陈怡风在电脑上飞快操作，十几分钟后，她将屏幕转向我，上面有两个字。

"遂昌"。

"你瞎蒙的吧。"我瞠目结舌。

"这照片信息已经很丰富了。只要学过足够的地理知识，就能一步步推算出来。"她一一指着照片上的线索。城镇的地形、河道的宽度、土黄色的溪水、山上的树木及叶片、天上的云层。

"这个城镇很有特点，在群山之中，受山地和溪流的限制，呈狭长形状。没有高楼大厦，也没有特色建筑，照片像素不高，看不见有地名。但是，山上的阔叶林树木和黄色溪水，以及你穿的短袖T恤，说明这大概率是一个南方夏季汛期的小城镇。从复杂的地形上看，四周多山，但山势缓和，海拔不是特别高。山旁还有毛竹林，从高度和竹种推算，在浙江、福建这一带可能性大。还有这个时间很重要，2002 年 7 月 5 日。通过历史天气预报，可以大致查出那天南方哪些地方下雨。网站搜索出，那天是台风'威马逊'登陆浙江第二天，照片里天上的云层也符合台风的特点。我只需要在台风影响范围，通过卫星地图，沿着可能的河流，一路找上去，就能找到相似的城镇。二十年过去，变化虽大，但溪流和街道布局很难改变。"

"这么神奇吗?"我听她娓娓道来，脑子里的 CPU 都要烧了。

陈怡风嘻嘻一笑："还有很重要一点，你的口音不是浙江就是福建，往这里找准没错。反正我也没想好到底骑哪里去，遂昌也不算远，两三百公里，不如就去玩玩。那边山多，还能跑山。"

"我怎么会有口音的嘞，明明很标准的喂。"

我们当即一起骑车沿着国道往遂昌而去。一路过来，我紧跟着陈怡风，尽量保持一定距离。但国道路况复杂，加上中途休息上厕所。五个小时后，我们进入遂昌县域时，倒计时已经到了"97825"。

正是五月，杜鹃漫山遍野，横扫其他植物，凭着气势竟把深山的青绿色都遮盖一半。这些粉艳的花忽明忽暗，在山风中静静飘着，让人恍惚觉得前面一定隐藏着什么，等到摩托车过去，却发现山路回头，路边的山体赤裸，能看到里面清晰的岩层，花岗岩、石英岩、萤石岩，如那些早已长眠的时间，在山中骑行，有沧海桑田之感。

开着开着，在层峦叠嶂的丛山中，随着车辆渐渐增多，猛地跳出一个城镇。依山傍溪，在青山绿水的褶皱间，硬生生壮大着。

我们在县府广场随便找了家饭店歇脚，点了当地的一种红薯粉做的面食山粉鳅，因口感过于爽滑如泥鳅入口，故而得名。

吃完后，我和陈怡风沿着北街骑行。这里的老城区正在拆迁，但还能看到某些未拆完的古旧建筑模样。

一路走来，听着当地人说的方言，无比亲切。我基因里沉睡的母语被唤醒，甚至能和他们对答如流。不过对我恢复记忆没有起到帮助，只是感觉到这就是我的故乡，不会有错。

陈怡风指着前方的山顶说："你当年就是在那个妙高山顶拍的照片，从时间上看，可能是放暑假和同学或者家人出来玩。"

我点点头，和她沿着公园路往山顶骑去。我们的摩托车都是多用途的，在山路台阶上也可以轻松爬坡。

到了山顶，天气阴沉，云层压低，有几分将要暴雨的迹象。阳光暗淡，远处烟青色的群山愈发肃穆寂静。妙高山的阔叶林和竹林枝丫随风晃动，发出低吟。

陈怡风站在我照片里站着的位置远眺。我举着照片对比，山形依旧，但下面的城镇已经改变太多。我，也变化太多了。不知道，当初是什么人给我拍的照片。

陈怡风感叹道："这县城也太奇怪了，有东西南北街，但方向却一塌糊涂。街又不是十字，而是 Y 字形。东街南街西街居然连成一条线，南街短得不像话，也不知道当年怎么命名的。"

我脑子里忽然跳出一个词：来龙去脉。不由自主背出一句断语："此间前冈有好地，来龙去脉，靠岭朝山，种种合格，乃大富贵之地。"

"堪舆风水你也懂啊？"

"这个地方，山形如虎背，街巷如龙脉，是块风水宝地。"

陈怡风看着手机："我查到一个传说，遂昌县是孙权时期设立。孙权和秦始皇一样想求长生，他曾派上万甲士渡海去夷洲和亶洲求仙药。还派了当时有名的方士葛玄，在遂昌立通天塔，以求飞升。葛玄在遂昌，以东南西北四条街巷聚生人之气，将南街和妙高山的虎背龙脉连通，建栈道立通天塔，据说南街可以直通南天门。南天门本来就是仙凡之间的关卡，孙悟空上天也都是上南天门的。但孙权一直没找到上天庭的引路人。天庭发现后，降下天雷，击毁通天塔和栈道，从此只剩下一段短短的南街。"

"这什么乱七八糟的传说。"

我话音刚落，天边忽然传来隆隆雷声，直往我们这边过来，不等雷声达到最响，突如其来一个炸雷，震得我眼前一黑，耳朵发聋，眼前那串数字随之剧烈抖动，居然飞速减少，数字从"97825"一瞬间降到"81922"，并且还在急剧下降。

我竭力睁开眼，此时天空云雾旋转，形成一个紫黑色旋涡，缓缓下降到山顶树梢高度。旋涡里出现一个幻影，如仙佛般巨大，面目威严，碧眼紫髯，着赤黑色冕服，有帝王气势。

他口中念念有词："归心游太极，回向入无名。五香芬紫府，千灯照赤城……夏簧三舌响，春钟九乳鸣。绛河应远别，黄鹄来相迎。"

他手一指，一道粗大的紫色电弧立即从云层窜下，巨蟒一般，缠绕住陈怡风。陈怡风浑身散发紫光，双目失神，黑色瞳孔变成紫色，身体竟然悬空飘浮起来，往天空中飘去。

南街、通天塔、孙权、飞升、引路人，种种线索串联出眼前荒诞的一切。

我飞身过去，扯住陈怡风的脚踝，却浑身被雷击。

空中的幻影见状，右手三指捏了个诀，那道紫色电弧分出一束，手术刀一般，一下子剖开我的胸膛，我的心脏被血液包裹着，不受重力影响地往上飞去。

我眼前的数字，归零了。

意识快要丧失之前，我眼角余光，瞥见不远处有一男一女站着，拿着款老式相机对着我，样貌竟是刚才车祸丧生的那对中年男女。

我拼出最后一丝力气，一口咬向拇指鱼际处，鲜血溅出，浸红雪白牙齿。

前所未有的光亮，驱开乌黑的云雾，一道金色光束从遥远天际的云缝中直射而下，如丁达尔光。

金光照射在我身上，肌肉疯长，骨骼膨胀，皮肤如油漆泼墙，迅速覆盖全身。我变成了十几米高的巨人，平视着半空中那个帝王幻影。

我发出咆哮，巨大声浪向前喷发，在身前形成音爆波。那个幻影长袖一拢，双手捏诀，从旋涡中发出如瀑布般白色光芒。声波与光芒狠狠撞击在一起，整个山顶腾起核爆般的云朵。山下街巷也被波及，房屋倒塌，砖瓦剥离，回到钢筋土木形态。

我被白色光芒完全笼罩，眼睛再一次看不清任何东西，身体也完全没了知觉。

许久之后，我听到机器"嘀嘀嘀"的鸣叫声，像是医院监护仪的提示音。睁开眼，自己身处在急诊室内。前面一群医生围着病床，正在抢救，看不清里面的人样貌。有人趴在病床前，翻开上面人的眼皮，手电对着瞳孔照射。有人在按压胸口，时不时拿个除颤仪在胸口放电。

我还看到门口陈怡风正瘫坐在地上，满脸泪光看着病床。我走过去，俯身想抱起她，双臂能感觉到她腰身的柔软和温润，但却穿了过去，如雾气般淡化了，我的全身也归于虚无。

三

醒来，耳边依旧是呼啸而过的风声，发动机轰鸣声，双臂和胸膛传来被紧紧束缚的感觉。

我缓缓睁眼，映入眼帘的是狭长曲折的山间公路、树木、路边的房屋，它们在瞳孔中急剧放大，并闪现到身后。我的前方空空如也，没有仪表盘，没有把手，我被安全带紧紧固定在一个挎斗里，手也被绑着。

挎斗左侧，一个娇小身影骑着摩托车，腰肢纤细，曲线浮凸有致。

"陈怡风，你这是干啥？"我大声喊着。

陈怡风头一偏，稍稍减慢车速："你醒啦。我也真是服了，你一个大男人，雷声大一点，就把你吓晕过去了。躺在那里说胡话，说什么孙权、通天塔、飞升、巨人什么的。"

原来刚才都是幻觉？不过也是，狗血的玄幻加二次元小说剧情，怎么可能出现在现实中。

不过，诡异的事情依旧存在，尽管我们两人距离很近，但我和陈怡风的那串数字，还在以秒的频率减少，说明保持距离这个规律，在妙高山下来之后已经不复存在。

"那你把我这么绑着是什么意思？"

"你还好意思说，看你晕倒，我费尽力气想把你背下山，结果你手老乱动。那没办法，只能绑上了。请了外卖小哥帮忙背下山，再去车行租了辆边三轮。"声音被头盔遮挡，有点瓮声瓮气，但仍听得出有点羞涩。

"我的手有那么不老实吗？"难道梦里抱她的感觉是真实的？我在心里比画了一下大小，嗯，A4腰。看她那个腼腆劲，我不会无意识中摸到什么不该摸到的地方吧。

"你带我去哪？"

"去第二张照片的地方。"

"你又是怎么知道的？"

"我们一路过来，照片里的老房子和遂昌这边老房子建筑风格一致，基本就是这一带。那个峭壁很有特点，风景优美。按照如今丽水的旅游商业化程度，不会错过这种旅游资源的。我找到遂昌的文旅局，问了工作人员，人家一眼就认出这是茶园村旗山侠隐附近的千尺绝壁。据说那里是武术之乡，男女老少都会武术，加上照片里那位老人在打拳，百分百错不了。"

"你可真是个小机灵鬼啊。"我佩服得五体投地，在她的分析能力面前，我就是个白痴。

到了村口，陈怡风把边三轮停在一块牌子前，上面写着

"忠诚使命，求是挺进，植根人民"。

这时，我发现倒计时又一次静止了，不由松了口气，回头看向陈怡风，她头顶的数字也一样停在了"60578"。

这时，我注意到陈怡风也是神情一松，如释重负，脑子里灵光一闪，突然问道："你是不是也能看见那串数字？"

陈怡风一脸震惊："你也能看到？"

原来我们都觉得此事过于诡异，不敢轻易告诉他人。她发现自己有死亡倒计时后，骑着摩托车没头苍蝇一样乱跑，也是凑巧发现我头上同样有数字，靠近后还能静止，才跟我一起来遂昌。

职业敏感和女人的第六感，她感觉到三张照片和数字隐隐有所联系，结果也不出她所料。在妙高山，我一晕倒，数字归零。她同样也心跳停止，在意识丧失前的一刹那，手触碰到散落地上的照片时，倒计时又重新回到了"70000"，继续闪动。

于是，她带着我前来第二张照片所在的茶园村。村子烟砖墨瓦，炊烟从檐前飘过，汇入山村温和朦胧的山雾中。

茶园村大多数人都搬去城里，只有五十几个人留在村里。有民宿老板将茶园村改造为居民与来客混居的旅居生态村。因为背倚千尺绝壁旗山，加之村民有习武传统而侠风绵延不绝，取名为旗山侠隐。

前所未有的熟悉感，使得我一进村，就自然而然走向右侧一条野草葳蕤的草径。我带着陈怡风轻车熟路地前行、拐弯、攀爬。

这条少人行走的草径，是千百次行走的肌肉记忆，哪怕闭着眼，都能到达。

老房子和照片上一样，已经破败，泥墙剥脱，门锁锈蚀，我趴在窗上，看到屋内满是灰尘和蛛网，起码十几年没住人了。里面厅前挂着几张画像，我拿着背包里手电照进去，隐隐看见都是古人装扮，有武将，有清朝长袍，画像下依次写着名字：陈王廷、杨露禅、孙禄堂，都是太极宗师。

武术的回忆慢慢被唤醒，门前的院子泥地上，有不少浅坑。我眼前浮现出照片里那位老人站在泥地上打拳。原来这些都是练拳之后的印记。

我轻轻将脚放入浅坑，大小不差。我顺着浅坑方位走了几步，手便不由自主开始比画，进退之间，俨然是一套古朴的太极拳。

"看不出，你还会这么多花架子。"

"什么花架子，传统武术源于沙场，都是有实战意义的。难道国外动漫喊口号就有实战意义？就像这个……"我双手在胸前快速交错，做了火影忍者的结印手势"子丑寅卯"。

"一袋米扛几楼，一袋米扛二楼，一袋米我给多了，辛啦添水。"我模仿动漫，给陈怡风炫了一段夹生日语。

忽然晴天一声霹雳，震得我再次头晕目眩，耳鸣阵阵。

还没回过神来，老房子门"嘭"地撞开，门锁掉落，走出画像上一模一样装扮的武将。

头戴凤翅盔，身披鸳鸯战袍，上有山字纹盔甲，一手执戚家刀一手执盾，盾牌上是一个戚字。

武将戴鬼脸面具，浙江口音瓮声瓮气："逢戚不能活，杀倭。"

他身架压低，左手盾画个圆，护住身前，右手戚家刀斜引，指向我。

我惊讶，这又是哪一出，旗山侠隐出 cosplay（角色扮演）戚家军专场节目了？我分辩道："大哥，我不是倭寇。"

武将前冲，盾牌撞向我，势大力沉，一点不留手。我见他玩真的，潜藏的武术功底被激发出来，忙一个转身后蹬踢中盾牌，阻其来势，双手一抓，紧紧握住其右腕，想要空手夺白刃。武将手腕一抖，刀光闪过我双腕，血光乍现。戚家刀锐利，刀锋又砍向我脖颈。我避无可避，闭目等死。那士兵却如鬼怪一般，化成烟雾，拂过我身体，消散空中。我的双腕伤口迅速愈合。

我惊魂未定，想起刚才说的那句话：武术源于沙场，一招一式，定的都是生死。

家门中又走出一位老人，长袍束腰。看他面目，和厅上挂着的陈氏太极祖师陈王廷相似。

老人左手撩衣塞于背部腰带，右拳横举向后，目视左前方。我记起来了，这是"懒扎衣"。因古人着长服，此动作为临敌时随意撩衣应战，乃武艺高强，临敌不慌不忙之意。

他在等着自己挑战。

陈王廷口中吟着："纵放屈伸人莫知，诸靠缠绕我皆依"。说话间，已如鬼魅欺至我身前。

我大骇，连续出拳击向陈王廷面部。陈王廷头一让，双手一拍，我双肘便撞在一起，嘎嗒一声，关节脱臼。陈王廷摇摇头，嘴里念叨着："不懂留余劲，白练二十年。"

说着踱步回门内，消失在黑暗中。

门内又走出另一位相貌清癯的男子。

我看出来，这是偷拳的杨氏太极拳创始人杨露禅，"出手即见红，一响必成功"，在清末真刀真枪的京城武林打下杨无敌名号。从此，杨氏太极拳名扬天下。

他径直走过来，闪过我的高鞭腿，手在我裆下抹了一下，贴身靠，双掌一推髋部。我腾云驾雾般飞出八九米，杨露禅追上去，脚上金刚捣锤，我的髋骨传来破碎的声音以及剧痛。

一个拳种的所有声名，不是说学逗唱，都是靠血与骨的揉捏而来。

杨露禅走回门内。

门内最后走出来一个熟悉的身影，正是照片上那位老人，满目慈祥看着我。

我躺在地上，神志渐渐模糊，在最后昏睡前的一刻，脱口而出："爷爷。"

四

醒来，毫无意外，我又被绑在挎斗里。

醒来之前，我好像又做了很多支离破碎的梦。一闪而过的梦境中，我的四肢和骨盆，被那些武林高手击碎的关节处，长出了金属结构的支架。要是再打，断的可能就是他们的手脚了。

"陈怡风，开慢点。"我有点晕车，但声音被头盔阻隔，风声呼啸，她显然是没听见。边三轮行驶在狭窄的山间公路，每个拐弯她都长鸣笛，双手紧握把手，每个压弯都很果断，堪称教科书级别。

山区多弯，我坐在挎斗里，头甩得和蹦迪似的。

我尽量把头靠过去，大声喊了几声，但陈怡风明显赶时间，她能骑边三轮带我，已经很照顾我了。要是骑摩托车，她可能会用绳子把我绑在尾箱上，以古代犯人跪着等候问斩的姿势带我上路，把我当作身后一面旗帜。

我也看到我们两个人头顶的数字，变成"18000"，也就是只剩下五个小时了。

等她停下来，我感觉我都快把苦胆吐出来了。

"你也太赶了，能不能照顾下我的感受？"

"时间来不及。每次你一打雷就晕，晕了倒计时就走得更快。你咋不喊我？"

"我没喊吗？要不是后面我头盔装不下了，我高低得给你来首男高音。"

陈怡风一脸嫌弃看着我。

"对了，你不会把第三张照片都破译了吧。"

陈怡风点点头："我总有预感，第三张照片就是一切的关键。那个洞穴，我把照片发给专家看了，他们认为，从石质看，是蚀变硅化石英脉型，黄铁矿化很明显，含水量很高。洞壁开凿技术很古老，用的是烧爆法，就是火烧水浇，让岩石不断剥离开裂，但也有近代洗洞的痕迹。遂昌金矿有过明代金窟被水库淹没，经过爆破泄洪才重见天日的历史。这洞穴也可能是某一个被水淹没的唐代金窟。"

我插了一句："什么叫洗洞？"

"洗洞就是把废弃矿洞再洗一遍，民间有金矿价值千万，'洗洞之后翻一番'的说法。"

"我们两个外行，又不是地质队的，就五个小时，怎么可能找得到水面下的金窟？"

陈怡风掏出照片："专家说了，照片背后这两组数字，其实是经纬度，已经精确到十米的级别。所以，洞穴就在这里。"

她一指前方，正是水潭，一只大鹅被她吓得挥翅膀就跑。

我思来想去："这太危险了。我们也不确定这和倒计时有没有关系。也许是在浪费最后的时间。"

陈怡风意味深长："渔夫在出海前，是不知道鱼在哪里的。可他们还是选择了出发，因为他们相信，自己一定会满载而归。人生很多时候，是因为选择才有了机会，相信了才有可能。我相信，我们到了那里，就一定能找到一切的答案。"

我迟疑一会："行吧，听你的。陈怡风，我觉得你不做电信诈骗可惜了。"

"滚。我是警察。"

"好咧。"

换上陈怡风准备的潜水服氧气瓶，根据定位，果然在水面之下三米，找到入口。从隧道口进去，潜了十米，就露出水面，前方隧道伸手不见五指，不知道有什么。

打开手电，看见隧道果然和照片里相似。一人多高，仅能容两人并行。前方风声很大，像是地底有人吹出尖厉的口哨声。应该有流动空气，并与其他矿坑相通。

一直往前走，粉尘和洞穴湿重的空气包裹了我们。往前又走了几百米，终于到了洞穴尽头，是一个几十平方米的石室。

这时，我感觉眼前凉飕飕的，一股温润感觉拂过眼皮。等反应过来，才发现那个死亡倒计时，果然消失了。

"没了没了。"我欣喜若狂，扭头看陈怡风，却看见她盯着洞壁出神。

我手电照过去，却看到十几个骷髅被铁链吊在墙上，石室中间还有一团绿色的磷光，说不出地恐怖。仔细一看，磷光下方，是一堆脚掌骨头。另一边，是横七竖八的十几具阴干的尸体，头全都歪着，像是被拧断的，衣着是1990年代风格，有中山装、牛仔衣、迷彩服。有些尸体没有完全腐烂，尸体上无一例外都有一层金色薄膜一样的东西，就像保鲜膜一样紧紧包在他们身上，不时有几只尸虫从尸体里爬出来。

陈怡风叹口气："你听说过草鞋换粥的故事吗？"

我留存的记忆里，蹦出这个传说，相传在唐上元年间，遂昌金窟以矿石品位奇高、黄金质量上佳而声名远扬。一位李姓商人在此修建了一间茶楼，免费向挑矿的矿夫和采矿的徭役提供米粥和草鞋，条件是回收他们脚上的破旧草鞋。李姓商人用廉价的粥和新草鞋来换取矿工的旧草鞋，为的是换取黏附在旧草鞋里的金银矿沫，由此发了财。

"那故事和这些人有什么关系？"

"现实哪有这么美好，肯定是官府发现了秘密，就把商人抄家，把参与换粥的矿工的脚都给砍下来，吊在这里警示他人。"

我听得毛骨悚然："那对面这些人呢？"

"这些是第三张照片上的人，他们就是洗洞的，想再赚一笔，没想到不知为什么丢了性命。"

我头皮发麻："我们俩没倒计时了，抓紧时间回去吧，不要添什么意外。"

陈怡风点点头，开始往回走。

才没走几步，我忽然感觉脖子一凉，前跃一步，一扭头，看见墙上那些骷髅，已经移动到我们身后，因为没有脚掌，直挺挺跪着，动作定格，其中一具举着双手，正是它的手骨触碰到我的脖子，要不是背包里工兵铲挡了一下，搞不好我已经和那些洗洞的一样了。

我魂飞魄散，忙拉着陈怡风就往前跑。

跑几步路一回头，那些骷髅都悄无声息定在身后，每一双手都差之毫厘地停留在我们脖子处。

"是傀。只有盯着他们眼睛的时候，他们才会静止。要是不盯着，他们就会飞速移动到我们身后，扭断我们脖子。"

我冷汗淋漓，哪里见过这种场面，忙说："你先走，我盯着他们。"

隧道狭窄，手电照射下，我的目光还可以使傀静止。但在手电和目光未及之处，我能感觉到其他傀在黑暗中伺机而动。

汗水浸湿手里的手电，我倒退而走，到了尽头。

陈怡风换好潜水服："我来盯住他们，换你穿潜水服。"

隧道风声愈急，远处如口哨的声音越发尖厉，夹杂着类似于野兽的嘶吼。不一会，声音已至身前，正是那些洗洞的尸体，撞开那些骷髅，张着大嘴向我们咬来。

"丧尸啊。"真是福无双至祸不单行。我挥舞着工兵铲，把他们击退，但架不住他们前赴后继扑来。

我抽冷子往后飞起一腿，将陈怡风踢下水："走。我们俩好歹得活一个。"

陈怡风在水里:"一起走。好不容易活到现在,不能就这么放弃。"

我一边阻挡这群丧尸和傻,一边说:"陈怡风你知道吗?虽然我还是失忆,但我肯定在几百年前就认识你,甚至还爱过你。"

陈怡风带着哭腔:"快下水,我们一起用氧气瓶。"

"来不及了。"我惨笑着,举起左手,上面是一个齿痕。

陈怡风一声痛哭,无奈下潜。

我瞥见她消失在水面下,心下一松,又挥起一铲,击飞一个丧尸。

"丧尸大哥,你说你们凑什么热闹,我俩正煽情呢。别咬脸,我这人好面,要脸。别别别,下面,下面也不能咬。"

一阵阵撕咬血肉的声音。

五

醒来,还没睁眼,耳边传来陈怡风的声音。

"叶怀夏对陈怡风说:'总有人间一两风,填我十万八千梦。和你在一起的这段时间,我没有遗憾了。'"这语调,似乎是在朗读文章。

"好了,这本书你写到这里就停更了。希望你早点醒过来,继续写下去。不知道有多少读者在留言骂你,问你是不是进ICU了。"

我想睁眼,但眼皮无比沉重。此时,我感觉到一点温润在我唇边一闪而过，鼻尖也传来一丝女生的香气。接着听到椅子推移，走出房间的脚步声。

费力许久，我睁开双眼，眼前是一间病房，很多仪器线路连接在我身上，而我的躯体，正如之前梦里一样，满是机械外骨骼。

所有的记忆瞬间涌入，重新回到我脑海里。一切梦境都与我关联。

我叫叶怀夏，是个网络小说作者。十八岁就离开遂昌在外读书、打工、写作。

开头车祸中去世的中年男女，是我的父母。他们是在我考上大学那个暑假，出车祸去世的。

背包是我离开家乡远行的装备，那三张照片，便是父母留给我的遗物。

第一张，是他俩在妙高山顶，给我拍的家乡留影。山下的南街，有我家在县城的房子，我在那生活了十几年，可惜如今拆迁了。

第二张，是我去大学前给爷爷拍的最后一张打拳照片。我六岁之前，跟爷爷在茶园村长大。但他也在我十八岁那年去世。

第三张，是我在父亲工作的遂昌金矿拍的，前方是我父亲和他的工友们。那幽深的隧道，阴凉的风，常引发我无尽恐怖的想象。

十八岁离开之后，我就再也没有回过遂昌。我没有父母和亲人，四海为家。我成为网络写手，写各种网络小说为生，玄幻、科幻、军事、历史、情感，有十部完本作品，也有很多粉丝。

可命运并没有手下留情。一年前，我的双手开始无力，刚开始还以为写小说写累了，停更几周后却没有丝毫好转，辗转多处医院，最终被确诊为渐冻症。

我的病情进展比一般人快太多了，霍金得了渐冻症生存了几十年。而我先是手无力，接着不能行走，进而无法吃饭、排泄、说话，半年后连呼吸的肌肉都丧失力气，终日靠呼吸机维持，陷入漫长的昏迷。

少年时候，我常常想浪迹天涯。那个背包，是我想去世界各地野营的装备。如今，故乡成了我再也回不去的天涯。

此时，我贪婪地看着周围，这是昏迷后我第一次完整看这个世界。不对，也许在梦境中，我也曾睁开眼睛两次，一次是一群医生抢救我，一次是四肢和骨盆上装配上金属支架，就是身上的这些。

我尝试着用意念去指挥我的手。

有个机械声音在脑子里响起："叶先生您好，请问您是否需要开启脑机接口，驱动身体？"

"谁，你是谁？"

"我是您的脑机接口 AI，您可以叫我小朋。"

我思索一会，重新控制身体的想法战胜一切顾虑："小朋，开启脑机接口，驱动身体。"

我的手，离开床面，在外骨骼的驱动下，抬到了我的面前。

"请问您是否需要查阅昏迷后的所有病历资料，以及病房内的监控画面。"

"可以。"

所有信息在我眼前投射，一幅幅画面闪过。

昏迷之后，相恋半年的女友没日没夜地守在我身边，擦拭身体，按摩手脚。

为了让我苏醒，在呼唤我名字一万遍后，她开始在我耳边，朗读我写过的那些小说。玄幻的、修真的、二次元的、武侠的、盗墓的、丧尸末日的，把里面男主人公和女主人公的名字换成了我们两个人。

她的父母来病房闹过几次，劝她重新开始自己的生活。我知道他们不是坏人。她父亲在我床边，对她说，如果我能动，哪怕是一天只能说一句话，喊一声疼，他都于心不忍。但现在这情况，只会搭上她的一辈子。

她从不回答，低头伏在床边，用被疲累与失望掏空了表情的脸，凑近我，凑近一堆毫无反应的死肉。

"如果你一直醒不过来了，可不可以在梦里，慢点忘记我。"

后来，她联系上一个叫"命运反叛者"的团队，这是由技术专家、设计师、医生组成的顶级科技团队。他们将以我为实验样品，用 AI、神经文本合成语音、动画投影、语言预测技术、自动驾驶轮椅、脑机接口与外骨骼技术，将我打造成一个赛博格（半机械人）。

"从手术开始起的三十个小时，是最危险的时候。如果叶先生能够熬过去，他将获得新生。如果失败，他将彻底死亡。"专家说。

"三十个小时，一千八百分钟，十万八千秒。"女友喃喃自语，"阿夏，我们一起，活过这十万八千秒吧。"

死亡倒计时闪烁。实验刚开始并不顺利，我的心跳曾停止过，但幸好被医学专家抢救回来。

外骨骼的安装，需要将支架打进我的骨骼以获得支撑力。梦里我被历代武学宗师狂虐四肢与骨盆，现实中医生们给我装配钛合金骨骼。

一次次的局部感染，褥疮，排斥反应，也成为梦中傀与丧尸在我身上撕咬的感觉。

一切都没有白费，我对小朋发出一个个指令，终于我笨拙地从病床上起身，站立在房间之中。

身后门开了，我回头，看见了陈怡风。

她看见了我，微笑着："我又眼花了。多少次了，我隔几天就会看见你站起来，看着我。我每次想抱你，你就消失了。"

我看着她的眼神，是经历一次次惊喜幻觉之后的失望而磨炼出来的淡然。

"陈怡风，我肯定在几百年前就说过爱你。"神经文本介入语音系统，喉咙扩音器发出的声音和我原本口音极其接近。

陈怡风呆住了，怔怔地看着我。

"好久不见。不对，在梦里，在十万八千秒里，你无时无刻不在与我同行。你知道吗？在梦里，我带着你去了我的家乡，我把我家乡遂昌最好的风景都送给你了。在梦里，我把你带到我的父母和爷爷面前，把你介绍给我所有的亲人。"

陈怡风整个人慢慢软下来，瘫坐在地上，眼泪流下来，嘴角却是笑着的。

"刚才听见你说总有人间一两风，填我十万八千梦。但是，我想说纵有十万八千梦，不及人间一两风。怡风，我想带你回遂昌，回到我的故乡，我还有好多好多的地方想带你去看，还有好多好多的故事想讲给你听。"我笨拙地蹲下身子，轻轻抱着她。

也许几年后，作为人类的叶怀夏终将会死去，但未来的我将以赛博格电子人的身份一直活下去。

上 学 去

作为父亲，我从未谋面的江云伟到我家第三天，就又把自己送进了看守所。

一

1993 年小学毕业的暑假，我十三岁。

傍晚回家时，天阴了一半，门半掩着，灯没开。推开门，幽暗中，母亲坐在木板床上。我叫了她一声，她没应。我顺手开了灯，幽暗中轰然炸出一摊暗黄，像平静温热的平底锅突然摊开了蛋液。

角落忽然传来一个声音："你就是招娣吧。"声音有些刺耳和生硬，像掺杂在温糯的米饭里突然被咬到的石子。

我吓了一跳，才看见那蹲坐着一个黑黝黝的人，身边丢着个大大的尼龙编织袋。那人站起来，一身旧迷彩汗衫，表情神秘地看了我一眼，目光缓缓移到我头顶，说："回来啦，长这么高了。"

他张开双臂，朝我迈步过来。我往后退了一步。母亲喊了声："你别碰她。"他收回手，讪讪笑着。

母亲给我五毛钱，让我去街头馄饨摊吃馄饨。我们租住的老屋从未进过男人，担心母亲，加上好奇，我躲在门外，偷听他们说话。我在门外悬着心脏，里面已争吵起来。听语气，他们在我进门之前已经吵了一段时间了。

母亲一句话还没说完整，先哭得喘不上气了。说话声音低一阵高一阵，听得断断续续。我从没见过母亲吵架，也极少见到母亲哭。

男人说今年总算打听到我们在哪，大老远跑来，就是想一家团聚。母亲说："谁和你一家，在你和你爸妈做出那种事情后，早一刀两断了。"男人说："快十年了，我一直想着孩子。你就不肯原谅我吗？"母亲说："那种事情，哪个当妈的能原谅。"说着说着，又哭起来。

男人哄着母亲，最后说："孩子总要个爸，不然在学校里会受欺负。你放心，我一定会好好把她养大。"

母亲咬牙切齿，一字一顿从牙缝里蹦出："你要是对孩子不好，我不会放过你。还有，你不要叫她招娣，她叫江辞云，一辈子都叫江辞云。"

我叫江辞云，不叫江招娣。这名字是我上小学第一天，班主任李陵老师帮我改的，说那名字不好听，每叫一声，都有一股旧时代散发的裹脚布味。辞云，是他从中国最厉害的诗人写的一首诗里，选出来的。

入夜时，下过一场雷阵雨，不一会便转晴，但太阳早躲进远山，照不进屋里。天黑了，屋顶仍满是水渍。屋里很小，母亲还是在木板床上、角落各放了几个搪瓷脸盆接着屋顶漏下来的雨水。漏的雨水滴落在脸盆里，滴滴答答，此起彼伏。

我们在老街没有自己的家，是租在一个大宅子隔出来的一间。这大宅子快有一百年了，屋顶瓦片风化，被风雨刮歪，被野猫踏破。房东不舍得修，雨稍微大点屋里就到处漏雨。雨水滴落在铁盆里，雨水气息将屋里各种气味统合，形成复杂的潮湿。

床确实太小了，尤其当它上面躺了三个人的时候，有个脸盆还摆在床中间接雨水。三个人只能横着躺，他们两个大人，把脚架在床边的椅子上。天气热，不需要被子，唯一的台式风扇，铁扇叶用标志性的"嗡嗡"声响着，不至于太闷。

我睡在床头，母亲睡在中间，江云伟睡在床尾。

我平时都靠墙里睡的，母亲说我睡觉不老实，会撇开腿脚，在床上滚来滚去，常常半夜掉到床底下。只能靠着墙，即便如此，我偶尔还是会趁母亲睡熟了，翻过她的身子，掉到下面。

我梦里觉得自己突然掉进水里，会大叫，嘴一张，会有水漫进嘴里，不能呼吸。我害怕极了，大哭，母亲从床上伸出胳膊抱起我，小声说："地上有个可爱的小宝贝，有人想要吗?"我会迷迷糊糊回答："我想要我想要。"然后我们继续相拥着睡去。

半夜，江云伟下床，把睡熟的我——他以为我睡熟了，其实我一直在黑暗里眯眼看着他们——抱到地铺上。他用编织袋里衣服铺成的地铺。母亲坐起身，挥舞着手臂阻止，但没什么用。她也怕吵醒我，憋住了声音。

我躺在地上，心里想着，地上有个可爱的小宝贝，有人想要吗？

银白色月光清冷，从屋里唯一的窗照下来，照在江云伟背上，他光着黑黝黝的身子，匍匐在母亲的身子上。这场景让我觉得恐怖，又不敢叫，忙闭上眼睛。过一会，也睡着了。

第二天早上，我照例被母亲叫起，是躺在床上的。母亲脸上看不出高兴还是伤心，叫起我之后，忙着炸油条，旁边的江云伟在和面。

母亲靠炸油条和灯盏盘为生。我抱着她的时候，不但能闻到她短发里的油味，用手挤的话，甚至能挤出油花来。我和她一起洗澡，看到她脖子胸口满是被油溅出来的红点，像天上星星一样多，有暗暗的褐色，有嫩嫩的红色。我做过好几次梦，梦见母亲变成油壶，头发垂下来，油顺着头发滴到油锅里，白色面团炸出金黄和膨大，母亲却变得黄黄瘦瘦的。

刚出锅的油条松软滚烫，用塑料袋装会烫坏，吃起来有塑料味，用报纸或者牛皮纸又会渗油。住得近的街坊都是用长筷子来串，一根根粗大的油条串在筷子上，不烫手，还方便。

有人问母亲："这男人是谁？"

母亲不说话，只是用更长的长筷子拨弄油锅里的油条。江云伟自顾自答道："她男人。"母亲狠狠拿长筷子在他手背上敲了一下，烫得他龇牙咧嘴。

我不太想待在家里，出门去新华书店看书。路上，看到墙上新贴上的海报。上面有一头狮子，鬃毛茂盛，正作势欲扑。还有空中飞人、吞剑、狗熊跳火圈。

有狮子的马戏团并不稀奇，吸引我的，是在狮子扑去的方向，有个花瓶，花瓶口上有个少女脑袋，边上写着："花瓶少女，世界奇观，首次来到松阳，身高 45 厘米，没胳膊没腿，能说话会唱歌，能回答各种问题。你想欣赏她神奇的魅力吗？你想探索她背后隐藏怎样的奥妙吗？欢迎光临，莫失良机，随到随看。"下面用黑体写着"展演地点：独山大桥旁边空地，上海大马戏，精彩节目，不见不散，票价贰元"。

我很早就听过花瓶少女的故事，说这种长在花瓶中的姑娘从小服用一种特殊的药物，导致她们的骨骼松软，可以放入花瓶中。她们没有双手双腿，但却可以唱歌答题。

有的父母会说如果女孩子不听话，也会被卖进这种马戏团，变成花瓶姑娘。这着实成了一些女生的童年阴影。

这张海报漂亮极了，我盯着它看了很长时间。四处张望了一下，没有人，朝着它边缘哈气，小心翼翼将它从墙上揭下来。我把画卷起来，像藏起一件艺术品。

我喜欢画画，最喜欢临摹一些稀奇的东西。这张海报提供给我好几种画动物的素材。

我无意识地往前走，走了一会，才发现到了独山大桥。一座巨型蒙古包立在那里，旁边立着个纸牌，是花瓶姑娘的样子。马戏团是拿她当招牌的。

门口女售票员看到我，卖力介绍着丰富节目，还喊着："两块钱你买不了吃亏，两块钱你买不了上当。"

有孩子拉着大人往蒙古包里走，门帘掀起的一会工夫，我确实看到舞台中间有个花瓶，花瓶上立着一个和海报上一模一样的女孩脑袋，一个小丑模样的人拿着话筒对着她，可惜太远，听不见她说什么，门帘盖上了。

我绕过售票桌，来到蒙古包后面，只听到里面隐约传出的音乐，没有什么窗或破洞能让人瞄到什么。有工作人员过来，挥手让我离远点。

接下来一整天，我像着了魔一样，满脑子都在想那个上海马戏团，和被装在花瓶里的可怜姑娘。

二

回到家，母亲还没回来。江云伟在门口调整一根竹杈，上面绑着一个电视卫星锅。他看到我回来，嚷着："招娣帮我看看电视清楚不清楚。"

我不应他，径直进门，家里满地狼藉，烟头、瓜子壳、纸盒子、包装袋凌乱地放在油壶和面粉袋的空隙里。

狭小的房间里多了第三件电器，一台彩色电视机。家里第一件电器是台灯，第二件是电风扇。床上方的墙上钉了块木板，第三件电器摆在木板上面，屏幕亮着，画面时而清晰时而模糊，不时跳出一大片雪花点。

直到我看到赵雅芝扮演的白娘子正在雷峰塔下，外面她儿子许仕林跪在地上哭。

我不由自主叫了一声："有了。"

江云伟固定好竹杈，走进来，坐在木板床边看电视。他把折叠桌放床头，摆好花生瓜子，自斟自饮。还递给我一小袋花生酥奶糖，以及桃酥饼干。

我吃着糖，一起看着电视，心里忽然有种希冀已久的感觉在滋长。有些高兴，有些难过，高兴可能是因为不会再有人说我没有爸爸，难过的是我好像更喜欢那些只有妈妈的日子。

我回头看了一眼江云伟，他察觉到我在偷偷看他，回给我一个笑容。这个笑容让我感觉到一丝暖意，似乎心目中曾幻想过父亲的形象，正慢慢和眼前这个男人叠加。

直到放《新闻联播》，母亲才回来，肩上扛两壶油。她一眼看到了电视，惊诧说："你买的？"

江云伟点点头，邀功似的说："金星牌彩电，全新的要一千二，我六百块钱买来的。"

母亲说："你哪来的钱？"

他慢慢悠悠起身，指了指身后的枕头。母亲瞪大了眼睛，愣了一会。与此同时，那台金星牌彩电屏幕闪了几闪，突然黑了，没了声音没了画面。

江云伟嘟囔着，上去拍了拍电视机机盒，却毫无反应。

母亲嘶吼着扑上去抓江云伟的头发："那是女儿的学费。"

江云伟争辩道："女儿也想看电视，再说女孩子早晚要嫁人，读那么多书干吗？留着钱，我们再养个儿子。"

他力气大，捏住母亲手腕，等她没力气才放开。

他掰着手指，给她算账。油条三毛钱一根和灯盏盘五毛钱两个，一天能卖十几块。来老街快十年了，算起来，母亲手里起码有八千块。不过六百块钱买台电视，又能怎么样。

他算进账不算成本，母女两人开销和物价变化一点没考虑。母亲足足愣了五分钟，爆发出力气把江云伟从床上拽起来，揉出门外。江云伟在外面拍门，母亲抵住门板，流着泪不停摇头。

江云伟在门外求着："钱你不用操心，我今天在路上看到工地招人，赚点钱很容易。"

母亲很久不肯开门，但江云伟扯着嗓子开始嚷了，一遍一遍喊着母亲名字，街坊三三两两聚集过来。母亲怕丢人，最后还是松了门锁。

第二天江云伟算是如他所言，真去工地找活了。

如今物价飞涨，有单位的可以加工资，但做小生意的就难了。母亲给油条涨个一毛，都得给客人赔好几天笑脸。

老街的孩子很早就知道，钱从来不是小事。老街是一点事能从街头吵到街尾的地方，晒在外面丢了的霉干菜、必须配钥匙的户外水龙头、摆在外面会丢失气门芯的自行车，总之钱的数额决定骂街的烈度。

我们上初一，校服文具开销不小。听李老师说，有女同学要辍学。他骑自行车两个小时到乡下去劝家长，却看到那个女生母亲是小儿麻痹症，瘸着条腿，父亲瘫在床上，弓着腰拄着拐杖的奶奶在给父亲擦屁股。有些话他就说不出来了，只能低着头掏自己口袋。临走时候他回头，看到四双木然迟钝的眼睛。

我把不用的书和作业本打捆，去卖给车站边上的废品站换钱。

废品站很大，仓库顶比我们小学的大礼堂还要高还要大，里面堆着各种各样的废品。书本、塑料、玻璃酒瓶、旧衣服、废铜烂铁，连晒干的橘皮都有。这些庞杂的物体即便在这么大的仓库里，也因为空气不流通，发酵出比我家屋子更难闻的气味。

我那捆书过了秤，换了一块七毛钱。收废品的师傅努努嘴巴，示意我把书本放到仓库里面去。我一脚轻一脚重地在废铜烂铁里跋涉，小心翼翼地绕过纸堆和瓶堆，仿佛森林里穿行的谨慎小动物。

仓库堆旧书报的区域已经摞到半墙高了，快接近上面的通风孔了。我有些舍不得把书放上去，但确实用不上了，屋子里也放不了。

我没有想到几天之后，我会在这个地方独自度过很多个黑夜。

出了收购站，我去找同学玩，路上看到太平坊路变成了彩票广场。

太平坊路边，飘着不少彩色旗子，有的写着"2元+运气=桑塔纳"，有的写着"社会福利有奖募捐委员会"，有的写着"把握中奖机遇，享受发财欢乐"，有的写着"博彩中彩，潇洒自在"，大大的红色充气拱门横跨整条大街，上面贴着大大的"祝君中奖"。

彩票有两种。一种正面刮开一串数字，特等奖是一辆桑塔纳轿车，一等奖是摩托车，二等奖是长虹彩电；还有一种看背面刮开的动物图案数量，奖品很"生活"，三只蝴蝶兑换一辆安琪儿自行车，三只鸡兑换牙刷。

整条大街人潮汹涌，奖品成堆，保安左右护卫。主持人拿着话筒，叫中奖的人上主席台，站在奖品边上，多此一举问他们开心不开心。他声嘶力竭地说大奖还未揭晓，乡亲们都还有机会，中奖率高达百分之五十。广播喇叭里一遍一遍念着中奖人的信息：有人中了彩电，有人中了自行车，有人中了日用品，这样的广播鞭策着人群一浪接一浪往摊位上涌去。有人手握一张彩票欣喜若狂，几乎要把好消息告知天下所有人。还有的人垂头丧气，这已经不知道是他多少次失败了。还有的人早已赌红了眼，无论如何都要买下去。

地上覆盖着厚厚一层红色彩票，整条马路像一场战争后的血泊。有些穿白汗衫摇扇子的人，抱侥幸心理地在地上捡起掉落的彩票，把它们举高，盯着上面图案，对比着摊位上的奖励规则，数着"一只蝴蝶，两只蝴蝶，一只鸡"，然后随手抛下，又被另一个掏空了钱包的闲人捡起，重复又一次无聊的比对。

直到天快黑了，特等奖那辆桑塔纳和一等奖长虹彩电依旧立在主席台前。

我看到江云伟的影子在人群中一闪而过，心想，他不是去工地干活了吗？

这几天母亲都冷着脸，不和他说话。我自然也不说。说来也奇怪，我知道他是我的父亲，但爸爸两个字就是说不出口，感觉上也好像他和我是没有太大关系的人。

从彩票广场回家，家门口围了很多人。

有几个戴大檐帽的公安在屋里，边和母亲说话，边记录什么。

母亲脸色苍白，说话时候嘴唇都在抖。

江云伟去工地干活，刚开始还算规矩。今天他在二楼砌砖，手一滑，砖头掉下来，砸中工友脑袋。工友掸掸头皮的砖末，也没喊痛。工头给江云伟五百块钱，让他带着工友去医院看看。

他搀着工友，路过太平坊路彩票广场，听着主持人的吆喝，走不动道了。他去药店给工友买了藿香正气水，喂工友喝了，问好点了没。工友没说什么，就说犯困，想睡觉。江云伟把他往树荫下一放，拿着那五百块钱买彩票去了。等到别人发现树荫下这人一直躺着不动，才晓得他断气了。

大檐帽说，这叫过失致人死亡罪。那工友上有老下有小，一个男孩一个女孩，都不满十岁。家属闹到公安局，不肯善罢甘休。工头给过五百块，也交代了人送医院，把自己摘得干干净净。

江云伟这一瓶藿香正气水，要三年以上有期徒刑，和两万块钱起步的赔偿，才能抵消。两万块，值母亲不吃不喝炸几十年油条，值我读完中学读完大学。

赔得多，能少判点。

大檐帽说江云伟不让多赔，愿意坐牢，说反正不是第一次，三年包吃包住，还给家里减少负担。他当即被送去了看守所，公安陪着工友那方的代表，过来谈钱怎么给。那家人原也指着工地干活过日子，如今顶梁柱没了，有些钱必须得先给，具体数额等法院判了，再补上。

我听了好一会，母亲才发现我在了，忙问我吃了没。我说没有。她让我在家先吃饭，和大檐帽绕到东家的宅子里，继续讨价还价。

我一个人在家，吃完饭，等了很久，将近十二点，母亲才回来。她看到我，挤出笑容说，没事了，都解决了。

母亲接下来几天，早上没有叫我起床，晚上也回来得愈发晚了，擦擦身子后倒头就睡。我问她去哪了，她说去车站边上的厂子里打零工，最近有个装圆珠笔的来料加工。我说我也要去，可以帮忙多装点，起码装出上初中需要用的圆珠笔。她不肯，说厂里不让带小孩，只让我去图书馆好好看书。

每到晚上，她迟钝地爬上木板床，身子骨时不时发出噼啪的声音，像是熬干了油的骨头在劈裂，也像年久失修又不堪重负的机器发出的异响。

我把脸贴到她胸前，鼻子正好冲着她的头发。她身上有一股我似乎闻到过的怪味，这怪味如此有特色，香皂味都盖不住，我可以确定这不是老街周围以及来料工厂会有的气味，但我一时想不起来了。

我闭着眼，抓过一缕她的头发，放在鼻子上，她的头发上混合着香皂和肌肤的味道，残留油烟的味道。我只要捕捉到这股味道，就要贪婪地把它吸进鼻子，随即会轻盈地进入梦乡。

这两天的深夜，天气烦热，我被野猫的声音吵醒。我仔细听了，忽然意识到，发出这个声音的不是野猫，而是母亲。我在黑暗中睁开双眼。此刻，她正把头闷在枕头下面哭泣，身子和垂死动物一样挣扎颤抖。这个发现让我有些后背发凉。我想抱住她，但又不确定她是不是做噩梦了，怕会把她弄醒。

老街有个说法，做噩梦的人不能叫醒，不然梦里的厄运会在现实中发生，难以逃避。还好，她闷着声音哭了一会，把头从枕头下伸出来，开始均匀呼吸。

再后来几天的深夜，她不再闷着枕头哭，却改为发出沉重的鼾声。她眉目紧蹙，嘴巴大张，有节奏地往外吹气。我从没想过如此瘦弱的人，会发出这么大的鼾声。

我把手臂伸进她脖子下面，把她的脑袋托高，她没醒，但嘴巴闭上，鼾声低了。我一直把手放在她脑袋下面，舍不得抽出来，时间久手臂麻了，但我不在乎。

她这几天太累，晕倒好几次，听邻居说早上炸油条时差点一头栽进油锅，邻居让她去医院，她不肯，总说会自己好的。

八月十日早上八点，我睁开眼，惊异地发现母亲还睡着，没有起床炸油条，没有鼾声，脸色难看。我小心翼翼抽出手臂，还好她没醒。她太累了，让她多躺一会吧。

我活动活动麻木的手臂，洗漱好，打开门。门口有几个街坊看到我，问母亲今天怎么不炸油条。我说她身体不舒服，太累了，歇一天。街坊嘴里嘀咕："稀奇事，这么多年从没见你妈早上不出摊。"

我背上书包，轻轻带上门，门关上的那一刻，看见母亲的脸上停了一只苍蝇，想想，没有去赶，很缓慢地将门锁上了。

三

那个夏天，白天比以往要长很多。

我不再去找别的同学一起玩。我背着书包四处走，路过车站边上那家来料工厂，发现大门紧闭。门口贴着告示，说近期没有来料，打零工的人请回。落款时间是上个月中旬。

来料工厂没几步路，我又一次路过废品站。我想到上回卖旧书，换回的一块七毛钱还在书包里，不由得松了一口气。

我走着走着，路过老街的一家面馆。门口张贴着快褪成白色的红纸，黑色毛笔字从上到下分别写着酒糟大肠面、霉干菜蛋面、大排面、牛肉面、素面等等，每种面后面价格都被划去，改成了新的价格。

店里食客攘攘，呼噜呼噜吃面。师傅屁股坐在长木棍上，荡秋千一样擀面。柴火灶上锅盖一掀开，一团白色的雾气笼罩在店里，让面馆看起来像《西游记》里的蟠桃会一样，里面都是享用蟠桃的神仙。白雾像起舞的仙女，舞动长长白纱，拂向我的面庞。

我吸了吸鼻子，走到老街尽头，在一家包子店花两毛钱买了个白面馒头。过了早饭饭点的馒头，又硬又干，还没有馅。我无师自通发明了馒头的三种吃法：把馒头掰成三份，三分之一蘸点酱油，能吃出面馆里酱油肉的味道；三分之一蘸醋，这可以多蘸一点，能吃出小馄饨的味道；最后三分之一，蘸白糖慢慢嚼，嚼久了，能嚼出太阳般的味道，温暖、柔和、很甜，那是我第一天上小学时母亲做的蛋花糖霜粥。这让我有点鼻子酸了。

我很庆幸我是女孩子，一两个馒头便可以撑过一整天。

我把剩下的一块五毛钱放回书包内袋，心下有了主意。

我走出老街，沿太平坊路往城西走。城西有政府机关单位，有医院，有学校，有职工和有钱人最多的小区。

今天周日，环卫处的车子不上班。随着太阳推移，城西垃圾箱会有许多饮料瓶、塑料、纸板等等东西长出来，运气好的话，还能在单位门卫室门口长出几沓旧报纸。和其他地方比起来，不但东西多，而且干净。我顺着它们按时间线索冒头的方向行走，像太平洋追逐银鱼的小鲨鱼。

"捕猎"到四点，我拿着两袋收成就走，废品站的人四点半就下班了。

收废品的师傅翻了翻袋子，分种类过秤，给了我两毛钱，照例努努嘴巴示意我自己拿到仓库内的相应分区。

仓库里的废品比上次来卖书本的时候更多了，各种东西如远山凛凛，相互遮掩，看不见深处。天气炎热，气味发酵，比之前难闻百倍，极有特色。我一下子联想到了，前两天，母亲身上那股香皂都遮盖不住的气味。

我又去吃了个馒头，没有蘸任何东西，却奇异地感觉到嘴角有点咸。

我待在饭店，跟着老板看《新闻联播》。

看完新闻联播，天黑了，但月亮很亮。我晃晃悠悠在老街走，月亮跟着我走。石板路上，银白色月光画出了我的影子，直着走，影子在我前面，拐个弯，月光在黄泥墙上画出了又一个我。影子小小一个，身子瘦长，很容易挤进墙缝。

我还是走回了废品站，这里早没人了。我从铁栅门缝隙中，轻而易举挤进去。

白天时，我便注意到仓库外放着竹梯。我把它扛到仓库外墙，架好，爬上去，钻进了墙上那个通风口，落在那堆纸堆上。通风口离纸堆不过一米多，就算我头朝下掉落，也不会摔伤。

我闻着那股熟悉的难闻气味，奇异地有了安全感。

月光到了后半夜愈发盛大起来，周围却已是阒寂无声，好像整个世界里出没的都是冷冷的月光，我有些理解为什么书上管月亮叫广寒宫。

月光投进通风窗，那是我进来的通道。堆成山的旧纸张反射着刺骨的银光。

我想象我不是在废品站的仓库，周围不是堆积如山的废品，而是高耸至仓库屋顶的书架，上面堆满了我这辈子也读不完的书。

仓库里并非只有我一个生物，窸窸窣窣的声音时不时在周围作响，应该是老鼠们在生孩子。我去衣服区，翻出了一件旧牛仔衣，把它套在头上，用衣袖打好结，寄希望于牛仔衣的坚韧保护我的鼻子耳朵不会在睡眠中被老鼠咬掉。我把瘦小的身体钻入纸堆中，和躲入洞穴的老鼠一样，把纸堆弄得蓬松，这样不易被人发现，也能让老鼠接近时，不得不发出和纸张摩擦的声音，给我提供预警。

一切准备就绪，我像远古人类为了躲避野兽袭击，构木为巢，在树屋上，一半睡眠一半警惕。

夜晚，我一个人看着废品站仓库里的万物渐渐沉入黑暗，又一个人看着它们从巨大的黑暗中慢慢浮出来。那感觉，就像一个人守着一个浩瀚孤寂的宇宙。

天渐渐亮了，我沿着原路，爬回通风口，爬下竹梯，趁还没人上班，将竹梯放回原处。

废品站的厕所反而是废品站气味最淡的地方。公家单位，水龙头也不用上锁。我拧开水龙头，洗把脸，水流如瀑布，一只手揉搓另一只手，像成年后洄游到出生地的鱼类。

最初的焦虑在昨夜的斗转星移中渐渐消失，我回头打量巨大的废品站，会觉得，好像捡到一个可以栖身的秘境，但绝不能告诉他人。

我背好书包，里面满满当当放着昨晚找到的东西。一个缺了口的小锅，一个小碗。原本是废品，只是借用，会还回去的，不算偷吧。

我自欺欺人地想。

照例去那家包子店买个馒头，但老板在我过去后，鼻子抽了抽，有些嫌恶地皱起眉头，嘀咕哪里来的怪味。我拿着馒头，离开包子店边走边吃，不再尝试那三种馒头的新吃法。

四

今天周一，环卫处凌晨四五点就上班了，一天两趟横扫。城西垃圾箱的"矿产"不多，从八点逛到四点，一无所获。我还看到几个衣衫褴褛的人，也在垃圾箱翻找，其中一个动作极快，衣服上挂满了塑料袋、装着塑料瓶，像书上写过的，挂满了礼物的圣诞树。他们相互之间，甚至为了争一个塑料瓶而推搡打架，大声说是自己先看到的。

我只能断了这个念想。

我沿着大路，越走越远，走到了松阴溪边。

春游时，我曾在松阴溪捡到过漂流瓶，盐水瓶里装着信纸，纸已经被溪水泡软，看不清字迹，不知道是什么人投下的，也许想交朋友，也许写着某个想要达成的愿望。我把它重新扔回溪里，也做了漂流瓶，写下愿望扔进去，可惜很难实现了。

我曾有一个收纳箱，里面收纳着各种春游秋游时捡到的宝贝，雨花石、漂亮瓶子、彩色瓶盖、贝壳、松子、肥皂果、野花、形状奇特的树枝。春游时重头戏是野炊，溪边用石头垒好灶，支好锅，几个人一组煮好各种食物，每次都能吃得饱饱的。

我走到田埂上，看看有什么能吃的东西。李老师告诉我们，粮食都是田里长出来的，如今夏季双抢时分，有些田已收割完成使命，只剩稻茬，有些田已种下秧苗，灌满水，等待生长。

我在老街长大，不太清楚原来粮食收获后还要一系列加工，才能成为香喷喷的米饭。

我走近稻田的时候，远远看见一只小黄狗卧着。脖子上的项圈沾满泥巴，上面有稚嫩笔迹写着它的名字，但身上三三两两的癞痢，意味着它要么走失，要么被遗弃，沦为野狗。它翻着垃圾吃，夏日炎热，垃圾堆散发着食物腐败的恶臭。它会生病，会活不了多久吧。我没有吃的东西可以丢给它，我也很饿。

在田埂的水渠里，我惊喜地发现了很多螺，是田螺吧。它们比螺蛳大很多，探出壳口的头足粗壮肥厚。它们吸附在水渠的水泥壁上和底部，水渠两侧有一片片粉色的斑块，缤纷绚丽，像是桃花开了一路。仔细看，是很多密密麻麻的卵块，粉色葡萄串一样，蕴含魅惑的力量。是这些螺的孩子，我看到一枚螺吸附在水渠侧面，正从身体里往外面挤出粉色。

我脱了鞋，卷起裤脚，在水渠中摸了很多螺出来。我把它们放进小锅，有半锅，足够我吃了。

我感觉到小腿上有些麻，低头一看，有条黑色水蛭正匍匐在上面蠕动。它在吸我的血吧，我这么瘦，这么饿了，它还伤害我。我扯片树叶，包裹住它，用力扯，费了好大劲才拉了下来。这让我想到江云伟来我家的第一个晚上，他也是和水蛭一样，匍匐在母亲身上。小腿的伤口流下一道血，不太疼痛，但让我感觉到恶心。我晃了晃脑袋，停止瞎想。

我用溪水洗净螺，捡了一些干枯的树枝树叶，把石头垒成了灶，准备煮熟。

旁边忽然传来一个声音："小姑娘，这是福寿螺，不能吃，吃了会头痛、生病。"

我抬头看见一个老人，他五六十岁，戴着斗笠，拿着根小鱼竿，腰上挂着一个小竹篓。

他的目光很诡秘，像江上的货轮一样，隆隆直着就开过来，不会拐弯，盯着我一看就是半天，看得我心里有些发毛，还暗暗检查了一下自己的衣服有没有穿反，身上有没有垃圾箱和废品站蹭出来的污渍。

后来才发现他不光是看我，看什么都是死死盯住一看半天，看个螺也是，几乎能在螺坚硬的外壳上看出一个洞来，我才慢慢放下心来。

他说，这些福寿螺是国外传进来的，刚开始人们准备养殖起来吃。后来他们发现福寿螺口感不好，得吐螺肉里面的卵。如果不煮熟，寄生虫会让人头痛生病。农村种田的行家知道，水稻插秧前和插秧后，要对水稻田里的福寿螺和螺卵进行处理。不然，这块水稻秧苗会被吃光，很难生长茁壮，导致水稻产量减少，或者绝收。

种这片水田的人家，是新手。不处理的话，要绝收。他笃定说。

我注意到他右手大拇指和食指是缺了的。

他说，种田养不活一家人。改革开放后，松阳这边开了很多毛纺厂。国有工厂一般人进不去，他去了一家民营的小毛纺厂。第一天上班，就把右手大拇指和食指绞进了机器。而在这之前，他的梦想是成为松阳最好的二胡手，唱最古老的松阳高腔。

他把我小锅里的福寿螺都倒了，用石头砸碎。洗了锅，伸手进腰上的小竹篓，掏出几只青蛙。

原来他的小鱼竿，不是钓鱼的，而是钓青蛙。青蛙灵活，跳得又高，直接抓很费力。用钓竿就简单了，连饵都不用，只需要一小团棉花，用棉线绑了。看到青蛙，把棉花放到它前面一抖一抖，青蛙以为是飞虫，飞速吐出舌头，哪怕被钓竿拎到半空，也绝不松口。

他示范了一遍，果然，青蛙已经上过一次当，看到那团棉花，还是重蹈覆辙，再一次把命交给猎人。

他问我要了铅笔刀，尽管没了右手拇指和食指，还是很灵活，把青蛙三下五除二收拾好，用我那口小锅煮了，还顺手放了田边扯来的薄荷。

青蛙不大，但很好吃，我差点把骨头都吞进去。老人让我小心点，说青蛙骨头虽然软，但吞进去，也会噎死的。事实上，就算没有放盐和调料，这青蛙汤也是非常好喝，比以前任何鱼汤都香。

我问他，福寿螺有寄生虫，那同样在田里的青蛙，有寄生虫吗？青蛙不是农民的好朋友吗？

他出神地往前面稻田看，盯着那些秧苗，良久吐出一句，人都要饿死了，还管什么有益有害。

他又盯住我脚上水蛭的伤口看了好半天，过来拍了拍我的肩膀。他手劲很大，还捏了捏我的胳膊，捏得我骨头疼。

他盯着我，一字一顿说："你吃饱了吗？要不要去我家做客？我家里有很好吃的红烧肉。"

他的眼神，夹杂着阴冷潮湿，仿佛蛇一样会顺着目光爬行过来。我想到刚才他钓青蛙的样子，这让我感觉到不寒而栗，也让我想到书上的很多故事。

我指着不远处大桥上行驶过来的摩托车，说："不了，那是我爸，他来接我回家吃晚饭了。"

老人抬头又盯住那个男人很久，才说："你爸挺壮的。那你早点和你爸回家。"说完，继续去钓青蛙。

我赶紧往回跑，连书包和那口小锅都不要了，像从蛇口下逃生成功的青蛙。

摩托车马达声音由远及近。一辆红色嘉陵摩托车出现，后车座上绑着大大的编织袋，还竖着一面旗，旗上是张小孩照片，和寻人启事。

我是第一次看见有人把小孩子的照片做成旗帜，固定在摩托车后面。

男人身形和江云伟一般大小，看到我，停下来，盯着我的脸足足看了几分钟，眼神先是热烈希冀，继而是迟疑不定。最后，眼神中那种凝聚起来的精气神涣散了。

我问他："是在找被拐卖的孩子吗？"

男人声音发干，说："女儿四岁那年的一天，我在地里抢收庄稼，她一个人在路边树荫下玩。等到听到动静，一辆摩托车上一对男女夹着她跑了。我起身骑着自行车追，怎么追得上？我记下车牌，但公安说是辆赃车，追不到。我把家里值钱东西卖了，买了这辆摩托车。它和抢走我女儿的车子一模一样，它把我的女儿抢走，我也得用它把我的女儿带回来。我可以指着它问人，有没有见过这辆车？有没有见过这样的一个小女孩？"

天色再一次暗下来。

我路过老街的棉花铺，老板在弹棉花，他用棉锤，一下一下敲击弹棉花的弓，发出那种标志性有节律的声音。

棉絮轻巧，在被面上飞舞，整个棉花铺模糊得像一场大雾，我穿行其中，看不见前路。

我在门口捡了团棉絮，问老板要了根棉线，明天如果实在没办法，也只能去钓青蛙了。

我躲过所有熟人可能出现的地方，低着头，不让别人发现我是谁。怕别人问我去哪了，也怕别人问我母亲怎么了。

我还是回到了废品站，轻车熟路地钻铁栅门，扛竹梯，爬通风口。再一次在老鼠的声响中睡去。

慢慢地，我好像听到声音，睁开眼，一片黑暗中，看到了母亲。她站在老街房子门外，我在门内，外面阳光明媚，屋里看不到一点光。

她说："囡囡，以后你要自己上学去喽。"

我说："我不要，我要你叫我。"

门外摩托车的声响传来，一面有小女孩照片的红色旗子出现在门内，那个寻找女儿的男人也出现在门口。

母亲没有再叫我囡囡，她说："辞云呀，我照顾你很久了。我想帮这个叔叔去找他丢掉的女儿。如果找到，我就回来啦。"

我委屈地说："可我也需要你呀。"

母亲向我挥挥手，那男人也对我笑笑，很礼貌地将母亲扶上摩托车后座。

他们就这样走了。

五

我常常想到母亲，我十分十分想念她。我老是觉得，早上她还会叫我："囡囡，起床喽，上学堂喽。"睁开眼，就能看到她在门口炸油条，扭过头，冲我招手。

但叫醒我的，还是饥饿。

我昨天遗失了书包和里面的钱，两手空空，一贫如洗。

今天爬出通风口的时候，我带了一捆书，是我从堆积如山的纸堆里翻找出来的之前卖掉的书中的一部分。某种意义上来说，它还是我的。

我只带了一部分，多了，就没有力气带出通风口，也挤不过去铁栅门。

我躲到废品站旁边。等废品站开门时，在这捆书里发现一本摘抄本，这是李陵老师让我摘抄的好词好句。

我有些后悔，怎么会把这摘抄本夹进书里卖掉，还好重新拿回来了。

我翻开摘抄本，翻到以前在一本厚厚的名著里摘抄的一段话："我们趋行在人生这个亘古的旅途，在坎坷中奔跑，在挫折里涅槃，忧愁缠满全身，痛苦飘洒一地。我们累，却无从止歇；我们苦，却无法回避。"

那个时候，李陵老师让我摘抄，我理解不了。如今，我好像有些懂了。我把这本摘抄本塞在自己裤带上，用上衣盖住。

废品站开门后，我跟着人群，把这捆书又卖了一遍，换到四毛钱。

我就这样周而复始，在废品站待了十天。夏天热，出汗多，我的衣服肉眼可见地脏了，快变成那些成天在垃圾堆翻找东西的乞丐一样了。

有一天，通风口下的书被运走一些，估计是拉回县造纸厂回炉回收，这使得书堆离窗口超过两米。就算我摔下来没事，也没有再爬上去的可能了。我只能在纸堆里躲好，等仓库开门。那些卖废品的人自己把废品扛进来的时候，我想办法混在他们当中，趁收废品师傅不注意，溜出去。但我再也不能明目张胆带着东西走出仓库门口了。

我去田里钓青蛙，田里已经出现刺鼻的气味，应该是放杀福寿螺的农药，成片成片的粉色福寿螺卵块，褪色干枯，像是血干涸后的瘢痕。田埂旁也有几只死后被烈日晒干的青蛙。

这一条路也走不通了。

我迷茫地走着，走到独山大桥边上，那个马戏团的蒙古包依旧立在空地上。

门口女售票员依旧卖力介绍着丰富节目，冲着我喊着："一块钱你买不了吃亏，一块钱你买不了上当。"

观众人影寥落，估计看过的人看腻了，没看过的人也不会来掏钱看的。旁边有辆货车，正在装东西，看样子，他们也准备换个地方继续演出。

在我脑子里晃荡了半个暑假的花瓶姑娘，就要离开了。

我走过去问售票员："你们要人吗？你看我，身子细细的，头大大，我能钻进花瓶。我也会唱歌，还会背古诗，你听。"

我清清嗓子，鼓足中气道："《早发白帝城》，唐，李白。朝辞白帝彩云间，千里江陵一日还。两岸猿声啼不住，轻舟已过万重山。"

我说我还会背更难的，"《蜀道难》，唐，李白。噫吁嚱，危乎高哉！蜀道之难，难于上青天！蚕丛及鱼凫，开国何茫然！尔来四万八千岁，不与秦塞通人烟。……锦城虽云乐，不如早还家。蜀道之难，难于上青天，侧身西望长咨嗟！"

我把两百九十四个字的《蜀道难》一字不差地背下来。

女售票员捂着嘴笑了，说："我听不懂，没人听这个。再说了，我们不要人。"

我说："不是说花瓶姑娘都是父母卖给你们的吗？我不用你给我家里钱，给我吃的就行。如果可以，让我读书，我周末跟着你们去表演。"

女售票员笑得更厉害了，从桌子抽屉里掏出一包旺旺雪饼，塞给我说："人我们是不敢要，犯法的。吃的我可以给你，这包雪饼送你了，去别的地方背古诗吧。"

她摆摆手，让我走开。

我又绕着蒙古包走了两圈，好几个人在整理东西，没人搭理我这小孩。我走到蒙古包后面，忽然心怦怦地跳起来。蒙古包固定在地上的篷布没绑好，露出一个拳头大的缝隙。我走过去，俯下身子，迫不及待往里面看。里面传出来音乐声，正在表演节目。我屏住呼吸，脑袋凑了上去。里面一片黑暗，过了一会，灯光才慢慢亮起来。音乐和话筒声音响起，正是花瓶姑娘在表演节目。

我的角度刚好可以从侧面看到舞台。台下就一个观众，板着脸看着。台上花瓶姑娘的脑袋在花瓶上，唱着情歌天后孟庭苇的歌，《谁的眼泪在飞》。

我趴在蒙古包下面，听起来，这个声音好像来自地底。但也有可能，它不是花瓶姑娘唱的，而是一直响在我心底。

歌曲唱完，那个唯一的观众也走了。我看到花瓶姑娘打了个哈欠，扭动扭动，居然从花瓶后方走出来。她身材和一般女的一样高，有手有脚，嘴里埋怨着，累死了，一首歌就唱给一个人听。她扭过头，忽然看向我这个方向。

我大吃一惊，外面有太阳，幽暗的蒙古包内，很容易察觉到光线的变化。

我忙起身跑开，跑了几步，也没人追我问我要票钱，或者指责我偷看他们的机关。

我在街上又走了几圈，最后回到废品站。

这天晚上，我在废品站迷迷糊糊睡着，忽然听到门开的声音，仓库顶上的几排日光灯噼里啪啦同时闪烁，过了一会完全亮了。整个仓库像白天一样亮了，我赶忙起身，找角落躲藏。

收废品的师傅带着两个大檐帽的人走进来。一个头发灰白，另一个很年轻，他们还拿着大号的手电筒。

不一会，手电筒的灯光笼住了我，像捕鼠笼子，扣住了一只老鼠。

收废品的师傅说，他今晚值班，起夜上厕所，看到竹梯搭在通风口。他怎么也猜不到会有人来偷废品站。洞口那么小，也偷不走什么。他以为是有坏分子要纵火什么的，忙打电话叫来公安。

年纪大的那个大檐帽叼着烟，年轻的大檐帽则走过来，语气平淡地问我在这里做什么，家里的大人在哪里。我没有说话，一只手抬起来，挡住脸上手电筒的光。

年纪大的有点不耐烦："说，你是哑巴吗？"我摇摇头。

收废品的师傅说："我认识她，这几天来了好几次，都是来卖书的。现在想想，卖的都是同一捆书，价格都一样。我注意到了，就是奇怪。"

我抬起头说："那都是我的书。"

收废品的师傅说："卖到这里，就是国家的了。你这是盗窃国家资产，你是哪里的，松阳本地人吗？赶紧把家里人叫来。"

年轻的大檐帽摆摆手，让师傅别太大声。他说："搞不好是孤儿，别吓着孩子。"

我忙说："我不是，我有妈妈。"

收废品的师傅说："小丫头，你妈妈没教育你。一个人不经过允许拿别人的东西，叫什么？"我说："叫什么？"他说："叫小偷。"我想说我不是，但没有说出口。他说："盗窃国家资产，是罪加一等的。"

我想到母亲，想到李老师，想到他们平时教我的话，和书上写的道理，脸色苍白起来，嘴唇颤抖。

年轻的大檐帽对收废品的师傅说："也没几个钱。找到大人，让他们带回家教育就是了。小事情，也许和家里闹矛盾逃出来了。"

年纪大的抽着烟，好像在思考如何处置我。过了一会，才掐灭了烟，想扔，看了看周围，把烟头塞回烟盒。

他语气缓和地说："孩子，你还小，什么也不懂。外面很危险，也很复杂，随时会遇到可怕的事情。你这么小，要是遇到人贩子，把你卖到哪里去都不知道。你把家里地址告诉我们，我们把你送回去。"

我又说不出话来，嘴巴紧闭。

年纪大的大檐帽见问不出什么，翻我衣服口袋，想找出有用的线索。

我完全没有挣扎，他的手很软，也很柔和，轻轻捏着，像检查宋代的瓷器，和之前那个钓青蛙的老人完全不一样。

他摸到我裤腰带上插着的摘抄本，拿出来翻了几页，抬眼看看我，说："你写的？"

我点点头。

他说："字挺漂亮的，应该是个好学生。"

他看了看本子封面，念着： "江辞云，中心学校六年级四班。"

年轻的大檐帽说："你叫江辞云？"

我点点头。

年纪大的大檐帽一拍大腿，总算找到了。赶紧回所里，给中心学校那个老师打电话。

他回头冲我笑笑："孩子别怕，先跟我们回所里。"

我坐着他们的边三轮警车，进了老街的派出所。

他们叫起个值班的女公安，一个说话声音很温柔的女生，让她带着我去女宿舍洗漱。洗漱完后，我套着女公安的短袖，穿得跟连衣裙一样。她抱起我，抱一件易碎的玉器般小心，说："你可真瘦啊，衣服下面都是空的。"

说完，她突然哭了。

我第一次看见穿警服的人会哭，他们不论男女，应该是流血不流泪的吧。我说："你怎么了？"她说："没什么，就是高兴，我们找你好几天了。"

年纪大的大檐帽给我端进来一碗泡面，我一闻就知道，是中萃牌的雪菜肉丝面。我怯生生跟他说谢谢。

他说："谢什么。我女儿和你差不多大。慢慢吃，别烫着，不够还有，吃完早点睡。"

方便面的雾气氤氲，一下子蒙住了我的眼睛，就像那天面馆柴火灶打开的雾气，雾气里的人都和神仙一样。

事实上，这碗泡面是我吃过最好吃的面条。但还没等把面吃完，我就睡着了。

六

暖橙色月光倾盆而下，整个老街如沉在温润的琥珀中，黝黑的屋檐和黄色白色的泥墙，形成了微雕。夜里飞行的鸟儿姿态轻盈，也不吵人。

我沿着鹅卵石铺成的路，一直走，向前走。这条路好像能一直通到月亮里去。我走得一点都不累，居然感觉到自己飞了起来。母亲说过，小孩子如果在梦里梦见自己在飞，就是在长高。

我越飞越高，阻隔松阳这片土地和外界的群山交界处，出现了一层青色的光芒。然后，那点光芒慢慢分解，变成了橙色、青色、紫色、血色、金色。

我知道，天就要亮了。

醒过来的时候，守在门口的不是公安，是李陵老师。他胡子拉碴，头发蓬乱，看得出好几天没打理自己。

他看看表，说："辞云，你都睡到十点半了。饿不饿？我给你带了大饼油条和豆浆，可能有点凉了。"

我说："没事，谢谢李老师。"

他说："谢什么，你名字是我起的，我又是你班主任。论起来，我可以算是你父亲。"

吃完饭，他骑车带着我回去，说让我先住教职工宿舍。

路上，我们经过了我和母亲在老街住了近十年的屋子。门口贴着白色封条，路过的人在门口捏着鼻子，露出害怕的神色。

我没有说话，坐在自行车后座上，把李老师的腰抱得更紧一些。

李老师的教职工宿舍，在教学楼的后面。有条长长的林荫路，据说种的是桃树和李树，它们一般开在春天。

李老师家里陈设很简单，到处是书。一进门，一排书架就顶天立地撑到了天花板，占据了整整一面墙，竟然比废品站那如山的书堆还有气势。而一旁书桌上却堆了很多女生衣服和生活用品。

李老师带着我进屋，让我坐书桌旁的木沙发上休息。

我有些拘谨，不敢往周围细看，本就细长的手脚，在这里仍有难以立足的感觉。

李老师给我削了个苹果，问我还想吃什么。我说我还饱着，不用了。

他指着书桌上的女生衣服和生活用品说："这些都是老街的街坊们送过来的，足够用一段时间。有新买的，也有旧衣服洗干净送来的，都合身。生活用品和文具都是你的同学们送过来的。"

他让我去换件女孩衣服，我现在穿着的还是女公安的短袖，不太合身。

等到我换好了衣服，李老师领着我去了楼上的女教职工宿舍，找了去年刚来学校工作的陶老师。说他是男的，我是女生，一起住诸多不便，让我晚上在陶老师房里睡。

陶老师笑着说："不着急，先吃饭，我都烧好了。吃完饭再整理东西不迟。"

我一低头才发现客厅的木茶几上已经摆好了四盘菜，一道歇力茶炖猪脚、一道卤笋咸、一道青菜豆腐泡、一道煨盐鸡，都是松阳本地的家常菜。

我一下子又分泌出了唾液。

李老师说："没想到陶老师厨艺这么好，也不知道以后谁这么有福气，能够娶到你。"

陶老师嗔怪，用拳头捶了李老师肩头。

吃饭时候，我和陶老师坐一边，李老师坐茶几对面。

我偷偷瞟一眼李老师，看到他微笑着看着陶老师，偶尔也会看看我。他吃得很慢，细嚼慢咽斯斯文文。

这顿饭结束后，我抢着把碗筷收拾好，洗了碗，擦了油烟机，还扫了地。

和李老师的房间不同，陶老师教音乐，书不多，小书架上就两排教材和乐谱。多的是乐器，书桌上摆着古筝，用红绸布盖了，墙上挂着西洋长笛、萨克斯、小提琴。墙上挂着一张照片，是陶老师和一排穿西服的人合影，边上还用烫金字写着，

1992 年杭州小提琴邀请赛获奖留念。

我说："陶老师我知道你钢琴弹得好，没想到你小提琴也这么厉害。"

陶老师说："厉害什么呀。每次在房间里拉小提琴，都要被李老师敲门说一通，说我打断了他写诗的灵感，是在制造噪声。"

我说："那是李老师不懂音乐。"

陶老师说："就是就是，他一点音乐细胞都没有。你在教室里看不出来，他在宿舍里可烦人了，一下子就'啊'的一声，朗诵自己写的诗歌，酸得要死。"

我忽然说："陶老师，李老师是不是喜欢你呀？"

陶老师脸红了，说："你小小年纪懂什么呀。准备准备，早点睡觉。过两天你就开学了。"

那晚，我和陶老师在她的卧室里，她睡大床，我睡小床。说是早点睡觉，却一直在讨论李老师。她是很温润的人，不问我这几天是怎么过的，以及家里的情况。她问我学生们是怎么看李老师的，我就说我们都很喜欢他，觉得他语文教得好，学问很大。我反过来问她，李老师平时上班有什么糗事。

说着说着，很迟还没睡。到十二点，实在坚持不住，才说话声渐渐低下去。

那几天，他们总是轮流做饭，做完了，我们三个人一起吃。陶老师是松阳本地人，做的是松阳本地菜，李老师是北方人，做饺子和锅包肉是一绝。

我有时候觉得，这生活，和以往过得太不一样了。

9 月 4 日，初一开学后的第一个周末，我回到李老师的教职工宿舍吃饭。

七

李老师帮我申请了希望工程的资金补助。老街的街坊们凑了不少钱。学校也很重视，代支付了我的校服、文具费用。

我没有和希望工程那个大眼睛女孩一样的大眼睛，但校长说我眼睛里那种对知识的渴望，是蕴含在眼神深处的。

他还在升旗仪式上说："有人说，你们'80后'是垮掉的一代。我坚决不同意。你们知道吗？就在我们初一的新生里，就有这么一位同学，非常好学。在她家庭遭受变故，最困难最无助的时候，哪怕快要饿死了，身上还带着一本名人名言的摘抄本。我相信，是对知识的渴求，让她熬过了最艰难的时光，是名人名言的精神力量，给了她坚持下去的勇气。"

我在台下听得头皮发麻，脚趾恨不得在操场上抠出洞来。

幸好，我在废品站待了十几天的事，只有少数老师知道。校长也下了封口令，同学们只知道我父母到很远的地方打工，家里没什么人，有个叔叔是小学老师。

那个夏天，老街那间破屋里的故事，和老街几百年的时光一样，被永久封印了。

初中生活和小学不一样。一周休一天，十几个同学住一间宿舍。学生们有远有近，住校的大多是农村来的。但无论远近，每次回家，大家都会扛十几斤米回来，再带一搪瓷杯的霉干菜。家境的富裕程度，决定含肉量。

每顿饭，用手几乎等量地抓一两把米，放进铝质饭盒，塞进大蒸笼蒸饭。用搪瓷杯蒸菜。

吃饭时间，同学们一窝蜂地涌向食堂，几个力气大一点的同学负责把一层层硕大的方形蒸笼从灶台上抬下来，放到食堂门口的走廊上。大家则熟练地从标着班级的蒸笼里认出自己的饭盒。为防止搞错，大家一般会在饭盒盖上刻上自己的名字或学号，还有的同学则敲上 5 分硬币的印记。

也可以拿钱去食堂会计室换花花绿绿的饭票菜票，直接买食堂的饭菜。素菜一两毛，荤菜五毛。每个月初，都会有十块钱的饭菜票准时发到我手上。

最让我期盼的，是周日放假，去李老师和陶老师的宿舍那住一天。他们不但会给我做好吃的，李老师还会继续教我语文，教我看一些更艰深的诗词和古文。

初二的一个周末，吃晚饭时，和往常不同，陶老师坐到了茶几对面，他们两个大人终于挤在一边吃饭了。

这让我在那个晚上，笑了陶老师很久。

一转眼，初三又快毕业了。由于英语基础差，我成绩居于中游，勉强能上松阳一中的重点班。

有一天去图书馆，我路过了老街的那间老房子。它被房东用砖头砌起来，封住了门。

我在砖墙前站了一会。隔着砖墙，隔了三年，我依稀还能闻到当初屋里复杂的味道，还有油条味，以及母亲肌肤的香味。我想，母亲看到我现在的生活，应该很开心吧。希望她早点帮那个男人找回女儿，还有，早点回来陪她的亲生女儿。

老街浸泡在黄昏里，家家户户的屋顶上升起了炊烟，整个老街上空充盈着米饭和炒菜的香味，宁静祥和。在这里，想逗留的人像我一样，徜徉十年，而想走的人也可以挥一挥袖，作别西天的云彩。

我一回头，看到了一个不可能出现的人。

我和江云伟静静地对视了几秒钟。尽管只在三年前接触过几天，尽管这三年我身高长了不少，已经是大人模样，但江云伟还是一瞬间认出了我。

他剃着平头，身边一个大大的编织袋，穿着灰色条纹旧网球衫。

三年过去，算算时间，他是从监狱出来了。

江云伟有些紧张，冲我笑了一下，露出一嘴黄牙，想过来拉我的手。我后退一步，说："你走开，我不认识你。再过来，我就喊人了。"

他突然像小孩子一样哭了，蹲在地上一抽一抽。他一把鼻涕一把眼泪哭诉，说自己只是不小心，把人砸了，又不是故意的。怎么晓得他会死。知道我出事后，就努力改造，争取减刑。他不奢求我们原谅，但现在我外婆生重病，想见见我这唯一的外孙女。

我说："我从没听我妈说过。"

他说："你妈当年带着你走，为了怕我找，和家里人都断了联系。只是在三年前春节打过一次电话问外婆的身体。"

我说："就是那一个电话，你就找来了？"

他又哭起来："我真不是故意的。我是想好好照顾你们娘俩的。本来我也没脸来见你，但你外婆真快不行了。"

我带着他去了李老师宿舍。李老师听了原委，也不好说什么，就说路上注意安全，有事给他打电话。

八

转车，不停转车，整整两天，我们终于到了外省山深处。

我被颠簸得七荤八素，浑身酸痛。到了乡里，没客车了，只能走路。

崎岖破旧的山路，不停在黑暗中延展，看不到尽头。

黑暗的森林从四面八方包围着我，我听见森林里传出的夜枭叫声，月亮被树梢切割得支离破碎。山路如蜀道般难行，一不留神会摔落悬崖，我有些害怕。江云伟在一旁打着手电，挥舞着棍子驱赶蚊虫和吓唬蛇鼠，叫我不要害怕。

直到十点，我们才停在一个半山腰的村庄里。星空下的村庄悄无声息，看上去鬼影憧憧。

村口长着一株十几个人才能围住的榕树，老态龙钟，树根和树干已分不清楚，盘根错节紧紧扣在大地上，树冠高大却枝叶疏朗，树梢间有鸟窝，里面有小鸟在繁衍。

村里不过十来户人家，十几家灯火洒在漆黑的山谷里，比云端的远星更微弱。有几盏灯次第暗下，显得还亮着的几盏愈加孤寂苍凉，似乎只要山风轻轻拂过，就会转瞬熄灭，消失在黑暗中。

进了外婆的家，我们足足喝了好几杯水，才歇过气来。江云伟说外婆身体不好，这么晚了不要吵醒她，让我先休息。

实在太累了，我还没坐过这么久的车，走过这么远的路。

床是老式的那种，雕着复杂的花纹，挂着巨型厚蚊帐，也不知道几年没洗了。我头一沾枕头，连上面的异味都没闻仔细，就睡过去了。

这个夜晚，我一直在做梦。梦境中，明明身处深山，山峰顶上却垂下一条河流。我在溺水，河水稠密，像地底深层喷涌而出的石油，由百万年动植物尸体演化而成。黑色河水不断灌入我的喉咙、眼睛里，我感觉自己就要死了，我挣扎到最后，不想反抗，直至淹没在黑色石油中，变成它的一部分，有朝一日被焚寂。

母亲向我伸出手。

模糊中，我被拉上岸，躺在石板上，大口喘息着。又发现自己是在老街的屋子里，而她叫我起床，要读书去了。我说我很困，不想起床。

她说："辞云呀，我把你带到这个世界上，不是让你和我一样，体会一辈子的穷困，和低人一等的。"

这是以前她经常跟我说的话。

醒来时，一张吊着眼皮颧骨高高的老太太脸出现在眼前，吓了我一跳。反应过来后，我才想这不会是我外婆吧。

那老太太看我醒了，说："起来吃饭吧。"

我说："你是我外婆吗？听说你病了。"

老太太说："谁是你外婆？我是你奶奶。我没病，好着呢。"

说完走出房间。

相由心生，人老了之后，面相和人脾气越来越相符。如果她是我奶奶，确实看上去有些凶悍。

我起床，在饭桌上看到江云伟，就问："我外婆呢？"

江云伟哼了一声："你外婆去年就没了。"

我说："你骗我？"

他看着我慢慢地笑了，说："我和你妈都是在这里长大的。你来看看奶奶，看看你妈长大的地方，有什么的。再说了，女孩子家读什么高中，读了之后又怎么样。就算读大学，读到博士，还不是在外面给男领导斟茶倒水，干些小心赔笑的事，给自己家男人斟茶倒水做饭不好吗？早点嫁人，收点彩礼，生儿育女，一辈子很快过去了。"

我气得浑身发抖，骂道："我才十六岁。"

他语速加快，说："我给你找了个男人。家里条件挺好的，肯给十万块钱彩礼。你知道，能一下子拿出十万块的，得是多厚的家底。机不可失，十六岁，人家要的就是十六岁。八字我都看好了，很合。下个月农历八月初八是好日子，结婚最适合了。等生了娃，再过几年补个结婚证，享福的日子在后头。"

他压低声音，有点带哭腔："你也知道。我，你亲生老爸，四十多了，又坐过两次牢。打工找不到工作，种一亩地才几十块，哪有活头。只有攀个好亲家，拿点钱，找个寡妇或者二婚的，抓紧时间给你生个弟弟。——我快生不出来了。"

老太太在旁边一拍碗，厉声说："和小丫头说这么多干什么？父母之命媒妁之言，她就你一个爹，娘又没了。听话算她孝顺，不听话就打。你还是心软，当初我把她浸盆里，你在门外多拦着她妈几分钟，你早就能再生个儿子了。刚生完娃的女人你都拦不住，不中用。居然还会被她带着小孩跑了。"

我心里天崩地裂一般，接下去什么话都听不清了。原来我妈当初骂，说他们母子做那件不是人的事，就是我昨晚从婴儿时期残留的梦境。

那个吊着眼皮的老太太坐在上座，她的影子投在后面，和供桌上祖先牌位和香火重叠。

他们把我关在小屋里三天。我先是不吃饭三天，他们说这样更好，直接送过去，连跑都不会跑，大不了到时间找个村医挂盐水撑着。

我从窗户里高喊，让邻居帮我报警，没人理我。十几户人家，都是他们抬头不见低头见的亲戚。

不过是管教自己女儿，外人不能插手。这村子，每隔几年，就有女人在村子里喊一出。过个几年，哪怕是越南来的，也都低眉顺眼过起好日子。

我用发夹和筷子挖洞，用头发和衣服上的棉线锯窗户上的木条。但在这方面，他们积累了丰富的斗争经验，一下子察觉破解了。

不知道关了多少天，我用尽了所有办法都不奏效。我只能寄希望于结婚那天，他们事多，送我出门的时候，可以找到时机逃走。

这天，我在小屋里听到了熟悉的声音。

"江辞云，江辞云……"

是李老师，他怎么找到这里的？

我趴在窗户上大喊："我在这。"

果然是李老师，他挂着树枝，气喘吁吁出现在村口。

他说："可找到你了。都快开学了，你还不回来。我都急死了，还好通过派出所，知道你爸家在这。"

我说："他不是我爸。他们逼我嫁人，关着我不放我出去。"

江云伟赶来，和李老师争执起来。

李老师喊着："你们这是犯罪，是非法拘禁，赶紧放人。"

几个村民也聚拢过来，江云伟说："你管得真宽，从浙江管到这里来了。这是我女儿，是我的家事。"

李老师怒吼："这不是家事，她早不是你女儿。她才十六岁，你一天都没养过她，有什么资格说是你女儿。"

江云伟说："你是她什么人。"

李老师愤怒地说："我是她老师。"

江云伟说："去你妈的老师，就是你把她撺掇得不听长辈话的。"

他们说着说着，动起了手。混乱中，李老师头被棍子敲了一下，眼镜掉在了地上，头发里流出一抹红色。

李老师从地上摸到眼镜戴起来，冲着我喊："别怕，辞云。李老师一定会回来的，我一定会把你带回学校。"

我透过窗口盯住李老师，不停点头。他挂着树枝，一步三晃，身影慢慢消失在村口。

过一会，江云伟把我转移到另一户人家的牛棚。我明白，他想等李老师带着警察再来时，骗他们说已经放我走了。他认为如果在村子里搜不到，警察也只能作罢。

在牛棚，他用秸秆给我铺了床，上面盖了床单，走了。我曾经想顺手偷他的打火机，明天制造火情逃脱，但被江云伟发现了。

整个牛棚被清理过，加上一个月没下雨，很干燥，原本一点就着的，我丧失了最好的机会。

门上了锁，头顶一盏老式白炽灯，用老式的拉线开关控制。有一尺见方的窗户，没有玻璃，独特的窗棂隔着，对着村口。

第二天我死死盯着窗户，足足等到十二点。李老师消失的地方，两个穿警服的人出现了，但李老师不在后面。

江云伟进来，把我双手捆上，用布条把我嘴堵得死死的，恶狠狠地让我不要找事。

警察拿着本子，见到一个挑着担的村民就问："你见过这个人吗？"

村民摇头，问是不是逃犯。

警察说不是，今天上午有人在山底发现一具尸体，可能坠崖了，头部外伤严重。不知道是意外还是他杀，他们来摸底了解情况。

江云伟听到死了人，呆住了。

我脑子轰的一声，等反应过来后，发现江云伟怕别人乱说话，走出去圆场了。

我走到牛棚门边，反手拉住那个老式的拉线开关。

这个开关用了好多年，材料老化，本就接触不良。昨晚我拧开线盒，把开关轴顶起，将电线绝缘层咬破，再用小便弄湿秸秆，塞进去增加短路风险。

这是我暑假提前学的初中物理内容。

来来回回拉扯着拉线开关，果然在一阵电火花闪过之后，塑料线盒燃烧起来，塑料拉绳带着烧着的火苗掉落，我反手拎着它，忍着烫，放到了秸秆上。

烟火升腾而起，干燥的秸秆一点火星就着。如果不能逃走，我宁可葬身火海。

浓烟滚滚，从窗棂处往外冒出，像古代长城求救的烽火。

九

江云伟再一次进了监狱，在我大学毕业之前，不可能再出来。

没有人能再阻止我上学了。

开学那天，我站在操场上，和同学们一起听校长讲话。

我站在国旗下，好像背后还站着两个人，陪着我。

周末我还是和陶老师一起住。

晚上，我们一大一小两张床，安安静静，一点声音都没有。

等到深夜，我被野猫的声音吵醒。我仔细听了，明白了，是陶老师正把头闷在枕头下面哭泣，这个温润的女人和当初我母亲一样，不停抽动。

我爬过去，轻轻抱住她。她像小猫一样，反而缩进我怀里了。

三年之后，我高考结束，以超过平均分二十多分的成绩，考进师范学院汉语言文学专业。

陶老师在这个暑假结婚了，她嫁给了一个李老师认为很有福气的男人。

婚礼上，我是伴娘。陶老师戴完戒指后，抱着我哭得稀里哗啦。我叫她不要哭，这样不好。

新郎很眼熟，我想起了，是当初废品站，那两个警察中年轻的那个。

这个发现，让我很安心。

二〇〇三年，毕业前的实习期，我骑着二手摩托车漫游。

这条路沿着松阴溪修的，松阴溪拐弯的地方，路也跟着拐弯，像溪的影子。溪流在山间若隐若现，有时被村庄的古民居阻隔，有时被路边的行道树遮挡，走着走着，溪流又会冷不丁冒出来，在阳光下闪烁。历经千年磨合，山与溪流达成了和平的默契。孩子们沿着路，可以到丽水，再从丽水坐火车，去很远很远的大学。

像我四年前一样。

松阴溪两岸孕育出不少小村庄，珍珠一样被溪流穿成一串。沿着路，人可以走出老街，走出大山。

我记得小时候，松阴溪上还有乌篷船，晃晃荡荡沿着溪流而下，船费比坐客车便宜很多。船边漂过一些圆木，是一些木材厂砍下的，顺流而下，放排人站在竹排上跟着圆木，赶着鸭子一样。

我一边胡思乱想一边沿着松阴溪往前骑行。溪水叮咚，微云淡月，晚风里尽是草木的清香，走夜路的野兽也会躲开我，它们都让着我，像当年废品站里的老鼠也没有为难我。

被时光冻结的山路，路边的古民居依旧有灯火。半夜少车行走，野猫和野兔也敢在路中间一蹦一跳，我都想下来把它们抓回去养着。

骑着骑着忽然发现天已经开始亮了，东方出现了青白色的天光。我竟然骑行了整整一夜。

我途经一个村庄，山坳处有一所低矮的学校，周围弥漫着白雾。那里有裹着篱笆的菜园，四处晃荡的鸡鸭。

天虽还早，我已看到一个女孩跟着父母在地里干活，也许这个时间天气凉爽，等太阳完全上来，干农活就太热了。她弓着腰锄地，依旧戴着畲族头饰，保持着一种从容不迫的仪态。

我停下来，问她多大了。她说她十三岁，下半年初一，就在山坳那所民族学校读书。现在双抢，帮家里干点农活。

我想到当初李老师，他就是在实习的时候到了松阳，最终留在了这片土地的。我想，我也可以和他一样的。

就这样，我在学校写了志愿去基层的申请书，通过沟通，成功到了这家民族学校当了语文老师。

第一天上班后的晚上，我伫立在月光中，影子被月光投在地上，没有移动，但我知道它在移动。这影子像时光的背面，我看不到它的存在，却感觉得到它。它的源头也许藏在松古平原翻垦数千年的粮田中，也许在周围山上沉积万年的岩石纹路里。

我住在教师宿舍，和学生吃得一样，不算好吃，但有荤有素。几套衣服来回换洗，几双运动鞋磨平后跟，仍旧可以保护行走山间家访的双足。

在城市被人流裹挟前行，五彩霓虹灯映在身上形成物欲，到了这里，这些纷繁复杂的颜色一层层褪去，我像矿石在山洪之后，剥去层层泥土，如今水落石出，展露了晶莹的本源。

学生们慢慢有了学生奶、营养餐、奖学金、助学金，时不时有单位和好心人来学校，给家庭贫困的孩子送衣物文具。也不会再有人，阻止他们上学了。

陶老师后来调到县教育局去了，不教音乐，还是常常练习乐器。

她有次给我电话，说今年寒冬，代表县里，给我学校里有需要的学生送批新的棉服。

黄昏时分，阴沉的天空里飘起了大团雪花，天地间一片苍茫。松阳很少下雪，南方的孩子稀奇得不得了，很多学生在操场上打雪仗，不肯离开。

李老师来南方太久了，可能也会想念雪吧。

我一边等陶老师的车，一边在雪地里来回踱步，这双运动鞋穿得有点久，底太薄，雪水有些渗进来。

一个刚上完课的女孩背着一个巨大的书包，骑着一辆旧自行车冲了过来。漫天的大雪中，她忽然放开了双手，快乐地大笑着，迎接着漫天的雪花，然后便轰隆一声滑倒在地上，却还是笑着爬起来，拍拍身上的雪，接着骑了上去。

我久久看着她远去的背影，想起了十三岁时候的自己。那时候，一切都还来得及吧。

大雪很快覆盖了女孩摔倒的痕迹，大地上的一切都在迅速消失，包括所有的往事。

交接完物资，夜晚乘着风雪再次降临，送别了陶老师，我终于顶着一身雪花回了宿舍。

十

二〇〇八年，北京奥运会举办的那个夏天。

我结婚了，对方和我一样也是志愿来基层的，乡镇医生。

姓范，人还不错。很多事情都尊重我的意见，比如继续待在乡下，比如让女儿姓李。

第一次见面，是我肚子痛去卫生院。他说他是新来的，看了看我，又看了看电脑，口罩遮挡下看不清表情，最后默默从抽屉里拿出一本厚厚的外科学，翻起了急腹症那个章节。

接着打电话，叫救护车，陪着我到县人民医院。还好只是胃溃疡，是当年饿太久的病根。

二〇一六年的一天，我接到一个电话，是监狱打来的。说江云伟得了癌症，可能时日无多，在医院羁留病房，问我愿意不愿意去见他。

我纠结很久，老范说，总还是去一下吧，起码让女儿看一眼和她外婆一起生活过的男人。这句话打动了我。

杭州正准备开 G20 峰会，一片繁华的景象，便捷的地铁和移动支付，简直震惊到我了。

病房里，这个男人看上去已经不像一个真实的人了，身上被插满了各种营养管。医生说就算动了手术，也会再转移，不过是浪费时间。

哪怕在医院，哪怕插满管子，病房床栏上依旧给江云伟备着手铐。

我审视着他，说不上愤怒，也说不上慈悲。

一切都会走向灭亡，所以别在此时此刻自怨自艾，或者对无法追寻的过去耿耿于怀，一切灭亡的时候，都是沉默的，没有一个词可以说明。

我和医生说，有没有什么好的药？他说，有个叫吉非替尼的靶向药，针对非小细胞性肺癌的，但不入医保，而且价格非常贵。

这个时候，江云伟睁开眼了，这个男人一直偷偷在听着吧。

他说："不要浪费钱了。"

我对医生说："我往他住院账户里打十万，用完就算了。"

江云伟听了，想了一会，说："你还是在打我脸啊。"

走出医院，女儿在旁边拉拉我的手，说："妈妈你怎么哭了？"

我说："我没有，妈妈从十三岁开始，就没哭过，连一滴眼泪都没流过。"

女儿说："那我们什么时候回去？我过几天就开学了。我不会不能上学吧。"

我说："不会的，再也不会有人，不让女孩子上学了。"

女儿说："那就好，小学比幼儿园好玩吧。"

我说："你会遇到新的同学，会遇到很好的老师，会学到很多很多有用的知识。你会在学校成为一个优秀的人，会比妈妈更棒。"

女儿跳起来："我想现在就去学校了。"

我说："不着急。我们还要回去准备文具。还有，上学也会考试。你害怕考试吗？"

女儿说："不怕，我口算和背书都很厉害。你教我的古诗，我背了就不会忘了。"

我说："那你背一首。"

女儿用标准的普通话朗读，这是她在线上主持人课里学的气口，比我标准多了。

"《早发白帝城》，唐，李白。朝辞白帝彩云间，千里江陵一日还。两岸猿声啼不住，轻舟已过万重山。"

她顿了顿，最后大声说："朗诵者，李轻舟。"

后　记

　　我是个有拖延症、强迫症、选择困难症、手机成瘾症、焦虑症的人。很凑巧，这些病症也没耽误我成为医生，以及作者。

　　这些症状善于在写作时，轮番袭击我。

　　拖延症是我的天敌，不到征文比赛 deadline（截止日期）的前一周，几乎不会动笔，尽管脑子里构思已经烂熟，男女主人公来回都死八百回了，bug（程序错误）都卡冒烟了，还是没有"投胎"成功。遇到卡文时，会强迫自己把这一段想通、写顺，才继续，想不通，拼命抠指甲。遇到写不下去的时候，我面临两个选择，一是硬写，二是先玩会手机。于是，有人会在图书馆看到一个人坐在电脑前，敲几个字删几个字，一边玩手机一边满脸焦虑。

　　总而言之，我和绝大多数人一样，没什么天赋，也不太勤奋，不是科班出身，也没有名师提携，还有份忙得要死赖以糊口的工作。一不小心混进作家圈，又觉得自己是圈内混子，喜提新毛病，"冒充者综合征"。

一晃几年下来，被各种征文大赛"催产"支配的恐惧下，忽然发现小说零零碎碎也能凑成一本书。书架上的红色证书越摞越厚，小说篇幅越来越长。

本书收录的都是近几年创作的小说，大多是医疗题材，可以明显看出文笔进化的脉络。生涩、稚嫩、先锋、空想、啰唆，多维并存。

在这里，要特别感谢两个赛事，一个是全国打工文学征文大赛，另一个是丽水市文学创作大赛。

前者作为打工文学的老牌赛事，竞争非常激烈，参赛作品需要发表过才有参赛资格，其中不乏《江南》《当代》等名刊发表的作品。我的《鲸落城市上空》获第六届全国打工文学征文大赛金奖，《女檀》获第七届全国打工文学征文大赛银奖，《悬空术》获第五届全国打工文学征文大赛铜奖。能够金银铜大满贯，也是个佳话，以至于我被认为是打工文学钉子户。

文坛新兵，没有成绩的反哺，就是炮灰。很幸运，在小说版图中存在感不强的丽水，还有一项本土赛事，绝大多数在丽水生活以及在外丽水籍的作者，都会参加两年一次的"阅兵"。《鲸落城市上空》获2021年银奖，《液态猫》获2017年铜奖。可以说，没有这项赛事支持，我可能不会在文学路上坚持走下来。干文学这一行，写六年没什么成绩，也会放弃。文学门槛在降低，但登堂入室的台阶远较20世纪高得多。

本书这些小说大多沉重、阴郁、疼痛。治疗疼痛，往往也需要疼痛，正如我另一个身份，善于用正骨、针灸、苦药，处理患者们形形色色的疼痛。希望读完本书的朋友，致郁后，获得治愈。

男作者的好处，是哪怕在咖啡厅写小说写到热泪盈眶，合上电脑拍拍屁股，立马能撸串喝酒吹牛，晚上睡得呼噜大作。在后记中，贫这么几句，也让坚持看到这里的读者，从书中致郁的气息中解脱出来。

当我意识到作家出名要趁早的时候，发量已经不能使我被称为青年作家了。男人觉得自己变老，不是年龄，而是当他感觉到生活和境界不会再上升的时候。我三十五岁重新开始文学创作，到如今，看着镜子，依稀还有几分少年感，还相信自己作品能继续提高。

可能有人会问，这个时代，出版小说集有什么意义？纯文学已不再有那么愉快的阅读体验，短视频和公众号推文等碎片化阅读，占据了人们的视野。这本书被更多陌生人翻阅的可能，仅存在于我日后某一部长篇爆红，读者循迹搜索到此，并轻哂我早年文笔稚嫩。

带着一身的毛病，放下书本，继续出发。

最后，感谢我的爱人王丽芬，与我一身的毛病"和平共处"，以及所有在文学之路上帮助过我的师友们。